75 YEARS
आपसे हैं हम

AF560539

सारा राय

सारा राय समकालीन हिन्दी कथाकार हैं। उनका जन्म 15 सितम्बर, 1956 को हुआ। उनके तीन कहानी-संग्रह *अबाबील की उड़ान, बियाबान में, भूलभुलैयाँ और अन्य कहानियाँ* और एक उपन्यास *चीलवाली कोठी* प्रकाशित हैं।

उन्होंने हिन्दी, अंग्रेज़ी और उर्दू में कई किताबों के अनुवाद और सम्पादन किए हैं। उनकी अनूदित और सम्पादित पुस्तकों में *कज़ाकी एंड अदर मार्वेलस टेल्स* (प्रेमचन्द), *हिन्दी हैंडपिक्ड फ़िक्शन्स, द गोल्डेन वेस्ट चेन* शामिल हैं। उन्होंने शिवरानी देवी की *प्रेमचन्द घर में* और कथा-संग्रह *कौमुदी* का सम्पादन किया है। मुगल महमूद और ज़हरा राय के कहानी-संग्रह *महलसरा का एक खेल और अन्य कहानियाँ* का भी सम्पादन किया।

सारा राय द्वारा (अरविन्द कृष्ण मेहरोत्रा के साथ) अनूदित विनोद कुमार शुक्ल के कथा-संग्रह *ब्लू इज़ लाइक ब्लू* को 2019 में 'अट्टा गलट्टा पुरस्कार' और 2020 में 'मातृभूमि पुरस्कार' मिला। योहाना हान द्वारा किए गए सारा की कहानियों के जर्मन अनुवाद *इम लैबिरिंथ* को 2019 का 'फ्राईडरिख़ रुकर्ट पुरस्कार' प्राप्त हुआ है। 2020 में इसी पुस्तक को फ्रैंकफर्ट के 'वेल्टेम्पफ़ाँगर पुरस्कार' के लिए भी नामज़द किया गया।

ईमेल : sararai11@gmail.com

नबीला और अन्य कहानियाँ

सारा राय

राजकमल पेपरबैक्स

राजकमल पेपरबैक्स में
पहला संस्करण : 2022

राजकमल पेपरबैक्स : उत्कृष्ट साहित्य के जनसुलभ संस्करण

राजकमल प्रकाशन प्रा.लि.
1-बी, नेताजी सुभाष मार्ग, दरियागंज
नई दिल्ली–110 002
द्वारा प्रकाशित

शाखाएँ : अशोक राजपथ, साइंस कॉलेज के सामने, पटना–800 006
पहली मंज़िल, दरबारी बिल्डिंग, महात्मा गांधी मार्ग, प्रयागराज–211 001
36 ए, शेक्सपियर सरणी, कोलकाता–700 017

वेबसाइट : www.rajkamalprakashan.com
ई-मेल : info@rajkamalprakashan.com

यश प्रिंटोग्राफिक्स
ग्रेटर नोएडा-201 310 (उत्तर प्रदेश)
द्वारा मुद्रित

मूल्य : ₹199

NABEELA AUR ANYA KAHANIYAN
Stories by Sara Rai

ISBN : 978-93-90971-39-8

गीतांजलि के लिए

क्रम

कहानी

आताकामा 9
सीमा-रेखा 13
दूसरा 26
परिणय 34
सिलसिला 43
प्यार 56
हाथ पढ़ने वालों का एक ख़्वाब 59
अक्स 68
लोखंडवाला का हैमलेट 71
मागुर 80
तितली पकड़ना 84
सफ़र 87
कम बोलने वाले भाई 94
गोल्डन ऐनिवर्सरी 108
नबीला 118
हमाम-दस्ता 128
मुजरिम फ़रार 137

संस्मरण

अम्मी 153

आताकामा

चिली का आताकामा पृथ्वी का शायद सबसे पुराना रेगिस्तान है, और सबसे सूखा। यहाँ पानी नहीं बरसता। मगर बरसों में एक बार जब यहाँ बारिश हो जाती है तो चटियल रेगिस्तान फूलों से फट पड़ता है।

मेरा दिमाग़ सामने की सफ़ेद दीवार पर अटक गया। मुझे एक चूँटा दिखा।

काले रंग का चूँटा था। दीवार की एक दरार में से वह निकला। दीवार सफ़ेद थी। दरार उसके बीचोबीच थी; दीवार के एक किनारे से दूसरे किनारे तक, एक लम्बे से बाल की तरह।

एक मिनट चूँटा वहाँ नहीं था, फिर वह था। वह एक अकेला काला चूँटा था। उसके पीछे चलते हुए और चूँटे नहीं थे। चूँटा तीन छोटे-छोटे भागों का बना हुआ था। उसके तीन भागों में से एक सिर, एक सीना और एक पेट था। उसके सिर पर दो ऐनटेना थे, जो बीच में से मुड़े हुए थे, जैसे इनसानों की कोहनी मुड़ी होती है। वह किसी दूसरे ग्रह का प्राणी मालूम दे रहा था। दूसरे ग्रह का छोटा सा चूँटा-प्राणी।

दूसरे ग्रह का चूँटा-प्राणी दीवार पर धीरे-धीरे चढ़ने लगा। फिर वह रुका। लगा कि उसने अपने ऐनटेना पहले एक दिशा में, फिर दूसरी दिशा में घुमाए। जैसे कि ऐनटेना किसी बहुत दूर के ग्रह के दूसरे चूँटे-प्राणियों के संकेत पकड़ रहे हों। या फिर वह फ़ैसला करना चाह रहा हो कि किस दिशा में आगे बढ़ना बेहतर होगा। वह उसी जगह जड़ हो गया था। हिल नहीं पा रहा था।

फिर वह थोड़ा सा आगे रेंगा। दीवार का फैलाव एक रेगिस्तान की तरह था; एकदम सपाट, एकदम सफ़ेद। बिना किसी तरह के निशान के; बस वह दरार उसके बीचोबीच थी। दीवार उस छोटे से चूँटे को विशाल लगती होगी, मैंने सोचा। आताकामा रेगिस्तान, मीलों तक फैला हुआ। क्या उस छोटे से काले बिन्दु के अन्दर, जो कि चूँटे का सिर था, दिमाग़ होगा, एक छोटा सा दिमाग़? उसके अन्दर कुछ तो होगा, कुछ, जो उसे चलने के लिए कहता था, फिर रुक जाने के लिए।

मैंने सोचा मैं चूँटे को दीवार पर चढ़वाऊँगी। मैं संकल्प करूँगी कि वह ऊपर चढ़ने लगे और वह ऊपर चढ़ने लगेगा। अगर मैं चूँटे पर आँख गड़ाये रक्खूँ और ध्यान हटने न दूँ तो मैं उसको ऊपर तक पहुँचा सकती हूँ। मुझे लगा यह मैं कर सकती हूँ। दीवार का ऊपरी सिरा वहाँ था जहाँ वह सफ़ेद छत से मिल जाती थी।

मैंने अपनी आँखें काले चूँटे पर गड़ा दीं। बिना पलक झपकाए मैंने उसे थोड़ी देर तक देखा। वह अन्तराल जब मैंने बिना पलक झपकाए उसे देखा, बहुत लम्बा लगा। जबकि वह चालीस सेकंड से ज़्यादा नहीं रहा होगा। मैं उसे देखती गई।

ऊपर चढ़ते-चढ़ते मैंने चूँटे को दिशा बदलते देखा। वह जैसे असमंजस में रुका, फिर थोड़ा बाईं तरफ़ चलने लगा। शायद उसने दो इंच पार किया होगा; आताकामा का दो मील। फिर वह लौटा। मुझे लगा यह उसने जान-बूझकर किया। उसके बाद वह उतरने लगा।

मैं नहीं चाहती थी कि वह उतरे। यह तो बिलकुल ठीक नहीं होगा कि इतना चढ़ने के बाद वह नीचे उतरने लगे। मैं चाहती थी कि वह और ऊपर चढ़े, इसके बजाय कि वह नीचे उतरे।

मैंने फिर अपनी सोच की ताक़त से उसे ऊपर चढ़वाने की कोशिश की। वह थोड़ा ठिठका, फिर हल्का सा झूमा, जैसे कि वह शराब पिए हुए हो। अब वह ज़रा सा फिसला, मगर अपने को रोक लिया। एक संघर्ष चल रहा था और वह काला चूँटा उस संघर्ष के बीचोबीच था। एक आवेग, जो मेरे लिए अज्ञात था, उसके शरीर में तब उठा होगा। एक रासायनिक संकेत जो किसी दूसरे ग्रह की भाषा में था; मेरे पढ़ने के लिए नहीं।

क्या वह दीवार को पकड़े रह सकता था? मैं नहीं चाहती थी कि वह गिर जाए।

अगर वह दीवार से गिर गया, तो संघर्ष ख़तम हो जाएगा, चूँटे का, और मेरा भी—एक हारा हुआ युद्ध। इसका मतलब होगा कि मैंने उस पर अपना पूरा ध्यान नहीं लगाया। पूरी क्रिया फिर से शुरू होनी पड़ेगी।

सामना चलता रहा। अपनी सारी इन्द्रियों को उसी एक जगह एकाग्र किए,साँस खींचे, मैंने अपने भाग्य को अधर में लटके देखा। अगर काला चूँटा दीवार के ऊपर तक नहीं पहुँच पाया तो? कोई चीज़, कोई ज़रूरी चीज़ खो जाएगी, हमेशा के लिए। वह फिर कभी न मिलेगी।

इस संघर्ष का मेरे लिए क्या मतलब था, मुझे नहीं मालूम था। मैं चूँटे को देखती रही, ध्यान लगाकर। पाँच मिनट बीते होंगे। वे पचास मिनट की तरह महसूस हुए। उस इन्तज़ार ने मुझे झकझोर दिया। मैं हिल गई।

अगर मैं कोशिश करती तो क्या मैं उस क्षण को टाल सकती थी, यह कहकर कि इसका कोई महत्त्व नहीं?

मैं दूसरी तरफ़ देख सकती थी। बात को वहीं ख़तम कर सकती थी। मगर दूसरी तरफ़ देखने का समय जा चुका था। अब चूँटे को देखना एक भयंकर युद्ध में बदल चुका था। मेरे ऊपर जैसे किसी ने मंत्र पढ़ दिया था। मंत्र के चलते मैं उस स्थिति में फँस गई थी; बाहर निकलने का कोई रास्ता मेरे सामने नहीं था। अब तो बस दो ही अंजाम निकल सकते थे। जीतो या हारो। मारो या मारे जाओ। मैंने अपनी सारी शक्ति चूँटे को ऊपर चढ़वाने पर दोबारा केन्द्रित की। मैं एक जगह जड़ हो गई थी; अपनी कुर्सी से चिपकी हुई थी। अपने ऊपर चूँटे के प्रभाव को मैंने महसूस किया। मैं अपने को बिलकुल अदना-सा, एकदम महीन पिसा हुआ महसूस कर रही थी। मैं धूल थी। मेरी नसें फट पड़ने की हद तक तन गई थीं। मेरा दिमाग़ चूँटे के साथ बुरी तरह उलझ गया था। बार-बार मैंने चूँटे को हिलवाने की कोशिश की। बार-बार वह ठिठका। स्थिति बिलकुल निराशाजनक होती जा रही थी।

एक ज़बरदस्त कोशिश करके मैं उठ खड़ी हुई। खिड़की पर जाकर मैंने बाहर देखा। बाहर भस्म कर देने वाली धूप की कलौंछ थी। मैं कमरे के दूसरे सिरे तक

चल के गई, टाँगों को हरकत में लाने की पूरी कोशिश की। फिर मैं वापिस आके अपनी कुर्सी पर बैठ गई। मैंने फिर से ख़ामोश दीवार की तरफ़ देखा। उसकी न बोलने वाली सफ़ेदी दूर तक खिंची हुई थी। आताकामा के ऊपर, धिकते आसमान में बादल का नामोनिशान नहीं था।

न ही आताकामा में काले चूँटे का। वह मुझे कहीं नहीं दिखा।

सीमा-रेखा

एकदम से वह दरवाज़े से बाहर निकली। दूर से आई हुई कोई प्रवासी चिड़िया।

"अगर मैं तुम्हें न पहचानूँ तो बुरा मत मानना!" उसने आते ही कहा।

सफ़ेद दरवाज़ा मैला होकर सफ़ेद नहीं रह गया था। सफ़ेद दरवाज़ा सफ़ेद नहीं था, मगर उसके ऊपर रंगा बड़ा सा लाल गोला लाल था। मुन्नी ने दरवाज़ा बन्द किया तो उसके दोनों पट आकर मिल गए। गोला तब आधा नहीं, पूरा दिखने लगा। मुझे वह याद था। चालीस साल में उसका रंग फीका नहीं पड़ा था। यह बीच वाले गोल कमरे का मुख्य दरवाज़ा था। कमरे के दोनों तरफ़ दो छोटे दरवाज़े भी थे। उन पर भी लाल गोला बना था, थोड़ा छोटा। और दरवाज़े के बाहर वह धूल भरा सीमेंट की फ़र्श वाला बरामदा, जहाँ बैठकर मुन्नी की मैया उसके चेहरे पर मलाई रगड़ती थी, कि इस तरह वह गोरी हो जाएगी। मुन्नी का रंग पक्का था, बिलकुल नहीं बदला था।

उसकी ख़ाली-ख़ाली सी आँखें मेरे चेहरे पर आकर ठहरीं। जैसे लम्बा सफ़र करने के बाद अन्दाज़ा लगा रही हों, कि कहाँ पहुँची हैं। उसके बराबर के पीले दाँतों पर कलौंछ छा गई थी। नीचे वाली क़तार में दो दाँत ग़ायब थे। एक काली-सी अनुपस्थिति, जो कि दाँतों के आकार की गुफ़ा जैसी लगती थी। उसके कत्थई होंठ बीच से हल्के गुलाबी होकर, एक छोटी-सी चोंच में मिल गए थे। मुझे फिर प्रवासी चिड़िया का ख़याल आया। चिड़िया का नाम फ़िलहाल याद नहीं आ रहा था। उसका शरीर सिकुड़कर और छोटा हो गया था, जबकि मुझे पहले से ही वह छोटी-सी याद थी।

"मुझे माफ़ करना। मेरी याददाश्त गड़बड़ा गई है।" क़रीब आकर उसने अपनी बाँह मेरी बाँह में फँसा ली। वह मुश्किल से मेरे कन्धे तक आती थी।

"मगर तुम्हें तो मैं जानती हूँ," फिर उसने ख़ुशी से कहा।

"मुझे बहुत पुरानी बातें याद रहती हैं, जबकि मैं कल की, पिछले घंटे की बातें भूल जाती हूँ। मेरा इलाज चल रहा है।"

मेरा ध्यान बार-बार उसके ग़ायब दाँतों पर चला जाता था। पिछली बार जब हम मिले थे, तब भी उसने ठीक यही कहा था।

"माफ़ करना अगर मैं तुम्हें न पहचानूँ। मेरी याददाश्त गड़बड़ा गई है। मगर तुम्हें तो मैं जानती हूँ!"

वह बीस साल पहले था। अपने घर के सामने वह रिक्शे से उतर रही थी। एक पीली-सी इमारत, जिसकी दीवारों पर काई की काली-काली झाईं छा गई थी। फाटक के दोनों खम्बों पर नुकीले दाँत दिखाते हुए पत्थर के शेर। इमारत की ऊँची दीवार पर, लगभग छत के ही पास गहरे, अन्धे रौशनदान थे। बरसों से उनके शीशों पर दाग़ लगते-लगते, उनका रंग बदल गया था। वे पीले पड़ गए थे। ज़्यादा रौशनी अन्दर नहीं जाती होगी। इस घर में कभी जूनागढ़ के राजकुमार रहा करते थे। राजकुमार पढ़ाई करने के लिए इलाहाबाद विश्वविद्यालय आए थे। इसी घर में रहकर, बी. ए. की पढ़ाई पूरी कर लेने के बाद, वे अपने प्रदेश वापिस चले गए थे। मुन्नी के पिता को राजकुमार ने घर की देखरेख करने के लिए नियुक्त किया था। राजकुमार के जाने के बाद उन्होंने घर का क़ब्ज़ा नहीं छोड़ा, मगर उसकी सफ़ाई-सुथराई में ढीले पड़ गए। इस लापरवाही का नतीजा उन दिनों ही दिखता था। अब घर कुछ और ज़्यादा ढह गया था।

"माफ़ करना अगर मैं तुम्हें न पहचानूँ। मेरी याददाश्त गड़बड़ा गई है। मगर तुम्हें तो मैं जानती हूँ!" रिक्शे से उतरकर उसने कहा था।

कुछ नहीं बदला था। छत की खपरैलें बस थोड़ी और खिसककर टूट गई थीं। घर तक जाते हुए कंकरीले रास्ते के किनारे अब भी वे ठिंगने से खम्बे मौजूद थे, जिनका मसरफ़ कभी समझ में नहीं आया। उसी रास्ते पर हम टहला करते, एक खम्बे से दूसरे खम्बे तक, आगे-पीछे आगे-पीछे, मख़मली काई से ढकी चारदीवारी

के बग़ल में। वे खम्बे, क़रीब दो फ़ुट की ऊँचाई और उनके सिर पर बिलकुल गोल, फ़ुटबालनुमा पत्थर, आधी शताब्दी गुज़रने के बाद भी वैसे ही थे। अपनी निश्चलता के सदा रुके हुए पल में जैसे एकाएक अभिशप्त। बरसों तक असर करता हुआ शाप, जिसने उन्हें पत्थर की बूढ़ी जादूगरनियों में बदल दिया था, अनचक्के में अपने ही उलटे जादू की कोसी हुई। सड़ते अमरूदों की नशीली गंध चारों तरफ़ फैलकर हमारी नाक में बस जाती। पेड़ों के नीचे पीले पके अमरूद बिछे रहते, जिनके ऊपर चमकदार हरे रंग की मक्खियाँ और भुनगे छोटे-छोटे विमानों की तरह भुनभुनाते। टहल-टहल कर हम स्कूल की बातें करते। मुन्नी मेरे साथ उसी स्कूल में, उसी कक्षा में तो पढ़ती ही थी, हमारे घर भी अगल-बग़ल थे। उसका स्कूल का नाम संगीता था, मगर वह मुन्नी ही कहलाती थी। वह छोटी सी थी भी। हम इलाहाबाद के एक मिशनरी स्कूल में पढ़ते थे, जहाँ के अधिकतर क्लास जर्मनी या केरल से आई, सफ़ेद चोग़ा पहने, कोई-न-कोई कैथोलिक 'नन' लेती थीं। मेरे भाई और अशोक हमारे स्कूल के 'ब्रदर' स्कूल में पढ़ते थे। अशोक मुन्नी का भाई था। 'नन' अध्यापिकाओं को हम उनके दर्जे के हिसाब से, 'सिस्टर' या 'मदर' कहते। उनके क़िस्से सुनाकर मुन्नी इतना हँसती, कि हँसी की वजह से समझ में नहीं आता कि वह क्या कह रही है।

उसने उनके रहने वाले कमरे के बाहर, अलगनी पर टँगी एक बहुत बड़े साइज़ की अन्दर पहनने वाली 'ब्रा' देखी थी। उसने 'ब्रा' के बारे में बताया, तो 'ब्रा' के अन्दर छुपे हुए अंगों का हमें ध्यान आ गया, कि एक 'नन' के शरीर में भी ये अंग होते हैं। पता नहीं क्यों इस बात से हम आश्चर्यचकित हो गए। मगर हँसी भी बहुत आई। उन दिनों हमें हर चीज़ पर हँसी आती थी। मुन्नी हँसती तो उसकी गोल बटन जैसी नाक सिकुड़कर ऊपर चढ़ जाती। आँखें चमकने लगतीं। काले रंग के रिबन से बँधी उसकी कन्धे तक आतीं दो पतली-पतली चोटियाँ हिल-हिल कर उसकी हँसी का समर्थन करतीं। स्कूल में 'पी.टी.' का क्लास ख़तम होने पर, अपने सफ़ेद कैनवस के जूते पहने, हम देर तक मौलश्री के पेड़ों के नीचे, ख़ामोशी से एक-दूसरे के पैर पर चढ़कर उन्हें दबाने का खेल खेलते। सफ़ेद जूते मिट्टी के रंग के हो जाते। स्कूल में सब मौलश्री को 'चोकी प्लम' कहते थे।

मुन्नी के घर के बाहर वही मामूली-सी सड़क अब भी थी। सड़क ज़्यादा चलने लगी थी। भारतीय स्टेट बैंक की एक शाखा सड़क के उस पार खुल गई थी। मोटर और स्कूटर की तादाद बढ़ गई थी, रिक्शों की घट गई थी। मैंने देखा कि फाटक की दाहिने तरफ़ जहाँ बैडमिंटन कोर्ट हुआ करता था, अब हरी घास की पट्टी थी। तब, जब बैडमिंटन कोर्ट था, बैडमिंटन खेलने की इतनी हड़बड़ी रहा करती, कि कभी-कभी स्कूल की ड्रेस बदले बग़ैर ही मैं खेलने पहुँच जाती। रैकेट से मारने पर बैडमिंटन की सफ़ेद पंखों से बनी चिड़िया हवा में तैरती हुई कोर्ट की दूसरी तरफ़ जाकर गिर जाती। जब वह हवा में रहती तो मुझे लगता कि वह कोर्ट की दूसरी तरफ़ नहीं, पंख फैलाकर उड़ती हुई कहीं दूर चली जाएगी। मुन्नी के घर के ठीक सामने, सड़क के उस पार आस्था अस्पताल भी खुल गया था। सुबह से अस्पताल के सामने मरीज़ों की लाइन लग जाती। कभी सफ़ेद चादर ओढ़े हुए लोग स्ट्रेचर पर लेटे बाहर खड़ी एम्बुलेंस के अन्दर किए जाते, या अन्दर से बाहर निकाले जाते। लगता कि बस ज़रा-सी दूर खड़ी, मौत मुन्नी के घर पर आँख गड़ाये हुए है।

जब इसी सड़क पर हम साइकिल चलाते हुए स्कूल जाया करते थे, तब यहाँ पेड़ों से ढका पुरुषोत्तम का बँगला होता था। उसके खुले फाटक से गाय अन्दर घुसकर बग़ीचा चबा जाती। बूढ़े पुरुषोत्तम लँगड़ाते हुए बाहर निकलकर गाय को हाँकते। बँगला बंजर और वीरान लगता था। सड़क सुनसान रहा करती। आगे चलकर सड़क की एक तरफ़ कैथे के पेड़ आ जाते। स्कूल से लौटते समय हम साइकिल से उतर, ढेला चलाकर सफ़ेद पक्के कैथे गिराने की कोशिश करते। स्कूल जाते हुए, घर के सामने मेरे तीनों भाई साइकिल धीमी करके चिल्लाते 'अशोक! अशोक!' कि अशोक भी साइकिल लेकर निकलेगा कि नहीं। अशोक कभी निकल आता, कभी नहीं। जब निकल आता तो उन चारों की साइकिलें पूरी सड़क छेक लेतीं। हवा उनकी आसमानी रंग की स्कूली क़मीज़ के अन्दर घुस जाती और वे ग़ुब्बारे की तरह फूल जातीं। उनके बाल हवा में पीछे को बहने लगते।

मुन्नी के तबाही की ओर फिसलते हुए घर के बड़े से हाते का पिछवाड़ा हमारे घर के सामने के बग़ीचे और अन्दर की सड़क से मिल जाता था। हमारे घर

का हाता भी बड़ा था। अंग्रेज़ों के बनाए उस ज़माने के सभी इलाहाबाद के बँगलों के साथ ढेर सारी ज़मीन रहा करती थी। दोनों घरों के बीच दीवार नहीं थी। सिर्फ़ करौंदे की कँटीली झाड़ियों की लम्बी-सी क़तार निशानी थी कि एक हाता कहाँ ख़तम होता है और दूसरा कहाँ शुरू। बराबर आवाजाही की वजह से झाड़ियों के बीच से एक हरी सुरंग जैसी बन गई थी। पेट के बल रेंगकर, काँटों से छिलती हुई, मैं झाड़ियों की दूसरी तरफ़, उसके घर के हाते में निकल आती। वह मेरे घर कम आती थी। वे लोग अग्रवाल थे। उनकी रसोई में लहसुन-प्याज़ का इस्तेमाल नहीं होता था। उसके पिता को शायद डर रहा हो कि हमारे घर आकर वह मांस-मछली न खाने लगे। हो सकता है वे उसे आने से रोकते हों, जबकि ऐसा किसी ने कभी कहा नहीं। मुन्नी अपने पिता को बाबूजी कहती थी, मगर जब हम आपस में उनकी बात करते, तो वह उन्हें 'डैड' कहती। पता नहीं वह ग़ुस्सैल थे या नहीं, मगर शकल से ग़ुस्सैल दिखते थे।

यह उसके घर का पिछवाड़ा होने की वजह से, पहले से ही नष्ट हाते की देखरेख बिलकुल ही नहीं होती थी। झाड़ियों में से पेट के बल निकलते ही, मैं रेंड़ के उलझे हुए जंगल के बीच होती। रेंड़ के दरख़्त ऊँचे नहीं थे, मगर घने थे। साँझ के वक़्त रेंड़ के जंगल में ख़रगोश, सियार और एक बार लोमड़ी दिखी थी। वहीं पर आम के एक धूल से लदे पेड़ पर से मैंने बिज्जू को उतरते देखा था, बस एक झलक भर। उसकी दुम झाऊ के पेड़ की डंगाल की तरह थी। दुम के रोएँ खड़े हुए थे। रेंड़ के बड़े-बड़े पत्ते हाथ से झलने वाले पंखों की तरह लगते थे। हवा चलती तो उनमें से कराहने और फुसफुसाने की आवाज़ें आतीं। हवा अपने हाथों से पंखा झल रही है, मैं सोचती। अकसर लोग रेंड़ का पत्ता माँगने आते थे। कई रोगों के इलाज में वे काम देते थे।

पीछे से होती हुई मैं घर के सामने पहुँची, तो मुन्नी बाहर नहीं थी। उसके पिता कटी बाँह की सफ़ेद बनियान और ढीली मोरी का पायजामा पहने अपनी मोटरसाइकिल का मुआइना कर रहे थे। बनियान एकदम सफ़ेद होने के कारण, उनका साँवला रंग और भी साँवला लग रहा था। मैं उसके पिता से घबराती थी। एक बार मैंने सोचा कि लौट जाऊँ, मगर उन्होंने मुझे देख लिया था। उनके हाथ

और सीने पर घने बाल थे। एक हाथ में वह स्टेनलेस स्टील का कड़ा पहनते थे। चेहरा धूप से तमतमाया हुआ था। गर्मी के दिन थे।

"नमस्ते! मुन्नी है?"

वे कम बोलते थे। उन्होंने पहले सिर नीचे किया, फिर ऊपर, कि वह अन्दर है।

गोल कमरा ठंडा था, और अँधेरा। उसमें चौड़े हत्थे वाले बड़े-बड़े सोफ़े रखे थे जिनके हल्के रंग की वजह से वे अँधेरे में दिख रहे थे। आगे बढ़ी तो देखा कि सोफ़े पर उनके दो एल्सेशियन कुत्ते, टाइगर और लिली, गहरी नींद में सो रहे थे। लिली ने मेरी आहट पाकर दुम हल्की-सी हिलाई। टाइगर सोता रहा। गोल कमरे के बाद मैया की पूजा वाली कोठरी थी। ताक़ पर सुनहरी किनारी वाला लाल कपड़ा बिछा था। उस पर बहुत सारे भगवान सजे थे। श्री रामचरित मानस और दो-तीन अन्य मोटी-मोटी धार्मिक पुस्तकें नीचे एक छोटी मेज़ पर रखी थीं। मैया इनमें से रोज़ डेढ़-दो घंटे का पाठ करती थीं। भगवान की मूर्तियों की झाड़-पोंछ मुन्नी करती थी। सिर्फ़ एक बार मैंने उसको मैया के साथ पूजा करते देखा था। वह चौपल्थी मारकर बैठी थी। उसने फ्रॉक फैलाकर घुटनों को ढक लिया था। धूपबत्ती का धुआँ छोटे से कमरे में भर गया था। धूपबत्ती की महक तो थी ही, मगर पूरे घर में बासी दूध की सड़ती हुई गंध भी थी। उसके बाद भगवान की मूर्ति देखकर हमेशा मेरी नाक में सड़ते हुए दूध की महक आती।

अन्दर आकर सब तरफ़ देख लिया मगर मुन्नी नहीं दिखी। मैया पूजाघर के पीछे वाले कमरे में बैठी पुराने चिथड़ों से कुछ सी रही थीं। कोई खिलौना। शायद कपड़े के ख़रगोश का कान हो, या गिलहरी।

"क्या सी रही हैं, मैया?" मैं भी उन्हें मैया कहने लगी थी। वह मुझे बेटी की तरह मानती थीं। दीपावली की रात जब वह काजल पारती थीं, तो मेरे लिए एक डिबिया ज़रूर अलग रखतीं। उनका गोरा, पतला सा चेहरा ख़ून की कमी से सफ़ेद हो रहा था।

"हेलीकाप्टर!" उन्होंने जल्दी से मेरी तरफ़ देखते हुए कहा। वह हेलीकॉप्टर की तरह नहीं लग रहा था।

मुन्नी घर के एकदम पीछे वाले बरामदे में सीमेंट की मुँडेर पर चुपचाप बैठी

रेंड़ के जंगल को देख रही थी। मैं थोड़ी देर पहले वहाँ से गुज़री थी मगर मुझे वह नहीं दिखी थी। इसका कारण यह था कि रास्ते में एक बड़ा-सा नीम का पेड़ था। पेड़ को अमरबेल ने जकड़ लिया था और उससे लटकती बेल की लम्बी-लम्बी रस्सियों के आरपार कुछ नहीं दिखता था। उसके बग़ल में चार-पाँच फुट ऊँची छोटी-सी दीवार में नल लगा हुआ था। नल हमेशा सूखा रहता था। उसे खोल दो तो उसमें से सूँ-सूँ की आवाज़ आती, निकलता कुछ नहीं था। अमरबेल की रस्सियों पर हम झूला करते। मुन्नी झूलने के मूड में नहीं लग रही थी।

"मैं बीमार हूँ। शरीर का सारा ख़ून बहा जा रहा है," मुझे देखकर उसने मरते हुए से अन्दाज़ में कहा। उसका चेहरा उतरा हुआ था। मैंने उसका माथा छू के देखा। लगा हल्की-सी हरारत है। मगर कोई ख़ास नहीं थी।

"कहाँ है ख़ून?" मैंने पूछा। उसे लगा मैंने उसकी बात पर विश्वास नहीं किया। उसने अपने शरीर को मुँडेर पर रगड़ते हुए बाईं तरफ़ थोड़ा घसीटा। सचमुच मुँडेर की सीमेंट पर गहरे कत्थई रंग का निशान बन गया।

"यह कैसे हुआ? चोट है? दिखाओ कहाँ है," मैंने कहा।

वह मुँडेर पर पीछे खिसककर अधलेटी-सी हो गई। उसने अपनी फ्रॉक ऊपर करके मुझे दिखाया। फ्रॉक के नीचे वह नीले रंग की जाँघिया पहने थी। जाँघिये पर फूल बने थे और वह सफ़ेद नाड़े से बँधा था। फूलों के बीच ख़ून का धब्बा भी फूलों में मिल गया था। धब्बा किसी और जाति के फूल की तरह लग रहा था।

"मैया ख़ून को रोकने के लिए नैपकिन सी रही हैं। कहती हैं अब यह हर महीने होगा," उसने हताशा से कहा।

"नैपकिन! कह रही थीं हेलीकाप्टर है।"

उसने तिरस्कार भरी नज़र मेरे ऊपर डाली, जैसे कि मैं कितनी बेवकूफ़ हूँ।

"सब लड़कियों को होता है। तुम्हें छू दूँ, तो तुम्हें भी हो जाएगा।"

"मुझे मत छूना," मैंने थोड़ा पीछे हटते हुए कहा।

"नहीं छू रही हूँ।"

"टाइगर! टाइगर!" अशोक आ गया था। उसने ज़ोर से सीटी बजाई। टाइगर उसे सुनकर दौड़ा हुआ आता था। मगर टाइगर नहीं आया। टाइगर अशोक का

दुलारा कुत्ता था। वह जंगल में गेंद फेंकता और टाइगर उसे मुँह में दबाकर वापिस ले आता। लिली से उसको उतना प्रेम नहीं था। लिली बूढ़ी हो गई थी। अशोक के टाइगर-प्रेम और उसके टाइगर को सीटी बजाकर बुलाने की आदत के कारण मुन्नी अशोक को टियु कहने लगी थी। उसकी सीटी टियु-टियु करके बजती थी। अब सभी उसे टियु कहते थे। अजीब-सा नाम था, पर चिपक गया।

"टियु, वह अन्दर गोल कमरे में सो रहा है। अभी आते में मैंने उसे देखा था," मैंने कहा। अशोक बिल्डिंग की बग़ल से होता हुआ फिर घर के आगे की तरफ़ चला गया।

मुन्नी की अस्थिर आँखें मुझ तक लौट आईं।

"एक बात कहूँ, किसी से कहोगी तो नहीं?"

"मैं किससे कहूँगी?"

"मैया से।"

"नहीं। नहीं कहूँगी।"

"मैं पूजाघर में गई थी। मैंने भगवानजी की मूर्तियों को भी छुआ था," उसने ज़रा देर रुककर कहा।

"तो क्या हुआ?"

"मैया ने कहा है मैं पूजाघर में गई तो अनर्थ हो जाएगा। मैं रसोई में भी नहीं जा सकती।"

"क्यों?"

"क्योंकि जब तक ख़ून बहेगा, मैं रसोई या पूजाघर में नहीं जा सकती।"

"मगर क्यों?" मुझे यह सब शर्मनाक लग रहा था। क्या सचमुच मेरे साथ भी ऐसा हो सकता है? उसे कोई बीमारी हो गई होगी। मुझे नहीं हो सकती। मुन्नी मेरे सवाल का जवाब नहीं दे पा रही थी।

"मैं जा रही हूँ मैया से पूछने।"

"नहीं, नहीं! तुमने वादा किया था। कभी मत कहना मैया से। मेरे पूजाघर में जाने वाली बात से उन्हें दुख होगा। वह डैड से कह देंगी। डैड पता नहीं क्या करें।" मुन्नी अपने पिता से डरती थी।

वह परेशान लगने लगी। वह सोच रही थी कि मैं मैया से कह दूँगी। मैंने मैया से नहीं कहा। मैया धर्म को लेकर कट्टर थीं। मिशनरी स्कूल के छोटे से गिरजाघर में हम विद्यार्थियों को कभी-कभी ले जाया जाता था। वहाँ नीची-सी बेंचों पर घुटने टेककर हम क्लास में रटाई गई प्रार्थना बुदबुदाते थे। उसके बाद उँगलियों से छूकर, माथे और सीने पर क्रॉस बनाते हुए 'आमीन' कहते थे। गिरजाघर के बाहर दीवार में बने पात्र से 'होली वाटर' माथे पर लगाते थे। यह सबका रोमांच था। मैया को पता चला था तो उन्होंने इसको लेकर बहुत शोर मचाया। उन्हें लगा था उनकी बेटी ईसाई हो जाएगी। उन्होंने पिता को स्कूल भेज दिया था। हम फिर भी गिरजाघर जाते रहे। गिरजा पत्थर का बना हुआ और पुराना था। अन्दर ठंडक रहती थी। काँटों का मुकुट पहने ईसा मसीह की प्रतिमा ऊपर, दूर पर टँगी थी। गिरजे के अन्दर जाना अच्छा लगता था।

जब हम दसवीं कक्षा में पहुँचे, तो मुन्नी और मैं अलग-अलग क्लास में बैठने लगे। वह हाई स्कूल वाले भाग में चली गई और मैं सीनियर कैम्ब्रिज वाले में। पढ़ाई बढ़ जाने के कारण मेरा उसके घर जाना भी कम हो गया। सीनियर कैम्ब्रिज कर लेने के बाद, आगे पढ़ने के लिए मैं दिल्ली चली गई, वह इलाहाबाद में रह गई। छुट्टियों में इलाहाबाद आती तो उसकी ख़बर मिलती थी, कि वह लोकल अख़बार में पत्रकार हो गई है, कि वह उसी मिशनरी स्कूल में पढ़ाने लगी है, जिसमें हम पढ़ा करते थे, कि उसने अपना अख़बार चलाना शुरू कर दिया है। कितने साल यूँ ही निकल गए। फिर पता चला कि वह बीमार है, काम-काज सब छूट गया है। तभी से शायद उसकी याददाश्त वाली बीमारी शुरू हुई होगी। मगर मैं उसके घर नहीं गई। मेरा वहाँ जाना बरसों से बन्द हो गया था। हमारे घरों के बीच करौंदे की काँटों वाली झाड़ी कट गई थी। उसके और मेरे घर के बीच की सीमा-रेखा कहाँ है, यह साफ़ नहीं था, इसलिए वहाँ दीवार नहीं बनी थी। उसकी जगह, जहाँ सम्भवत: सीमा-रेखा होगी, वहाँ मेहँदी के पेड़ों की क़तार लगा दी गई थी। मेहँदी में काँटे नहीं होते। रेंड़ का जंगल साफ़ कर दिया गया था, यहाँ से वहाँ तक सब खुला था और नुक्कड़ पर पुराने चिलबिल की छाया में खड़ी बिंदादीन की गुमटी दिखने लगी थी। मगर उसके घर जाने का रास्ता अब ज़्यादा कठिन लगता था।

वहाँ जाने का ख़याल भी नहीं आता। फिर पता चला कि उसकी शादी एकदम से हो गई है। वह कहीं दूर चली गई है। शायद करनाल। या फिर कर्नाटक। ऐसा ही कोई नाम, बड़की ने कहा, जो उनके यहाँ भी काम करती थी।

बरसों तक मैंने उसे नहीं देखा। मेरी दुनिया बदल गई थी। उसकी भी। मेरी दुनिया के नक़्शे से उसका नाम हट गया था। इलाहाबाद से दिल्ली और दिल्ली से विदेशी शहरों की सैर करने में आधी से ज़्यादा ज़िन्दगी निकल गई। मैं बूढ़ी हो चली थी। वह भी मेरी ही उम्र की थी। मैं उसके बारे में बिलकुल नहीं सोचती थी। वह अभी जीवित थी, क्योंकि उसके मरने की ख़बर नहीं आई थी। अभी मरने की उम्र न तो उसकी थी, न मेरी। अगर ऐसी ख़बर आई होती तो मैं उसके बारे में ज़रूर सोचती। मगर जल्दी ही उससे मिलना हुआ। अशोक की मृत्यु के बारे में बड़की ने बताया। टाइगर को सीटी बजाकर बुलाता हुआ टियु मुझे याद आया। मगर टाइगर और लिली तो कब के मर चुके थे। उनकी जगह सड़क के कुत्तों की फ़ौज ने ले ली थी, जिनको टियु रोटी खिलाता था। उसे कुत्ते पसन्द थे। उसके परचाये हुए कुत्ते हमारे घर भी आकर रात-भर नोच-खसोट करते, शोर मचाते। अग्रवाल परिवार ज़िन्दगी भर हमारे पड़ोस वाले घर में बना रहा। ख़ुशी या ग़मी के मौक़े छोड़, वहाँ से शायद ही कोई हमारे घर कभी आया। मेरे घर से भी कोई वहाँ नहीं जाता था। मगर ख़बर पूरी रहती थी। बड़की ने अशोक की मृत्यु के बारे में नहीं बताया होता तो भी मुझे पता चल जाता। कोई मर गया है, इसका अन्दाज़ मुझे हुआ था। रात को ग्यारह बजे रोने की आवाज़ मुझे अपने कमरे में ज़रा देर को सुनाई दी थी। फिर सन्नाटा। हमारे घरों के बीच रेंड़ का जंगल नहीं था, मगर सन्नाटे में मुझे लगा कि जंगल कराह रहा है। हवा चल रही थी।

तीसरे दिन होने वाले शान्ति पाठ के पहले ही मैं वहाँ चली गई। पत्थर के शेरों की पहरेदारी वाले सामने के फाटक से एक-दो बार ही मैं वहाँ गई थी। फाटक पर मुन्नी के स्वर्गीय पिता और दोनों भाइयों का नाम लिखा था। मुन्नी का नाम नहीं लिखा था। मुन्नी को मैंने पूछा तो पता चला कि वह है। बल्कि यह, कि वह रोज़ चौक से आ जाती है। चौक में उसके पति का घर है। तो वह शहर छोड़कर गई ही नहीं?

"तुम्हें तो मैं जानती हूँ!" उसने आते ही कहा, "मगर तुम रहती कहाँ हो?"

"वहीं हूँ जहाँ थी, तुम्हारी बग़ल में। मगर तुम कहाँ हो? मैंने तो सुना था तुम कहीं बाहर हो?"

"नहीं, मैं चौक में रहती हूँ। मेरे पति वहाँ हैं। मेरी शादी हो गई है। इस इलाक़े में हम घर ढूँढ़ रहे हैं।"

"मगर यह घर तो ख़ाली पड़ा है?"

उसने मेरे प्रश्न का जवाब नहीं दिया।

"मेरे पति मेरी देखभाल करते हैं। मेरी शादी एकदम से हो गई थी," उसने कहा।

"सुना तो था। मगर कब हुई?"

"मुझे कुछ याद नहीं। मैं अस्पताल में थी। फिर मेरी शादी हो गई। मैं मना कर रही थी मगर वह मान नहीं रहे थे।"

"कौन नहीं मान रहे थे?"

"अशोक भैया और मेरे पति।" वह टियु को अशोक भैया कब से कहने लगी थी?

"तुम्हारी शादी अस्पताल में हो गई?"

"मुझे कुछ याद नहीं। किसी ने साड़ी का घूँघट मेरे मुँह पर डाल दिया था। कुछ दिख नहीं रहा था। अन्दर गर्मी थी तो मैंने सिर निकालकर ऊपर देखा। अशोक भैया हाथ में सबसे बड़ा वाला कैडबरी चॉकलेट लिये खड़े थे। उन्होंने चॉकलेट मेरे हाथ में पकड़ा दिया तब मैं हँसी। अशोक भैया ही तो थे जो सब को हँसाते थे।"

"हाँ, हमें बहुत हँसी आती थी। शाम को तुम चौक चली जाओगी?"

"नहीं। शान्ति पाठ के बाद जाऊँगी। तुम शान्ति पाठ में आना।"

"ज़रूर आऊँगी।"

"चलो मैया से तुम्हें मिलाती हूँ। वे ख़ुश हो जाएँगी।"

मैया अभी हैं? वे बहुत बूढ़ी हो गई होंगी। जब हम ही बूढ़े हो गए हैं।

उसने फिर अपनी बाँह मेरी बाँह में फँसा ली थी। वह गोल कमरे के मुख्य दरवाज़े से मुझे अन्दर ले गई। वे बड़े-बड़े सोफ़े अब भी मौजूद थे, मगर उनके ऊपर का कपड़ा बदलकर कत्थई धारियों वाला कपड़ा मढ़ दिया गया था। और

वे कमरे के बीच में नहीं, एक तरफ़ रख दिए गए थे। कुछ परिवार के लोग वहाँ बैठे आपस में बात कर रहे थे। एक औरत, जो शायद मुन्नी की भाभी थी, किसी दूसरी औरत से धीमी आवाज़ में बात कर रही थी। मुझे देखकर वह चुप हो गई। सब खड़े हो गए। कमरे में अँधेरा-अँधेरा था।

मुन्नी कमरे की गोलाई पार करती हुई मुझे अन्दर के एक और कमरे तक ले गई। फिर, एकदम से उसने मेरा हाथ पकड़ के मुझे रोक दिया। मैंने उसकी तरफ़ देखा। अँधेरे में उसका चेहरा साफ़ नहीं दिख रहा था। उसने फुसफुसाकर कहा, "मैया से मत कहना!"

उस दिन को पचास साल बीत चुके थे। पचास साल जैसे पल-भर में निकल गए थे। मगर वह दिन नहीं बीता था। वह मौजूद था अभी, उसके और मेरे दरमियान—समूचा, अपनी एक-एक तफ़सील लिये ठहरा हुआ, अध्वंस। पचास साल उसको नष्ट नहीं कर पाए थे। और वह, जिसको कुछ याद नहीं रहता था, उसे वह दिन याद था।

मैया ने मुझे नहीं पहचाना। उनकी आँखें धँस गई थीं, गाल की हड्डियाँ उभर आई थीं। मोटी रज़ाई के नीचे वह दुबकी पड़ी थीं। जाड़ा था।

"मैया, अनीता आई है," उसने कहा, "ऐनी! बग़ल वाले घर से।"

उनकी आँखों के गढ़ों में एकदम से पानी भर आया। उनके होंठ काँपने लगे। अशोक उनका पहला बच्चा था। उसे देखकर उनके चेहरे पर मुस्कान आ जाती। उसके लिए वह रसोई में जाकर उसके पसन्द की चीज़ें बनाती थीं। पहली बार किसी बच्चे के शरीर की गर्मी उन्होंने अपने शरीर पर महसूस की होगी। उन्होंने रज़ाई से एक हाथ बाहर निकालकर मेरा हाथ पकड़ लिया। उनके हाथ का मांस लगभग ग़ायब हो चुका था। मुझे लगा मेरे हाथ में लम्बी कुंजियों का ठंडा गुच्छा आ गया है।

"वह हेलीकाप्टर नहीं था," थोड़ी देर ख़ामोश रहने के बाद उन्होंने एकाएक मेरी तरफ़ देखकर कहा।

"मुझे मालूम है कि वह हेलीकाप्टर नहीं था," मैंने कहा।

"चलो अब बाहर चलते हैं। तुमने उन्हें देख लिया।" मुन्नी मेरा हाथ घसीट रही थी। शायद उसका डर लौट आया था कि मैं मैया से बता दूँगी कि उसने भगवान

की मूर्तियों को छुआ था। जब वह 'अपवित्र' थी। आधी सदी बीत गई थी मगर वह अभी तक 'अपवित्र' और 'पवित्र' के जंजाल में फँसी हुई थी। एक बार वह कीड़ा दिमाग़ में घुस जाए, तो क्या वह सदा वहाँ रेंगता रहता है?

बाहर धूप में निकलकर अच्छा लगा। फाटक के पास, घास की पट्टी की बग़ल की क्यारियों में रंग-बिरंगे मौसमी फूल खिले हुए थे।

"अब तुम कहाँ रहती हो?" शायद वह समझी नहीं थी कि मैं अभी उसी घर में थी, उसकी बग़ल में।

"हम फिर कैसे मिलेंगे? अपना मोबाइल नम्बर दे देना," उसने बिना मेरे जवाब का इन्तज़ार किए हुए कहा।

"हाँ, दे दूँगी," मैंने कहा, "तुम्हें मैसेज कर दूँगी।"

उसने नहीं पूछा कि मैं उसे किस नम्बर पर मैसेज करूँगी।

"अपना मोबाइल नम्बर दे देना," उसने दोबारा कहा।

"हाँ, मैं मैसेज कर दूँगी," मैंने फिर कहा। मैं शेर वाले फाटक से बाहर निकलकर घर वापिस आ गई।

अशोक के शान्ति पाठ में मैं नहीं गई।

दूसरा

यह तो मर गया है, चन्द्रू ने सोचा। वह बिलकुल हिल नहीं रहा था। उसके नुचे-खुचे से शरीर में कोई हरकत नहीं थी। करौंदे की झाड़ी पर यूँ टँगा, उसका बदन हवा के झोंके में हल्के से झूल गया।

चन्द्रू करौंदे की झाड़ी के पास पहुँचकर ज़रा चौंका जब उसने पाया कि उल्लू अपनी बड़ी-बड़ी संजीदा आँखों से उसे देख रहा है। उसकी काली पुतलियों वाली पीली आँखें पूरी खुली हुई थीं। आँखें क़रीब-क़रीब गोल थीं। चन्द्रू की आँखें पल भर को उल्लू की आँखों से मिलीं और उसे लगा कि उनके बीच कुछ गुज़रा है, कोई पहचान या फिर हमदर्दी, जो धरती पर रहने वाली दो नस्लों के बीच हो सकती है। मगर उल्लू ने तो यह हरगिज़ नहीं सोचा होगा, चन्द्रू अपने ख़याल पर मुस्कुराया। उसे अजीब लगा कि वह एक उल्लू से आँख मिला रहा है। शायद उल्लू उसके बारे में कोई राय क़ायम कर रहा हो। चन्द्रू को लगता था कि हर कोई उसके बारे में राय बना रहा है, और वह राय अकसर कोई अच्छी राय नहीं होती थी। क्या उल्लू आँख झपकाते हैं? यह उल्लू तो उसे एकटक देखे जा रहा था। चन्द्रू ने इतने पास से उल्लू कभी नहीं देखा था। उल्लू में अँधेरे की-सी कोई बात थी; आख़िर तो वह रात का निवासी था।

तभी उल्लू ने अपना बायाँ पंख एकदम से फड़फड़ाया और चन्द्रू ने देखा कि वह पंख एक बेतुके से ज़ाविये पर उठा हुआ है। पतंग का मंझा उसकी गर्दन से होता हुआ, उसके पंख के नीचे से जाकर उलझ गया था और उल्लू उलझे हुए मंझे में फँस गया था। अब, उड़ने में नाकाम, वह करौंदे की कँटीली डाल पर मंझे

से लटक रहा था जैसे कि फाँसी पर लटका हुआ कोई क़ैदी। लेकिन उल्लू ज़िन्दा था। अभी लग्गी और क़ैंची लेकर आता हूँ, चन्द्रू ने सोचा। पता नहीं लग्गी का ख़याल उसे क्यों आया; उल्लू को रिहा करने के लिए लग्गी की ज़रूरत तो क़तई नहीं थी। उल्लू इतने पास था कि वह उसे हाथ बढ़ाकर छू सकता था। फिर भी उसे छू सकने की बात चन्द्रू के मन में नहीं आई।

जिस करौंदे की झाड़ पर उल्लू फँसा था, वह चन्द्रू के कमरे के सामने, फ़ातिमा बीबी के मकान के पिछवाड़े की छोटी-सी बगिया में थी। मकान के पिछवाड़े के दो कमरे फ़ातिमा बीबी किराए पर दिए हुए थीं। एक कमरे में चन्द्रू रहता था और दूसरे में पंकज, जो आजकल गाँव गया हुआ था। मकान के पीछे की कच्ची चहारदीवारी से सटा हुआ एक अंजीर का पेड़ था। बगिया में एक नीबू और दो शरीफ़े भी थे। सफ़ेद सदाबहार और पीले गुल-ए-अब्बासी के पौधे, जिन पर रोज़ सायरा बावर्चीख़ाने से पतीली भर-भर के पानी डालती। इन पेड़ों के अलावा ज़मीन का वह छोटा-सा टुकड़ा जिसे सायरा 'बगिया' कहती थी, चटियल पड़ा था। दिन-भर उसमें ख़ाक उड़ा करती। टूटी ईंटों, सिकोरों और कंकड़ों के मलबे का ढेर चहारदीवारी के पास लगा दिया गया था। इस छोटे से पहाड़ पर चढ़के चन्द्रू मोहल्ले को देख सकता था।

जमुना के किनारे बसा हुआ वह पतली, टेढ़ी-मेढ़ी गलियों वाला मोहल्ला था। फ़ातिमा बीबी के घर की छत से जमुना और उस पर बना पुल दिखाई देता था। नदी के किनारे मल्लाहों की बस्ती थी। मल्लाह और उनके बच्चे, छोटे से लेकर बड़े तक, सभी एक से बढ़कर एक तैराक। पुल पर से गुज़रती ट्रेनों में से लोग नदी में सिक्के फेंक देते। मल्लाह के बच्चे ये फेंके गए सिक्के नदी के तल से खोज लाते। ट्रेनें पुल पर धड़धड़ाती हुई जल्दी से निकल जातीं मगर उनकी धड़-धड़ की आवाज़ थोड़ी देर तक पीछे छूटी रह जाती। पहले जब बाँध नहीं बना था तो पानी आबादी तक आ जाया करता। डैनियल भाई के बरामदे की चौथी सीढ़ी डूब जाती, मगर चौधरी साहब, जो उनके ठीक बग़ल में रहने वाले पड़ोसी थे, ने अपना घर एक ऊँचे चबूतरे पर बनाया था और बाढ़ में भी पानी वहाँ तक नहीं पहुँच पाता।

पतली गलियाँ और भी पतली इसलिए लगतीं क्योंकि गली से सटकर लोगों के घर थे, एक के ऊपर एक बने हुए दो-ढाई मंज़िल के घर। लम्बी-लम्बी बिना

खिड़की वाली इमारतों का पलस्तर उखड़ गया था और अन्दर से इमारत की अँतड़ियों की तरह, उनकी ईंटें दिखने लगी थीं। दहशतज़दा, ये इमारतें एक-दूसरे को ऐसे देखा करतीं, जैसे कि अपने ही वजूद से निकल भागने का रास्ता तलाश रही हों। ज़्यादातर घर क़ब्ज़े की ज़मीन पर बने थे।

गली के एक किनारे पर, जहाँ 'अनवारुल उलूम निस्वाँ स्कूल' का बोर्ड लगा था, सड़ते हुए पानी का छोटा-सा तालाब बन गया था। बारिश का पानी वहीं इकट्ठा हो जाता और सड़ता रहता। मरी हुई छिपकलियाँ और मेढक उसमें पाए जाते। मोहल्ले में बसी मुख़्तलिफ़ बदबुओं में सड़ते पानी की बदबू जैसे और बदबुओं को एक उलफ़ती आग़ोश में लेकर अपने में समेट लेती। मोहल्ले की नालियाँ और सड़कें साफ़ करने महीनों कोई नहीं आता। तंग गलियों वाले मोहल्ले के ऊपर का आसमान बिजली के नंगे तारों के उलझेरे से काला हो रहा था। बस्ती के ग़रीब इन्हीं तारों में कटिया मारकर अपने घरेलू इस्तेमाल के लिए बिजली लेते। सलीम भाई अपनी लेथ मशीन भी इसी कटिया वाली बिजली से चलाते थे। चन्द्रू के दिमाग़ में एकाध बार आया था कि सलीम भाई के पास जाकर काम माँगे। मगर आख़िरी वक़्त पर वह हिचकिचा जाता। नंगे तारों से किसी को भी करंट लग सकता था, यह ख़तरा बराबर बना रहता।

चौरस्ते पर, जो फ़ातिमा बीबी के मकान से ज़्यादा दूर नहीं था, लाइन से गोश्त की दुकानें थीं। उनमें कभी पूरे-पूरे बकरे, कभी बकरे के पैर या दुम दुकान के बाहरी शटर के अन्दर छत पे लगे आँकड़ों से लटकते रहते। चीलें और कुत्ते-बिल्लियाँ अँतड़ी पचौनी, छिछड़े, बकरे की रोएँदार खाल और खुर वग़ैरह गली में फ़ातिमा बीबी के मकान के सामने तक घसीट लाते। हवा उधर की होती तो बासी ख़ून की भारी, मीठी-मीठी-सी महक चन्द्रू की नाक में आती। फ़ातिमा बीबी ने उसे यह कमरा इतने कम किराए में नहीं दिया होता, तो इस मोहल्ले में रहने की वह हरगिज़ नहीं सोचता। चन्द्रू नौकरी की तलाश में शहर आया था। छह महीने हो गए थे मगर अभी उसकी नौकरी लगी नहीं थी। उसका ज़्यादातर वक़्त सरकारी इम्तिहानों की तैयारी करने में निकलता। अपने फ़ालतू वक़्त में बगिया की काई से काली, बिन पलस्तर की दीवार पर कोहनियाँ टेके, वह गली की आवाजाही को देखा करता।

वह अन्दर जाने को हुआ तो आठ-दस लोगों का क़ाफ़िला गली से फूटती कच्ची सड़क पर ख़ामोशी से जाता हुआ दिखलाई दिया। लोगों के इस झुंड में एक भी औरत नहीं थी और सभी आदमी एकदम सफ़ेद कपड़े पहने थे, सफ़ेद कुर्ता, टख़नों तक ऊँचा सफ़ेद पायजामा और सिर पर सफ़ेद टोपी। यह सड़क तो क़ब्रिस्तान जाती है, चन्द्रू ने सोचा। कोई मर गया होगा। तो यह जनाज़ा है। इतने लोग थे मगर कोई बात नहीं कर रहा था, सब सिर झुकाए एकदम ख़ामोशी से धीमे-धीमे चल रहे थे। वे आगे निकल गए तो भी चन्द्रू वहीं दीवार पर कोहनियाँ टेके खड़ा रहा। साइकिल पर सवार डैनियल भाई आते दिखे। वह बग़ल में एक डबलरोटी दबाए हुए थे। वह चन्द्रू के सामने से गुज़रे तो उन्होंने कहा, "बहादुरगंज में एक बेकरी खुली मिल गई।"

खुली मिल गई? तो क्या दुकानें आज बन्द थीं? कई दिन से चन्द्रू घर से बाहर नहीं निकला था। वह कुछ पूछता, इसके पहले डैनियल भाई आगे निकल गए।

अंजीर के पेड़ की बड़ी-बड़ी गहरे हरे रंग की पत्तियों पर धूल की तह जमी हुई थी और उनका रंग बदल गया था। धूल का रंग राख से मिलता-जुलता था। वह तय नहीं कर पाया कि पत्तों पर धूल है कि राख। ग़ौर करने पर लगा कि यह धूल नहीं, राख है। उसने चारों तरफ़ सिर घुमाकर देखा पर समझ में नहीं आया कि राख कहाँ से आई होगी। सलाख़ेदार खिड़की वाले उसके कमरे की इकलौती कुर्सी पर, दीवार पर टँगी तसवीर और कैलेंडर पर, पंखे पर भी काली-काली-सी गर्द थी। उसके कपड़े मैले हो रहे थे। चन्द्रू ने ऊपर देखा तो आसमान में तीन-चार पतंगें उड़ रही थीं। मोहल्ले के सभी लड़के पतंगबाज़ थे। पतंगों के नाम भी थे, बुड्ढा तारा, काली डग्गा, चाँदतारा, छुरियल, तिरंगा वग़ैरह, जो चौराहे पर पतंग की दुकान वाले नूरुद्दीन को याद थे। मगर पतंग उड़ाने वाले मोहल्ले के लड़कों को पतंग के नाम से मतलब नहीं था। वे एक-दूसरे की पतंग काटने में लगे रहते; चन्द्रू की आँखों के सामने एक लम्बी सरसराती सी आवाज़ के साथ एक काली पतंग ने आसमान में ज़बरदस्त उतरान भरी। पतली सी ठिकरी को मंझे में बाँध, लड़के उसका लंगर बना लेते जिससे दूसरे की पतंग को फँसा के काटा जा सके। ऐसे ही लंगर में बँधे हुए मंझे में एक उल्लू फँस जाएगा, उन्होंने सोचा नहीं होगा।

लंगर और मंझे का ख़याल आते ही चन्द्रू को मंझे में फँसा उल्लू याद आया। लग्गी और क़ैंची। वह तो लग्गी और क़ैंची लेने अन्दर जा रहा था। फ़ातिमा बीबी के पास क़ैंची तो ज़रूर होगी, शायद लग्गी भी हो। अन्दर आकर मुँह धोने के लिए उसने वाशबेसिन का नल खोला तो उसमें से पानी के बजाय सूँ-सूँ की आवाज़ करती हुई हवा निकली। तीन दिनों में यह दूसरी बार हो रहा था। यासीन ने फिर टंकियाँ ख़ाली कर दी होंगी। फ़िलहाल वह उल्लू को भूल गया और फ़ातिमा बीबी से शिकायत करने के इरादे से सहन वाले दरवाज़े की तरफ़ बढ़ा।

दरवाज़े के ऊपरी सिरे पर कुंडी थी। कुंडी में लगने के लिए काले लोहे की ज़ंजीर, जो नीचे झूल रही थी। उसने ज़ंजीर को दरवाज़े की लकड़ी पर खटखटाया मगर अन्दर से कोई आवाज़ नहीं आई। फिर उसने दरवाज़े को धक्का दिया तो हल्की-सी चरमराहट के साथ वह खुल गया। आधे खुले दरवाज़े से उसने अन्दर झाँका। दालान में कोई नहीं दिखा। सहन के एक तरफ़, छत को जाती हुई सीढ़ी के बग़ल में पुराने अमरूद के पेड़ पर लगे अमरूद सूख के काले हो गए थे। दरवाज़े के पास काई से हरे हो रहे दो घड़े, जिनमें से एक में जंगली टमाटर का पौधा उगा हुआ था। नीले पट्टों वाली रबर की एक चप्पल, दरवाज़े के पास। सहन वीरान था।

अन्दर सहनची में से यासीन के बोलने की आवाज़ आ रही थी। वह मुसलसल बोलता जा रहा था। चन्द्रू सहनची के अन्दर आया तो उसे देखकर यासीन की आवाज़ और तेज़ हो गई।

"क्या पिद्दी और क्या पिद्दी का शोरबा!" उसने ज़ोर से कहा। फिर एक सुलगती हुई निगाह उसने चन्द्रू के चेहरे पर गड़ाई और पूछा—

"घर कहाँ है?

बाप का नाम? दादा का नाम?

कौन सा गाँव? कौन सा ज़िला?

दूध क्या भाव है? अंडे का दाम?

देखते रह जाओगे। सब स्याह हो जाएगा। सब स्याह। तब पता चलेगा। बस। चुप। चुप।

चल भाग यहाँ से! दूर हो जा मेरी आँखों से।"

दूसरा

चन्द्रू ने सहनची के उस अँधेरे से हिस्से की तरफ़ देखा जहाँ नीम तारीकी में अब उसे क़तार से बैठे पाँच बौने दिखे; उसने पहले उन्हें नहीं देखा था। वह चौंक गया। मगर वे बौने नहीं थे। वे सायरा के ट्यूशन वाले बच्चे थे। नीची-सी बेंच पर बैठे होने की वजह से वे और भी छोटे दिख रहे थे। सहमे हुए, वे ख़ामोशी से यासीन की बातें सुन रहे थे।

"तुम लोग चुप क्यों हो? चलो अपनी-अपनी किताब खोलो!" चन्द्रू ने उनसे कहा।

"अभी लाइट नहीं आ रही है।" सायरा धीमे से बोली। वह भी चुपचाप वहीं बैठी थी। उसका हल्के रंग का सूट कमरे के नीम अँधेरे में झलका।

"चाय बनाऊँ?" उसने पूछा।

"फ़ातिमा बीबी कहाँ हैं?"

"अम्माँ नमाज़ पढ़ रही हैं।" उसने अन्दर वाले कमरे की तरफ़ इशारा किया जहाँ दरवाज़े से आती हुई रौशनी में फ़ातिमा बीबी का सफ़ेदपोश, सिजदा में झुका हुआ सिर दिख रहा था। उसी वक़्त वह सलाम फेरकर उठीं और बाहर आईं।

"यासीन को फिर दौरा पड़ गया है?" चन्द्रू ने पूछा।

"दो दिन से इसकी तबीयत ख़राब हो गई है," यासीन की तरफ़ देखते हुए फ़ातिमा बीबी ने कहा, "औल-फ़ौल बके जा रहा है। इसकी बकबक सुनते- सुनते तो तबीयत आजिज़ आ गई है। दो रातों से कोई सोया नहीं है। रात-भर बोलता है। गली वाले दरवाज़े में ताला लगा दिया है। कल गली में निकल गया था। चौरस्ते पर से नूरुद्दीन के लौंडे पकड़ के लाये।"

"कुछ दिन पहले तो अच्छा-ख़ासा था। मेरे पास आया था। कह रहा था, मेरी शादी होने वाली है।"

"कौन शादी करेगा इससे। इसका हाल किसी से छुपा तो है नहीं।"

यासीन अभी तक बोले जा रहा था।

"कैसी आग लगी है! शोले उठ रहे हैं। कलेजा जला जा रहा है। अरे पानी लाओ! क्या पिद्दी और क्या पिद्दी का शोरबा। तेरी यह मजाल? तेरा नाम? बाप का नाम? दादा का नाम? गाँव? ज़िला?"

चन्द्रू ने सोचा दशहरे के बाद गाँव से लौटेगा तो कमरा बदल लेगा। हो सकता है उसकी नौकरी भी तब तक लग जाए। वह किसी अच्छे इलाक़े में ढंग का घर ले सकेगा। और अगर तब भी नौकरी नहीं लगी तो वह गाँव लौट जाएगा। बाबूजी से कब तक इस तरह पैसे लेता रहेगा? इससे तो अच्छा है कि वह खेती में बड़े भैया का हाथ बँटाए।

बत्ती आ गई थी। सायरा चाय बनाकर ले आई। काँच की प्लेट में नानख़ताई भी थी।

"अब तुम लोग घर जाओ।" उसने बच्चों से कहा। बच्चे अपना बस्ता समेटने लगे। चाय ज़्यादा मीठी बन गई थी। उसने नानख़ताई नहीं खाई। दो घूँट में चाय ख़तम करके वह बाहर निकला। क़ैंची और लग्गी के बारे में फ़ातिमा बीबी से पूछना वह भूल गया। मगर फिर उसे अपने ही पास एक चाकू मिल गया जिसका हैंडल टूटा हुआ था। हैंडल टूट जाने की वजह से उसे ताक़ पर रखकर वह भूल गया था।

उल्लू अभी तक अटका हुआ था। इसमें ताज्जुब की कोई बात नहीं थी, आख़िर वह उड़ तो नहीं सकता था, फिर भी चन्द्रू को उसे देखकर ताज्जुब हुआ। पता नहीं क्यों उसने सोचा था कि शायद उल्लू उड़ गया हो। लेकिन फिर उसे लगा कि कहीं उल्लू मर तो नहीं गया? मगर करौंदे की डाल से लटका हुआ, मंझे में फँसा उल्लू अब भी ज़िन्दा था। अच्छा हुआ वह लग्गी नहीं लाया, लग्गी की क्या ज़रूरत है, चन्द्रू ने सोचा। उल्लू किसी ऊँचे पेड़ पर तो था नहीं, वह तो उसके हाथ की पहुँच में था। चन्द्रू ने डरते-डरते उसका पंख छुआ। उसका नुचा हुआ चोटीदार किनारे वाला पंख छूने में मख़मल की तरह था। अन्दर के छोटे-छोटे पर रुई जैसे नर्म थे। उसके पंख की लम्बी, बेहद नाज़ुक-सी हड्डियों के ढाँचे का चन्द्रू को अहसास हुआ। उसने पंख को मंझे से छुड़ाने की कोशिश की तो उल्लू ने पंख ज़ोर से फड़फड़ाया। चन्द्रू डर के पीछे हट गया। दूसरी नस्लों के बारे में वह कितना कम जानता था। क्या उल्लू काटते हैं? अपनी ही बुज़दिली पर वह मुस्कुराया। मगर फिर उल्लू दोबारा नहीं हिला और चन्द्रू ने मंझे को काट दिया।

उल्लू फड़फड़ाता हुआ नीचे ज़मीन पर आ गया। थोड़ी देर तक वह वहीं

बैठा रहा। चन्द्रू को लगा कि शायद अब यह उड़ नहीं पाएगा। उसकी कोई ज़रूरी चीज़ टूट गई है। मगर चन्द्रू की आँखों के सामने उल्लू ने पंख खोले। वह एकदम ख़ामोशी से उड़ा, उसके पंखों ने कोई आवाज़ नहीं की। थोड़ी दूर उड़कर वह चहारदीवारी से सटे अंजीर के पेड़ पर बैठ गया। फिर उसने हवा के साथ अपना रिश्ता बना लिया और एक लहराती हुई उड़ान भरता, वह आसमान से उतरती साँझ में ओझल हो गया।

परिणय

कमरे में वे छह जन थे। तीन दम्पती।

नीना और अविनाश गौरी और सुभाष के घर मिलने चले आए थे। वे पड़ोसी थे। आते-जाते में मुलाक़ात हो जाया करती थी। थोड़ी-बहुत पहचान हो गई थी, फिर भी ज़्यादा बेतकल्लुफ़ी नहीं थी। नीना और अविनाश चाहते तो वे कभी भी गौरी और सुभाष के घर जा सकते थे, फिर भी वे गए नहीं थे। और आज, जब यह सोचकर, कि पड़ोसियों से मिलते रहना चाहिए, वे आ गए थे, तो वह अटपटा समय था। मगर यह तो बाद में पता चला, जब गौरी ने नीना के कान में फुसफुसाकर बताया कि बात क्या है। जबकि उनके सम्बन्ध ऐसे नहीं थे कि कान में कोई बात फुसफुसाकर बताई जाए, ख़ासकर ऐसी संवेदनशील बात। दरअसल, गौरी ने बताया था कि वह उसी वक़्त अपने लड़के का रिश्ता पक्का कर रही थी। ये लड़की वाले थे जो कानपुर से आए हुए थे। उनके साथ लड़की नहीं थी, और न ही गौरी और सुभाष का लड़का वहाँ मौजूद था। मगर बात इन दोनों ज़रूरी किरदारों के बग़ैर ही तय होती मालूम दे रही थी।

"आइए, आइए अविनाश भाई!" गौरी ने उन्हें देखकर कहा और नीना की तरफ़ उसने एक ठिसियाई-सी मुस्कुराहट फेंकी। वह तरबूज़ी रंग की रेशमी साड़ी पहने थी, जबकि ज़्यादातर वह सलवार-क़मीज़ ही पहने रहा करती थी।

"यह तो बड़े संयोग की बात है! एक लेखक और एक पाठक, दोनों एक ही समय पर कमरे में मौजूद! मिसिज़ त्रिपाठी-नीना। नीना-मिसिज़ त्रिपाठी।" गौरी ने मेहमानों को एक-दूसरे से मिलवाया। मिसिज़ त्रिपाठी की टसर सिल्क की साड़ी

में ज़ोरदार कलफ़ था। बीच-बीच में वह बोल उठती थी, जैसे कि उसकी मिसिज़ त्रिपाठी से अलग, अपनी ख़ुद की एक हैसियत हो और कमरे में दरअसल छह नहीं, सात लोग मौजूद हों। मिसिज़ त्रिपाठी ज़रा-सा आगे को झुकतीं या पीछे कुर्सी पर टेक लगातीं तो साड़ी में से खड़खड़ की आवाज़ आती। साड़ी पर बेलबूटे बने थे। उनके माथे पर छोटे से त्रिशूल के आकार की काली टिकुली चिपकी थी। नीना ने मिसिज़ त्रिपाठी की तरफ़ देखा तो उसे लगा त्रिशूल की भुजाएँ उसकी आँखों में चुभ गईं। मिसिज़ त्रिपाठी मोटी थीं। उनकी डबलरोटी जैसी ख़मीरी बाँहें मेज़ पर टिकी हुई थीं।

"नीना के घर में सब लेखक हैं। माँ-बाप, दादा-दादी..." गौरी ने मिसिज़ त्रिपाठी को ज़रूरी जानकारी दी।

"यह ख़ुद भी बहुत अच्छी लेखिका हैं, बहुत ही अच्छी!" सुभाष बहुत ज़ोर से बोला, गौरी की बात की कोई कमी पूरी करने के लिए। सुभाष, जो अब तक चुपचाप पकवानों से लदी मेज़ के दूर वाले कोने पर बैठा था, नीना को पता नहीं था कि सुभाष को उसके लिखने के बारे में मालूम है।

मिसिज़ त्रिपाठी ने दोनों हाथ जोड़कर नीना को नमस्ते किया। जैसे त्रिपाठी दम्पती एक ही बटन से चालित हों, मिसिज़ त्रिपाठी के हाथ जोड़ते ही, मिस्टर त्रिपाठी के हाथ भी जुड़ गए।

इसी बीच गौरी बोली, "अविनाश भाई, पकौड़ियाँ खाइए। घर के पालक की हैं!"

अविनाश ने उसके औपचारिक से नेवते को संजीदगी के साथ लेते हुए फौरन पकौड़ियाँ खानी शुरू कर दीं। बातचीत के छोटे से अन्तराल में वह जल्दी-जल्दी तीन-चार पकौड़ियाँ उड़ा गया। नीना झेंप रही थी। वह अकसर झेंपा ही करती थी। एक तो यह लेखक वाली बात और फिर अविनाश का पकौड़ियों पर टूट पड़ना!

"नहीं-नहीं, अभी पीकर आ रहे हैं," उसने कमज़ोर सी आवाज़ में कहा, जब गौरी ने ताज़ी चाय बनवाने की बात की। मगर गौरी ने पुकारा, "डॉली! डॉली! सम मोर टी।"

डॉली अँधेरी-सी रसोई के पेट में से निकली और नीना के सामने आकर खड़ी

हो गई। कुछ देर चुप रहने के बाद, एकदम से उसने पूछा,

"हाउ आर यू?" और यह अप्रत्याशित, छोटे से बम के गोले जैसा सवाल दाग़ने के बाद वह चुपचाप वहीं खड़ी रही।

डॉली 'डॉली' जैसी बिलकुल नहीं लगती थी। उसका चेहरा मिट्टी के रंग का था। बाल भी धूल और धूप में बराबर खुले रहने की वजह से धूल के ही रंग के हो गए थे। उसके कानों से दो उदास बुंदे लटक रहे थे जो किसी सस्ती धातु के बने थे। शायद गिलट के। केला सिल्क की नीली-सी साड़ी का पल्ला उसने पीछे से आगे लाकर कमर में खोंसा हुआ था। मगर उसके चेहरे पर बेचैन करने वाली जो चीज़ थी, वह उसकी दो आँखें थीं जो कि दो दिशाओं में देखती थीं। जैसे कि उनके बीच आपस का कोई गहरा मतभेद हो और वे दिशा के बारे में एक ही राय तो रख ही नहीं सकतीं।

"तुम्हारे जवाब के लिए खड़ी है," गौरी ने कहा। उसकी आँखें नीना के चेहरे से होकर डॉली के चेहरे तक गईं और फिर नीना तक लौट आईं। डॉली की एक आँख नीना को देख रही थी और दूसरी शायद अविनाश को, जो सुपर फ़ास्ट एक्सप्रेस की तेज़ी के साथ पकौड़ी के स्टेशन से आगे बढ़कर अब समोसे के स्टॉप पर आ चुका था। नीना को फिर शरम आने लगी, अविनाश के खाने पर, अपने ऊपर, कि वह अविनाश के लिए हरदम ज़िम्मेदार क्यों महसूस करती है, यह भी कि उसको सही समय पर कहने को सही बात क्यों नहीं सूझती, और फिर इस अजीब समय पर गौरी और सुभाष के यहाँ अपने टपक पड़ने पर।

"मैं ठीक हूँ," आख़िर उसने कहा तो गौरी ने फ़ौरन उसे टोका, "स्पीक इन इंगलिश! डॉली को हम इंगलिश की ट्रेनिंग दे रहे हैं!"

डॉली नीना को देख रही थी, और शायद अपनी मालकिन को भी। वह साँस खींचे खड़ी थी, बाहर जाने के लिए उत्सुक लगती थी। उसने मेज़ पर से जूठे कप उठाना शुरू किया। उनके नाज़ुक शीशे पर रखे डॉली के हाथ कामकाजी, मगर असभ्य लग रहे थे।

"हाउ आर यू?" नीना के मुँह से अनायास ही निकल गया। घबराहट में उसने डॉली के प्रश्न का जवाब देने के बजाय, प्रश्न को ही दोहरा दिया था। डॉली ने

उसके उत्तर, या प्रश्न, को अनसुना कर दिया और राहत की साँस लेकर कमरे से निकल गई।

"सड़क पार गेजा गाँव की बस्ती से आती है," गौरी ने डॉली के बारे में बताया, "सोसाइटी की सभी मेड्स वहीं से आती हैं।"

वे नोएडा के अभी कुछ वर्ष पहले ही बसे सेक्टर में रहते थे। थोड़ी दूरी पर, सड़क के पार गेजा मार्केट था जो गेजा गाँव की बस्ती में जाकर मिल जाता था, बल्कि उसी गाँव का हिस्सा था। गेजा का नाम सुनते ही नीना की नाक में पनाले की बू आई। वहाँ बबूल के जंगल के बग़ल-बग़ल से नहर बनाई गई थी, जिसका काई से भरा पानी हमेशा सड़ता रहता था। गंध चारों तरफ़ फैलती थी; एकदम स्थिर, गन्दे पानी में मच्छर पैदा होते थे। नीना वहाँ जा चुकी थी। गेजा मार्केट की ही एक दुकान से उसका ए.सी. आया था। किसी तरह से, नाक बन्द करके उसने पनाले के ऊपर बना छोटा-सा पुल पार किया था।

चाय लेकर डॉली कमरे में दोबारा दाख़िल हुई।

"मिल्क एंड शुगर?" उसने अविनाश के आगे झुककर पूछा और फिर नीना के पास पहुँची।

"थैंक यू!" कहकर नीना ने उसके हाथ से कप ले लिया।

बातचीत लगभग ठप्प होती दिख रही थी। वह मिसिज़ त्रिपाठी की तरफ़ मुड़ी, "तो आप किन लेखकों को पढ़ना पसन्द करती हैं?"

"मुझे तो पढ़ने का नशा है!" वे बोलीं, "वह लेखक जो ज़रा 'हटकर' लिखते हैं वही मुझे पसन्द हैं।"

नीना को इन्तज़ार करते देख उन्होंने कहा, "अरे, अच्छा-सा नाम है...क्या कोहली करके...फिर मीरा की जीवनी है, 'पीताम्बरा' बिलकुल पेज टर्नर है, वह तो पता ही नहीं चला कब ख़तम हो गई।"

नीना ने न तो अच्छे से नाम वाले कोहली को पढ़ा था, न पीताम्बरा को। बात फिर अटक गई।

फिर मिसिज़ त्रिपाठी ने कहा कि किताबें पढ़ना समय काटने का सबसे अच्छा तरीक़ा है।

"जबकि कुछ लोगों ने तो मूँगफली का नाम ही 'टाइम पास' रख दिया है!" यह असंगत-सा हिस्सा बात में अविनाश ने जोड़ा और कहकर वह थोड़ा हँसा।

नीना को खीज आई कि उसे हमेशा किसी खाने की चीज़ का ख़याल क्यों आता है? उसने अविनाश को घूरकर देखा तो अविनाश अब दही-बड़े और दही-बड़े के ऊपर इमली और सोंठ की चटनी डालने में लग गया और उसकी आड़ में छुपकर ख़ामोशी से बैठ गया।

"मैं तो घर पर रहकर किताबें-ही-किताबें पढ़ा करती हूँ। आख़िर सज- धज के, महँगे कपड़े पहनकर किसको दिखाने के लिए बाहर जाएँ, और क्यों जाएँ?" मिसिज़ त्रिपाठी ने नीना की तरफ़ झुकते हुए कहा तो उनकी बात की हामी साड़ी ने भी भरी।

"आपकी लेटेस्ट कहानी कहाँ छपी है?" मिस्टर त्रिपाठी ने नीना से पूछा।

"अरे उसको छपे तो कई महीने हो गए! वह 'अहा! ज़िन्दगी' पत्रिका में छपी थी!" नीना बोली तो वह फिर शरम से गड़ गई। कैसा अजीब-सा नाम था पत्रिका का! जैसे ज़िन्दगी कोई लड्डू हो जिसे फौरन मुँह में डाल लेना चाहिए। अहा लड्डू! उसने अविनाश की तरफ़ देखा तो इत्तफ़ाक़ से उसी वक़्त अविनाश ने बेसन का लड्डू हाथ में उठाया हुआ था, जिसे वह अपने मुँह की दिशा में ले जा रहा था। इतनी जल्दी से वह दही-बड़ा भी चट कर गया।

"बेसन के लड्डू खाओगी, नीनी? बहुत उम्दा लग रहे हैं!" उसने नीना से पूछा।

"उफ़!" नीना ने मन-ही-मन कहा। उसने अपने चेहरे को लाल होते हुए महसूस किया और इस लाल चेहरे के अहसास ने उसकी झेंप को और भी बढ़ा दिया।

"चलिए, आपको पूरा घर दिखाती हूँ।" गौरी ने मिसिज़ त्रिपाठी से कहा, "आख़िर आपकी बेटी यहीं तो रहेगी...नीना तुमने भी तो घर नहीं देखा, आओ, तुम भी देख लो...।"

मिसिज़ त्रिपाठी को लेकर वह एक कमरे से दूसरे कमरे की सैर कराने लगी। नीना उनके पीछे-पीछे चलने लगी। आठ-दस कमरों का बड़ा घर था। सब कुछ बहुत सुन्दर तरीक़े से सजा हुआ था, सोफ़े, कुर्सियाँ, मेज़ें, एक रौकिंग चेअर और मोटे शीशे की कॉफ़ी टेबल पर बड़े से गुलदान में बिलकुल ताज़े फूल सजे

थे—ऑर्किड, जो शायद थाइलैंड से सुबह की फ़्लाइट से आए होंगे—और कोने में नारंगी सिल्क की शेड वाला लैम्प जो कमरे में अपना लुभावना प्रकाश फैला रहा था। दीवार पर हुसैन के घोड़ों वाली तसवीर की अच्छी कॉपी टँगी थी, बिलकुल ओरिजिनल लगती थी। और उसके सामने गौरी की बनाई हुई तसवीर, जिसमें उल्लुओं का एक जोड़ा था। दोनों उल्लू एक-दूसरे से सटे बैठे, मुँह विपरीत दिशा में मोड़े, अपनी-अपनी तरफ़ का दृश्य निहार रहे थे। गौरी अपने को 'बर्ड आर्टिस्ट' कहती थी। वह सिर्फ़ चिड़ियों की तसवीर बनाती थी।

कोई भी सामान अपनी जगह से ज़रा भी खिसका हुआ नहीं था। दूर दीवार के ताक़ में बुद्ध की मूर्ति, माया के इस जाल से मुक्त, पूरा नज़ारा देख रही थी। गौरी और मिसिज़ त्रिपाठी के पीछे-पीछे चलती हुई नीना सोच रही थी कि इस भ्रमण के बीच कहीं बाथरूम पड़ जाए तो वह जल्दी से हो ले। मगर दोनों महिलाओं की बातें चरम पर थीं और कुछ दार्शनिक-सा मोड़ ले चुकी थीं। उनके बीच अपनी इस भौतिक-सी ज़रूरत पर ध्यान आकर्षित करवाना उसे उचित नहीं मालूम दिया। वास्तु और दिशा पर गम्भीर वार्ता उनके एक कमरे से दूसरे में चलते-चलते ही चल रही थी। मिसिज़ त्रिपाठी अब जानना चाह रही थीं कि यह घर सिंहमुखी है या गोमुखी। यह बात तो गौरी को भी नहीं सूझी थी, नहीं तो वह पहले से पता करके रखती। गौरी का हर काम बड़ा सूझ-बूझ वाला होता था। उसके इन्तिज़ाम में यह कमी रह गई थी। उसकी पल-भर की बौखलाहट का फ़ायदा उठाकर नीना, जिसकी ज़रूरत भी अब चरम पर थी, ने पूछ ही डाला, "वॉश रूम कहाँ है?" आजकल लोग बाथरूम को वॉश रूम कहते हैं।

"वो आगे वाले बेडरूम से राइट घूम जाओ...ठहरो, मैं देखती हूँ टॉयलेट पेपर है या नहीं...।"

टॉयलेट पेपर! इस बात का रोब नीना पर पड़ा। तो इनके घर में एकदम विलायती क़ायदा है! मगर कम-से-कम वह तो टॉयलेट पेपर कभी इस्तेमाल नहीं कर सकती। उसके ख़याल-भर से उसे घिन महसूस हो रही थी। बाथरूम में हाथ पोंछने के लिए एकदम बराबर से मोड़े हुए छोटे-छोटे तौलिए ख़ूबसूरत-सी टोकरियों में सजे थे। पोर्सिलेन का साबुनदान था जिसके ऊपर लगी छोटी-सी पिचकारी को

दबाओ तो हल्के गुलाबी रंग के ख़ुशबूदार गाढ़े साबुन का चिकना, चमकदार छोटा-सा गोला निकलता था। उसकी ख़ुशबू में पेरिस बसा था या न्यूयॉर्क। ऐसी ख़ुशबू वाले साबुन यहाँ कहाँ मिलते हैं? साबुनदान पर लिखा था 'फ्रैंजीपानी' और फ्रैंजीपानी फूल की तसवीर भी बनी थी। उसने डरते-डरते साबुनदान की पिचकारी दबाकर साबुन निकाला और हाथ धोकर बाहर आ गई। उन तौलियों में से एक को भी हाथ पोंछने के लिए खोलने की उसकी हिम्मत नहीं हुई। वे इतने ज़्यादा सुन्दर और ख़ुशबूदार थे कि खोले जाने से उनकी तह बिगड़ जाती।

"अपनी बिटिया की जन्मतिथि और समय क्या है?" गौरी मिसेज़ त्रिपाठी से पूछ रही थी।

"21 जून, 1986, दोपहर के दो बजकर 11 मिनट पर!" वे बोलीं।

"अच्छा, मैं कल ही पंडित जी को बुलाकर पूछ लेती हूँ। कहीं शनि गड़बड़ न निकल जाए। मैं तो चाहती हूँ सब शुभ मुहूर्त के अन्दर-अन्दर हो जाए।"

"हाँ, पता लगा लीजिए," मिसेज़ त्रिपाठी बोलीं, "मेरे पड़ोसी मिस्टर एंड मिसिज़ दुबे की बेटी को तो 'साढ़े साती' लगी हुई थी! यानी कि उसका ब्याह साढ़े सात साल तक नहीं हो सकता...।"

दोनों पुरुष अब पीछे वाली बैलकनी पर निकल आए थे। मिस्टर त्रिपाठी की तोंद उनसे पहले निकली थी। वह उनके आगे-आगे चलती थी। वहाँ से सोसाइटी का बराबर से कटा हुआ और एकदम हरा लॉन दिखाई देता था। सुभाष ने बताया कि वहाँ चार बजे तक धूप रहती है। नीचे लॉन पर फ़व्वारे चला दिए गए थे। उनके नीचे लगी गुलाबी और नीली बत्तियों से पानी की फुहार भी रँगी हुई दिख रही थी। मगर उनकी बैलकनी पर अपना ख़ुद का भी 'वॉटर फ़ीचर' था। पानी के गिरने की छोटी-सी कलकलाहट सुनाई दे रही थी। सुभाष अब अविनाश को उस छोटे फ़ाउंटेन के बारे में बता रहा था। फ़ाउंटेन ख़ुद सुभाष ने बनाया था। वह पेशे से मैकेनिकल इंजीनियर था। यह तो उसके लिए बाएँ हाथ का खेल था। दोनों आदमियों ने दोस्ताने भाव से सिगरेट जला ली थी। गौरी मिसिज़ त्रिपाठी को वहाँ लेकर आई तो उसने फ़ौरन नाक सिकोड़ी। उसके घर में सिगरेट पीना मना था। मगर वे लोग तो बैलकनी में बैठे थे, और फिर यह होने वाले समधी थे, इसलिए गौरी कुछ नहीं बोली।

'लेडीज़' अब आकर ड्राइंग रूम में बैठ गई थीं। गौरी कमरे के पर्दे खींच रही थी। जाड़े के दिन थे। ठंड जल्दी से हो जाती थी। पर्दे वह हाथ से नहीं खींच रही थी, यानी कि उसके हाथ में जो रिमोट था, उसको दबाकर वह यह काम कर रही थी। उसकी एक आँख मिसिज़ त्रिपाठी पर थी कि उन्होंने उसे रिमोट से पर्दे खींचते देखा कि नहीं।

मिस्टर त्रिपाठी अब अन्दर आ गए थे।

"बड़े ज़ोरदार पर्दे हैं!" उन्होंने आँखें गोल करके कहा।

गौरी बोली, "पिछली गर्मी हमने सिंगापोर से पिकअप कर लिये थे। बिलकुल मक्खन की तरह चलते हैं! लाइक बटर, यू नो।"

मिसिज़ त्रिपाठी नीना से बात कर रही थीं। इस बात को पक्का कर लेने के बाद कि नीना और अविनाश की एक ही सन्तान है और वह लड़की है, उन्होंने अब उत्साह के साथ पूछा, "तो आपकी बेटी भी लेखिका है? क्यों न होगी? ऐसी प्रतिभाशाली माँ की बेटी..."

"हाँ, वह भी लिखती है," आख़िर नीना बोली।

"हाँ, मैं समझ गई थी! वह क्या लिखती है? वह भी शॉर्ट स्टोरी लिखती होगी, अच्छा! वेरी शॉर्ट स्टोरी...किस चीज़ के बारे में?"

"वह इस समय नाटक लिख रही है," नीना ने कहा। पल भर को लगा कि मिसिज़ त्रिपाठी को सचमुच उसकी बेटी के नाटक में दिलचस्पी है, और उसने कहा, "बदलती हुई कला की दुनिया के बारे में है...।"

"अच्छा! यह तो बहुत ही प्रशंसाजनक है!...सुना आपने?" उन्होंने अपने पति से पुकारकर कहा। इतनी ज़रूरी बात को वह अकेले कैसे पचा सकती थीं।

"नीना जी की बेटी नाटक लिख रही है!"

मिस्टर त्रिपाठी फ़ोन पर अपना स्टॉक चेक कर रहे थे, हर मिनट उनके इन्वेस्टमेंट्स में उतार-चढ़ाव होता रहता था। सुभाष और अविनाश के बीच की बातचीत भी अब ठप्प हो चुकी थी।

घर लौटने का समय हो गया था। नीना ने चैन की साँस ली। अन्दर पहुँचकर अविनाश ने अपने फ़्लैट का दरवाज़ा बन्द किया, तो सबसे पहले नीना की नज़र

दरवाज़े के ठीक ऊपर सीलन के बड़े से धब्बे पर पड़ी। ज़मीन पर कहीं-कहीं उखड़े हुए पेंट की पपड़ियाँ पड़ी थीं। टॉयलेट बोल में पानी की पतली-सी धार लगातार बह रही थी। नीना ने अपनी नाइटी पहन ली, जिसकी आस्तीनों के नीचे, दोनों तरफ़ सिलाई उधड़ी हुई थी। 'मास्टर शेफ़ आस्ट्रेलिया' का अपना प्रिय प्रोग्राम लगाकर अविनाश टीवी के आगे पसर गया। नीना ने उसे घूरकर देखा। रोज़ टीवी को लेकर उनके बीच झगड़ा होता था। मगर उस शाम नीना में उठापटक करने का बूता नहीं रह गया था।

सिलसिला

बाग़ शहर के पुराने गुंजान इलाक़े के बग़ल में था। जहाँ बाग़ ख़त्म होता था, वहीं से घनी आबादी शुरू होती थी। यह स्टेशन के उस पार का इलाक़ा था। तेज़ी से नए होते शहर की तब्दीलियों का कोई ख़ास असर यहाँ दिखाई नहीं देता था। सड़क पतली थी। दोनों तरफ़ तंग इमारतें। इनमें से ज़्यादातर दुकानें थीं। उनके ऊपर लोगों के सिमटे-सिकुड़े रिहाइशी ठिकाने। यह मछली बाज़ार का इलाक़ा था। नाम तो था मछली बाज़ार मगर यहाँ हर तरह के जानवर बिकाऊ थे। सफ़ेद विलायती चूहे और गिनी पिग से लेकर पहाड़ी मैना और तीतर-बटेर हरियल। मौसम हुआ तो पिंजरे में गोल-गोल चक्कर काटते हुए अभी-अभी पकड़े गए मिट्ठू के बच्चे।

मछली बाज़ार तो आगे जाकर पड़ता था। स्टेशन से आगे जाकर दाहिनी तरफ़ मुड़ने पर। मोड़ से पहले सड़क चौड़ी और चलती हुई थी। उस पर दिन-रात आवाजाही का शोर रहता था। सड़क का चटियल चेहरा ख़ाक में नहाया रहता। ख़ासकर गर्मी की दोपहरों में जब लू के थपेड़ों के साथ गर्द के ग़ुबार फ़िज़ा को पीला रंग देते। स्टेशन के लिए मुड़ने से पहले ही बाग़ की ऊँची दीवार दिखाई देने लगती। दीवार गुलाबी-भूरे से खुरदरे पत्थर की बनी हुई थी। इतनी ऊँची थी कि इस पार खड़े होकर दूसरी तरफ़ देख पाना नामुमकिन था। दीवार ऊँची भी थी और चौड़ी भी। मुग़ल बादशाहों के ज़माने की बनी हुई थी।

दीवार के किनारे-किनारे चलते रहने पर बाग़ का बुलन्द मेहराबदार पुराने शीशम जैसी किसी लकड़ी का बना हुआ दरवाज़ा नज़र आ जाता। दरवाज़ा भारी-भरकम और मज़बूत था मगर वक़्त और मौसम के उतार-चढ़ाव की वजह से लकड़ी

में जगह-जगह शिगाफ़ पैदा हो गए थे। दरवाज़ा ज़्यादातर बन्द रहता। लेकिन उसके सामने खड़े होकर दराज़ों में से अन्दर झाँकने पर बाग़ की झलक मिल जाती। बाग़ की झलक मिलती थी मगर उस जगह खड़े रहने पर बाग़बान नज़र नहीं आता। एक पुराना बरगद था। हवा में लटकी उसकी जड़ों ने ज़मीन पर पहुँचकर दूर तक कमरे दर कमरे बना लिए थे। 1861 में पेड़ पर बिजली गिर जाने से आधा दरख़्त जल के ख़ाक हो गया था। इसके पहले वह और भी फैला हुआ था। बरगद के बग़ल से जाती हुई पगडंडी वहाँ जाकर मिट जाती जहाँ फल के पेड़ थे। बाग़बान कान के पीछे बीड़ी खोंसे इन पेड़ों के थाले बनाता, गुड़ाई-निराई-सिंचाई करता दिखाई देता।

बाग़ दरअसल चार मक़बरों के गिर्द बना हुआ था। मक़बरे भी मुग़लों के वक़्त के थे। चारों मक़बरे एक-दूसरे की सीध में बने हुए थे। चार में से तीन मक़बरों में क़ब्रें थीं। मशरिक़ी हद पर बने हुए मक़बरे में शहज़ादे ख़ुसरो की क़ब्र थी। ख़ुसरो मुग़ल बादशाह अकबर का पोता और जहाँगीर का सबसे बड़ा बेटा था। सबसे बड़ा भी और सबसे दानिशमन्द भी। मुग़ल दरबार का मक़बूल सितारा। सभी को मालूम था कि अकबर चाहता था जहाँगीर की जगह ख़ुसरो तख़्त पर बैठे। ख़ुसरो के ज़हन में भी यह बात आ गई थी। तख़्तनशीनी के सिलसिले में बाप-बेटे, यानी जहाँगीर और ख़ुसरो के बीच मुक़ाबिला हुआ। मुक़ाबिले का अंजाम भी ज़ाहिर था। ख़ुसरो क़ैदी बना लिया गया। फिर जहाँगीर ने हुक्म जारी किया कि ख़ुसरो की आँखों की रौशनी बुझा दी जाए। बाद में वह अपने इस फ़ैसले पर पछताया भी, मगर नुक़सान तो हो चुका था। फिर अन्धे ख़ुसरो को उसके छोटे भाई ख़ुर्रम, यानी शाहजहाँ की हिफ़ाज़त में दिया गया। मगर फिर वही तख़्तनशीनी का मसला। ख़ुर्रम ने ख़ुसरो का क़त्ल करवा दिया। मुग़ल ख़ानदान का रौशन सितारा बिना चमके ही क़ब्र के अँधेरे तहख़ाने में बन्द हो गया। उसकी क़ब्र बाग़ के इस मक़बरे में थी।

दूसरे मक़बरे में ख़ुसरो की माँ, जहाँगीर की रानी मानबाई की क़ब्र थी। इसे जहाँगीर ने ख़ुद बनवाया था। क़िस्सा यह था कि बाप-बेटे की तनातनी से आजिज़ आकर मानबाई ने ख़ुदकुशी कर ली थी। लिहाज़ा माँ और बेटे दोनों की क़ब्रें अग़ल-बग़ल के मक़बरों में थीं। मुग़लों की तारीख़ ज़्यादतियों और ख़ूनख़राबे से भरी हुई थी। यह तारीख़ भी अब मिट्टी के नीचे दफ़न हो गई थी। बाग़ में आए

लोग मक़बरों को देखते तो उन्हें अन्दाज़ नहीं होता कि जो लोग इनमें दफ़न हैं, उनकी मौत किसी ग़ैरमामूली तरीक़े से हुई है। सबसे मग़रिबी मक़बरे में ताम्बलम बेगम की क़ब्र थी। उनके बारे में यह मालूमात थी कि इन मोहतरमा का शायद नस्ले शाही से ताल्लुक़ नहीं था।

इन तीन मक़बरों के अलावा बीच में एक चौथा मक़बरा भी था। चौथा मक़बरा ख़ाली था। उसमें किसी की क़ब्र नहीं थी। इसके पीछे कोई राज़ नहीं था। उसके बारे में मालूमात आम थी कि ख़ुसरो की बहन और जहाँगीर की पहली औलाद, सुलतान निसार बेगम ने मक़बरा अपने लिए बनवाया था। मगर सितारों के फेर से उनका इन्तक़ाल दूसरे शहर में हो गया। उनकी क़ब्र सिकन्दरा में थी इसलिए यह मक़बरा ख़ाली था। मक़बरे के ऊपर बुर्ज और दर थे। ज़ीना चढ़कर वहाँ पहुँचा जा सकता था। वहाँ खुला-खुला महसूस होता था। हवाएँ चलती थीं। मगर मक़बरे का ख़ास कमरा जो तहख़ानेनुमा था, हमेशा बन्द रहता। उसके लोहे के काले दरवाज़े पर ज़ंग खाया हुआ ताला लटका रहता। ताले की चाबी बाग़बान के पास रहती थी। कभी बाग़ में आए हुए सैलानी तहख़ाने के अन्दर जाकर देखने की ख़्वाहिश ज़ाहिर करते तो उन्हें बाग़बान के पास भेज दिया जाता।

यह रिवाज पता नहीं कैसे और कब से क़ायम हुआ कि मक़बरे के बन्द कमरे की चाबी बाग़बान के पास रहने लगी। बरसों पहले जब बाग़बान बाग़ की नौकरी पर मुक़र्रर हुआ था, तब वह माली की ही हैसियत से था। पेड़ों की परवरिश उसकी ज़िम्मेदारी थी। दरख़्तों की ज़रूरतों की ख़ैर-ख़बर रखना उसका काम था। पुरानी सूखी डालें काटना। वक़्त-वक़्त पर, ख़ासकर बरसात में, जड़ों के पास लगने वाले मोटे सफ़ेद कीड़ों की मौजूदगी से सतर्क रहना। सिंचाई के वास्ते बाग़ में खुदी नालियों को कूड़े-कचरे से साफ़ रखना। नाली काटकर या बन्द करके पानी का रुख़ बदलना कि हर पेड़ तक वह पहुँच सके। बाग़ बहुत दूर तक फैला हुआ था। उसका पूरा नक़्शा, उसकी नहरें और फ़व्वारे सब मुग़लों के ही तजवीज़ किए हुए थे। नहरें अब चटख कर सूख गई थीं और फ़व्वारे काम नहीं करते थे। फिर भी वे एक दूसरे आलीशान वक़्त का पता देते।

बाग़ में अमरूद, आँवले और आम के दरख़्त थे। मगर सबसे ज़्यादा तादाद

अमरूद के पेड़ों की थी। कहीं-कहीं इमली के सायेदार दरख़्त भी थे, हालाँकि ये बाग़ में लगाए नहीं गए थे। ये ख़ुदरौ थे, जंगल की तरह निकल आए थे और इन्हें बढ़ने दिया गया था। यहाँ तक कि वे मोटे तने वाले बेहद पुराने पेड़ बन गए थे। कुछ पुराने गूलर, मदार और लिसोड़े भी थे। बाग़ के बड़े हिस्से पर इमली, मदार और गूलर हावी हो गए थे। बाग़ की हालत अच्छी नहीं थी। बेशुमार जंगली झाड़ और ऊँची घास हर तरफ़ फैल गई थी। वह दिन-भर बड़बड़ाता-बुदबुदाता इनसे जूझा करता, मगर जंगल था कि बाढ़ की तरह उमड़ता चला आता। इस जंगली हिस्से की निगरानी करना बाग़बान की ज़िम्मेदारी नहीं थी। मगर वह देखभाल करता था। कभी उसको लगता कि क़ुदरत की बेतमाम ताक़त के आगे उसको मर मिटना ही बदा है। इसी तरह मक़बरे की चाबी की हिफ़ाज़त करना भी उसकी ज़िम्मेदारी नहीं थी। फिर भी, चाबी उसी के पास रहती।

बाग़बान बाग़ के एक सिरे पर पम्प हाउस के बग़ल में बने हुए कमरे में एक मुद्दत से रहता आ रहा था। वह तन्हा रहता था। उसका नाम दिलीप कुमार था। मगर यह उसका असली नाम नहीं था। असली नाम ग़ुलाम रसूल था। एक ज़माने में, जब वह जवान था, उसे सिनेमा का बहुत शौक़ था। इधर-उधर से रुपये बचाकर वह सिनेमा देखने जाया करता। सिनेमा के फ़नकारों में उसे दिलीप कुमार बहुत पसन्द था। यहाँ तक कि माँ-बाप का दिया हुआ नाम बदलकर उसने अपना नाम दिलीप कुमार रख लिया था। वह दिलीप कुमार की तरह चलने और बोलने की कोशिश करता। मगर बोलता कैसे? बचपन से ही वह बुरी तरह हकलाता था। ख़ासकर जब वह जोश में या जल्दी से कुछ बताना चाह रहा हो।

एक दीवार खड़ी हो जाती। दीवार की नेह उसकी ज़बान में थी। उसके हलक़ के अन्दर से लफ़्ज़ तेज़ रफ़्तार से दौड़ते हुए आते और छलाँग लगाते। मगर दीवार बहुत ऊँची थी। लफ़्ज़ उसे फाँद नहीं पाते। जो लफ़्ज़ दीवार फाँद नहीं पाते, वे उससे टकराकर मर जाते। उसके अन्दर मरे हुए लफ़्ज़ों का क़ब्रिस्तान था। मगर किसको फ़ुरसत या दिलचस्पी थी कि उसके अन्दर मरे हुए इन लफ़्ज़ों की छानबीन करे। दुनिया एक बड़े से गेंद की तरह तेज़-तेज़ घूम रही थी। इक्कीसवीं सदी ने लोगों की चाल बदल दी थी।

सिलसिला

शहर अपने को नई तरह से गढ़ रहा था। ढेरों ऊँची-ऊँची इमारतें शहर में दिखाई देने लगी थीं। कंक्रीट और लोहा और शीशा और आईना। आईनों में भी उन्हीं इमारतों का अक्स। दुनिया की दूरदराज़ जगहों में फ़ासला कम हो गया है; पूरी दुनिया एक हो गई है, ऐसा लोग कहते थे। ये सब बातें उसे समझ में नहीं आती थीं। तो पहले क्या दुनिया दो, या दो से ज़्यादा थीं? उसकी दुनिया में तो फ़ासले वैसे के वैसे ही थे। उसमें ज़मीन थी और आसमान। वह मक़बरे के ऊपर, हवादार जगह से खड़े होकर देखता तो दूर पर ज़मीन और आसमान मिलते हुए दिखाई देते। वह फ़ासला उसे ज़्यादा लगता।

ज़मीन मिट्टी की बनी हुई थी। उसके नीचे पूरी दुनिया बसी थी। गोजर और साँप और बिच्छू और केंचुए और चींटी। बरसात में लिल्ली घोड़ियाँ निकलती थीं जो एक के ऊपर एक लदके चलती थीं, जैसे कई मंज़िले मकान एक के ऊपर एक होते हैं। आसमान हवा का बना हुआ था। पहली नज़र में वह ख़ाली मालूम देता। शाम को वह अपने कमरे से बँसखटिया बाहर निकालकर उसकी झूली हुई अदवान पर बैठकर देर तक बीड़ी पीता हुआ आसमान को देखा करता। जो पहली नज़र में सूना मालूम देता, दरअसल वह हरकत का मैदान था। सफ़ाचट आसमान में देर तक देखते रहने पर पतंगों के रंगीन नुक़्ते नुमायाँ होते। चीलें पर फैलाए हुए तैरती निकल जातीं और उसे लगता छोटे-छोटे कमान हवा में उड़ते चले जा रहे हैं। फिर टिड्डे हवा के ख़ाली सफ़हे पर कशीदाकारी करते हुए से नज़र आते। तोते अपनी झनकारदार आवाज़ में चीख़ते, ग़ोल-के-ग़ोल अमरूद के दरख़्तों पर उतरते।

अब तो सोच पाना भी मुश्किल था कि ऐसा वक़्त कभी था जब बाग़ के बाहर भी उसकी कोई ज़िन्दगी थी। याददाश्त पर ज़ोर डालने पर उसे वे दिन किसी बहुत पहले देखे हुए ख़्वाब की तरह याद आते। शुरू में जब वह नौकरी पर मुक़र्रर हुआ तो लोग उसे 'द...द...दिलीप कुमार!' कहकर उसका मज़ाक़ उड़ाते। अब वह पुराना हो चुका था। दाढ़ी छिदरी और जगह-जगह सफ़ेद हो गई थी। उसकी बीवी को मरे अरसा हो गया था। याद करने पर उसे उसकी शक्ल भी याद नहीं आती थी। मगर उसकी मोहब्बत याद थी। बाग़ में रहते कितने साल बीत गए थे। बीस या पच्चीस? उसका हिसाब ख़ुद ही गड़बड़ा गया था।

वह दिन भर ख़ामोशी से काम किए जाता। उसका एक दिन बहकर दूसरे में चला जाता। जब आम में बौर आते या अमरूद में नाज़ुक बालों वाले सफ़ेद फूल लगते तो उसके जिस्म के किसी गोशे से इशारा उठता कि एक और साल बीत गया है। तारीख़ उसके अन्दर अपनी जगह धीमे-धीमे बना रही थी। मुल्क का निज़ाम कितनी बार बदल चुका था। कई सरकारें आकर रुख़सत हो चुकी थीं। मगर उसका किसी निज़ाम से वास्ता नहीं था। हाँ, एक बार उसे ख़बर मिली थी कि मुख्यमंत्री के कहने पर दो हज़ार पेड़ कटवा दिए गए हैं। सियासत के किसी काम के वास्ते जगह ख़ाली कराई जा रही थी। इतने पेड़ों का एक साथ कट जाना! उसे यक़ीन नहीं आया था। उसे लगा था उसका ख़ास अपना नुक़सान हुआ है। यहाँ वह एक-एक पेड़ को पाल-पोसकर बड़ा कर रहा था।

मौसम के मुताबिक़ पेड़ों की ज़रूरतें भी बदल जातीं। बाग़ के बहुत से पेड़ बुज़ुर्ग थे। उनकी लकड़ी जगह-जगह सूख जाती। तनों पर लासा लग जाता। मिट्टी के तेल में चिथड़ा भिगोकर वह लासे वाले हिस्सों पर रगड़ता। पेड़ पर चढ़कर सूखी डालों को काटता। कहीं-कहीं शाख़ों पर, ख़ासकर अमरूद और आम की शाख़ों पर बाना लग जाता। बाना अपने आप में बहुत ख़ूबसूरत था मगर हटाया न जाए तो पूरे दरख़्त को छाप लेता था। मुस्तक़िल तौर पर बाने के साथ उसकी जंग छिड़ी रहती। वह उसे दिल ही दिल में ललकारता, मुँह चिढ़ाता और आख़िर जब अपनी छोटी कुल्हाड़ी लेके हर जगह से बाने को काटकर गिराने में कामयाब होता तब ज़मीन पर पड़ी बाने की डालें उसको किसी जंग के मैदान में बिखरी लाशों से कम नहीं लगती थीं। तब वह मुतमइन होके 'बच्चों' की तरफ़ मुड़ता था।

"और बताओ बचवा!" वह मन में, जहाँ हकलाहट का कोई मसला नहीं था, उनसे कहता, "क्या हालचाल है?" और उसे लगता पेड़-पत्ते सरसराकर उसकी बात का जवाब देते। ये बच्चे नए लगे हुए पेड़ थे। उसी के लगाए हुए। कोई पिछले साल के, कोई दो साल पुराने, कोई पाँच, ऐसे जो इस साल फल देंगे। उसकी ज़बान में जो कमी थी, वह उसकी उँगलियाँ पूरी करती थीं। उसकी 'हरी' उँगलियाँ थीं। उनमें जान थी। वह एक टहनी भी ज़मीन में खोंस देता तो वह लग जाती। उसके लगाए पेड़ दिन दूने रात चौगुने बढ़ते थे। छोटे पेड़ों के लिए वह बड़े प्यार

से थाले बनाता, जिसमें उन्हें अपने हिस्से का पानी मिल सके। भुरभुरी मिट्टी में वह बार-बार उँगलियाँ फेरता। मिट्टी के महीन ज़र्रे उसकी उँगलियों में से बारिश की तरह फिसल जाते। उनमें से सन्दल की-सी ख़ुशबू उठती। उसको लगता वह इसी मिट्टी के लिए ज़िन्दा है। अगर इस मिट्टी के साथ उसका नाता टूट गया तो ज़िन्दगी बेमतलब हो जाएगी। मिट्टी भी रूठ जाएगी। फिर उसमें से एक कोंपल भी नहीं फूटेगी। बिसर जाने के अँधेरे में वे दोनों फिसल जाएँगे।

ख़िज़ाँ आती तो दरख़्तों के पत्ते बारी-बारी से झड़ते थे। पेड़ों के नीचे पत्तों का अम्बार लग जाता। वह झाड़ू से उन्हें बटोरता था। पिछले साल की पत्तियों को वह एक बड़ा सा गड्ढा खोदकर उसमें डाल देता। पत्तियाँ खाद बन जातीं। चीज़ों के एक हाल से दूसरे में बदल जाने पर वह ग़ौर करता और उसे सादगी से क़ुबूल करता। साल दर साल गड्ढे में पत्तियों के गड़ने से उसमें कई तहें बन गई थीं। खाद निकालने के लिए वह इन तहों को खोदता तो उसको लगता कि इस तरह खोदते-खोदते वह सैकड़ों साल पहले की मिट्टी में पहुँच जाएगा। इस ख़याल से वह अपने को लगातार होते हुए एक बहुत भारी सिलसिले से जुड़ा हुआ महसूस करता। उसके अन्दर से एक गहरी शुक्रगुज़ारी की साँस उभरती कि इस बराबर होते हुए सिलसिले का, इस गड़ने और नई ज़िन्दगी फूटने का वह भी एक हिस्सा है कि चीज़ों के पैदा होने और मरने के सिलसिले में उसका भी हाथ है।

ये बातें अलबत्ता वह दिमाग़ से नहीं सोचता था। उसकी सोचने की जगह जिस्म के और हिस्सों में थी—वह हाथों से, उँगलियों से, खाल से सोचता था। हवा उसकी खाल को सहलाती थी। वह हवा का इशारा समझता था। हवा उसे बहुत-सी बातें बताती थी। बारिश होगी या नहीं। धूल भरी आँधी चलेगी या नहीं। रात का आसमान लाल होगा या सफ़ेद। जैसे कि चींटियाँ उससे रिश्ता बनाए रखती थीं। चारों तरफ़ फैली हुई कायनात को पढ़ने के लिए निशान उसे दिखाती थीं। किन्हीं दिनों पर लम्बी क़तारें बनाकर वे मिट्टी के नीचे से निकलती थीं। वह जगह-जगह उनके लिए आटा छिड़कता। वह उनकी इज़्ज़त करता था। उनकी भी, और केंचुओं की भी। वे सभी मिट्टी के मज़दूर थे।

उसका सबसे ज़्यादा ख़ुशी का वक़्त तब होता जब वह सिंचाई के लिए पम्प

चलाता। मोटे पाइप से पानी इतनी तेज़ी और ताक़त के साथ बाहर निकलता कि कुछ देर वह भौचक खड़ा इस महीन बुलबुलों के आबशार को देखता रह जाता। उस पर एक नशा-सा तारी होता। वह बार-बार अपना हाथ पानी की धार में डालता और पानी की ताक़त को अपनी उँगलियों को पीछे ढकेलता हुआ महसूस करता। कितना ढेर-सा पानी। उसकी सोंधी ख़ुशबू। वह पानी उसी मिट्टी के दिल से निकलता था जिससे उसका भी गहरा रिश्ता था। मिट्टी और पानी और वह। सब एक ही शै के हिस्से मालूम देते। पानी ऊपर की सन्दली भुरभुरी मिट्टी को गहरा रँगता, अपनी जगह बनाता फैलता जाता था।

ख़ुशी की लहर में उसके बेलफ़्ज़ हलक़ से आवाज़ फूटी। एक हूक। कूक। कोयल की-सी। आम के पत्तों में छिपी कोयल ने उसकी कूक दोहराई। उसकी ज़बान की दीवार पर खड़ी होकर कूक फिर हवा में कूदी। दोबारा। तिबारा। वह अपनी आवाज़ को ताज्जुब से सुनता रहा। उसने झुककर मिट्टी से कान लगाया। वहाँ कौन-सी आवाज़ थी? एक थरथराहट-सी महसूस हुई—ढेरों छोटे-छोटे पैरों वाले कीड़ों के चलने की सी। मक्खियाँ भिनभिना रही थीं। आम पक रहे थे। पेड़ों में तोते और कोयल के पंखों की फरफराहट थी। वे आम कुतर रहे थे। उसने उन्हें उड़ाया नहीं। उनका भी आम पर हक़ था। शायद उससे ज़्यादा ही।

बड़े वाले चौसे की छाँव में वह लेट गया। नीचे मिट्टी की दिलासा देने वाली मज़बूती थी। ऊपर हरे पत्तों की ताज़गी। उसने आँखें बन्द कर लीं। ज़हन एकदम ख़ाली था। उसमें कुछ नहीं था। न किसी परेशानी की परछाईं, न किसी चाहत का चिथड़ा। एकदम ख़ाली। नींद में वह ऐसे डूबा जैसे तालाब में। आँखें खुलीं तो सूरज आसमान को निगल चुका था। तेज़ धूप थी। सफ़ेद रौशनी ने उसकी आँखों में घुसकर उन पर क़ब्ज़ा कर लिया। वह आँखें मिचमिचाता हुआ उठा।

एक आदमी दिखाई दिया। वह सीधे उसी की तरफ़ आ रहा था। झकाझक रौशनी में आदमी उसे अजीब-ओ-ग़रीब लगा। सिर पर बालों की बेतरतीबी, इतनी गर्मी में लाल शोख़ टी-शर्ट, कन्धे पर कैमरा लटका हुआ। उसने दिलीप कुमार को ऊपर से नीचे तक देखा।

"तुम्हारा ही नाम दिलीप कुमार है?"

कुछ देर दिलीप कुमार ने इसके बारे में सोचा। फिर धीरे से सिर हिलाया।

आदमी ने पीछे की तरफ़, जहाँ पेड़ के नीचे कुछ लड़के पढ़ रहे थे, इशारा करते हुए कहा, "उन लोगों ने कहा मक़बरे के बन्द कमरे की चाबी तुम्हारे पास रहती है?"

उसने फिर सिर हिलाया। वह अपने क्वार्टर से जाकर चाबी ले आया। आदमी उसके साथ हो लिया। वह किसी दूसरे मुल्क में हिन्दुस्तान की तारीख़ पढ़ाता था। मुग़लों में ख़ास दिलचस्पी थी जिन पर वह किताब लिख रहा था। असल में वह किताब के लिए कुछ तसवीरें खींचने आया था। पहले तो उसने चारों मक़बरों की दूर से तसवीर खींची। फिर पास से, हर तरफ़ से। उसके कैमरे के आगे गोल-सा शीशा था, जैसे बड़ी-सी आँख। वह बाहर की तसवीरें खींच चुका तो बड़े-बड़े डग भरता ऊपर चढ़ गया, मक़बरे के हवादार हिस्से में। फिर उतरा तो बन्द कमरे को खुलवाया।

दिलीप कुमार ने ताले में चाबी घुमाई। बहुत दिनों से वह कमरे के अन्दर नहीं गया था। एक ज़माना था जब गर्मी की दोपहरों में वह कमरे की ठंडक लेने आ जाता। मगर हाल में वह नहीं आया था। दरवाज़ा खुलते ही अन्दर की बन्द सीलन भरी हवा बाहर को लपकी। दरवाज़ा नीचा था इसलिए उन्हें सिर झुकाकर अन्दर जाना पड़ा। दहलीज़ पत्थर की थी। कमरा कोठरी की तरह था। अन्दर एकदम अँधेरा था। हवा का कहीं से गुज़र नहीं। कमरा ख़ाली था। आँखें अँधेरे की आदी हुईं तो पीछे वाली दीवार पर एक चौकोर छोटी-सी खिड़की नज़र आई। खिड़की बन्द थी। आदमी ने पास जाकर देखा तो समझ में आया कि खिड़की के पट बाद में, मरम्मत के किसी दौर में लगाए गए थे। पट कसकर जम गए थे। बाग़बान ने ज़ोर से खींचा तो खुल गए। उनके पीछे महीन कशीदाकारी किया हुआ पीले से पत्थर का पर्दा था। कशीदाकारी मकड़ी के जाले, सूखे पत्तों और कूड़े से पटी हुई थी। फिर भी उसके सूराख़ में से एक पीली-सी रौशनी अन्दर आने लगी।

आए हुए आदमी ने आँखें घुमाकर कमरे का मुआयना किया। छत के क़रीब मीनाकारी की हुई थी। फ़ारसी में इबारत थी। आदमी ने इसका भी फ़ोटो खींचा। मीनाकारी में तरह-तरह के गुल बूटे थे। चमेली, गुलाब और जूही। फूलों का रंग

कहीं-कहीं से उड़ गया था। मगर जहाँ रंग बाक़ी था वहाँ फूल एकदम तरोताज़ा लगते थे। लगता था उन्हें सूँघो तो उनमें से ख़ुशबू आएगी। हालाँकि वे सैकड़ों साल पुराने थे और पत्थर में तराशे गए थे।

"मुग़ल बादशाह भी बाग़बान थे!" आदमी बोला, "उन्हें फूलों-फलों का बहुत शौक़ था। उनके बनाए बाग़ दुनिया भर में मशहूर हैं।"

दिलीप कुमार आदमी की बातें ख़ामोशी से सुन रहा था। मुग़ल बादशाह भी बाग़बान थे! सैकड़ों साल पहले से खिंचती हुई कोई डोर जैसे उस तक आई और उसे अपने से बाँध लिया। उसको लगा कि बाग़बानों की एक लम्बी क़तार है जिसकी अगली कड़ी वह ख़ुद है। उसके चेहरे पर लम्हे-भर के लिए ख़ुशी और अपनी अहमियत का अहसास उभरा।

उसी वक़्त आदमी के कान के पास कोई चीज़ फड़फड़ाई। वह चौंक गया। शायद यही फड़फड़ाहट पहले भी हुई थी मगर अब तो उसके कान के बिलकुल क़रीब कुछ लरज़ता-सा जान पड़ा। फिर पूरा कमरा फड़फड़ाहट से भर गया। जैसे काले कपड़े की कतरनें हवा में उड़ने लगीं।

"च...च...चमगादड़।" दिलीप कुमार के मुँह से फूटा।

आदमी ने देखा कि कोठरी की ज़मीन चमगादड़ की बीट से पटी हुई थी। जैसे पूरा फ़र्श ही बीट से बना हुआ हो। दिलीप कुमार को मालूम था कि कोठरी में चमगादड़ रहते हैं। वे तेज़ी से हवा में इधर-उधर उड़ते रहते मगर उससे टकराते कभी नहीं थे। जब वह पहली बार कमरे में आया तो उसे उन चमगादड़ों की तेज़ नज़र पर हैरत हुई। उसे कुछ भी नहीं दिख रहा था मगर चमगादड़ अँधेरे में बिना किसी चीज़ से टकराए ऐसे उड़ रहे थे जैसे उन्हें सब दिख रहा हो। फिर किसी ने बताया कि चमगादड़ तो अन्धे होते हैं। उनकी महसूस करने की कैफ़ियत बेहद बारीक़ होती है। हल्की-सी हरकत की गूँज को वह महसूस कर लेते हैं। यह उनके जिस्म की पेचीदा बनावट की वजह से होता है। वे सैकड़ों साल से इस कोठरी में बन्द थे। कमरे का दरवाज़ा खुलता तो वे बाहर की हवाओं को महसूस करके इधर-उधर उड़ने लगते थे।

आदमी देर तक उसे मुग़ल बादशाहों के बारे में बताता रहा। आख़िर वह गया

तो शाम घिरने को हो आई थी। आदमी के साथ ज़्यादा वक़्त लग गया था। जब वे मक़बरे पर आए थे तो सूरज पूरे आसमान को पीली-सफ़ेद रौशनी से ढके हुए था। मगर अब तो दोनों वक़्त मिल रहे थे। रौशनी का रंग बैगनी हो चला था। दूर पर पेड़ परछाइयों में तब्दील हो रहे थे। बाग़बान को थकान महसूस हो रही थी। कितनी जल्दी थकने लगा था वह। आदमी ने इतने तारीख़ी क़िस्से सुनाए थे कि उसकी आँखों के सामने एक दूसरा समाँ बँध गया था। उसको लग रहा था उसका दिमाग़ उन नज़ारों से ठसाठस भर गया है।

पिछले वक़्तों का इतना बड़ा सफ़हा—उस पर चलते-फिरते जीते-लड़ते इतने बहुत से लोग। बादशाह और सुलतान, मलिकाएँ और मुलाज़िम, मुग़ल दरबार की बड़ी-बड़ी हस्तियाँ। सबका अपना वक़्त था। सब ज़िन्दा थे। आज उनका नामोनिशान नहीं था। वे मिट्टी के नीचे मिट्टी बन गए थे। इस सबका क्या मतलब था? उसकी भी बारी आएगी। मगर उसके लिए कोई मक़बरा नहीं बनवाएगा। बस मिट्टी उसे प्यार से क़ुबूल करेगी। उसके बाद भी सब कुछ वैसे ही चलता रहेगा। उसकी जगह दूसरा बाग़बान आ जाएगा। फिर तीसरा। फिर चौथा। यूँ करते-करते वे अगली सदी में पहुँच जाएँगे। मिट्टी फल देगी और वे मिट्टी को न्योछावर होंगे। हिसाब बराबर होता रहेगा। सिलसिला जारी रहेगा। जैसा कि उसके साथ होता था, ये बातें उसने सोचीं नहीं। उसके जिस्म के किसी हिस्से ने उन्हें महसूस किया।

कमरे से बाहर निकलकर बाग़बान ने दरवाज़े के कुंडे में ताला फँसाया तो उसका हाथ काँप रहा था। उसने ताले में चाबी घुमाकर चाबी अपनी जेब में डाल ली। वह वहीं पत्थर की सीढ़ी पर बैठ गया। उसका सिर चकरा रहा था। कैसा अजीब-सा लग रहा था उसे। वह गुमसुम बैठा रहा। एक घंटा बीता या सौ साल? सौ साल लम्हे भर में बीत सकते हैं। लम्हा सैकड़ों साल का वज़न लिये बीत सकता है। वक़्त का सिलसिला यूँ ही चलता है। उसको लगा ज़मीन खिसकी। कहीं चट्टानें दरकीं। हवाओं ने ज़ोर पकड़ा। उसने चारों तरफ़ नज़र घुमाकर देखा। मक़बरे ख़ामोशी का नक़ाब ओढ़े थे। दूर पर पेड़ों की सरसराहट थी। उसको लगा चारों तरफ़ फैली हुई सुरमई रौशनी में ढेरों तसवीरें पतिंगों की तरह उसके इर्द-गिर्द फड़फड़ा रही हैं।

एक औरत की तसवीर उभरी। उसके बाल मकड़े के जालों से उलझे हुए थे।

उसके रेशम के लिबास पर कलाबत्तू का काम काला पड़ गया था। झुटपुटे की मटमैली रौशनी में वह उसी की तरफ़ चली आ रही थी। वह बुरी तरह घबरा गया। वह हड़बड़ाकर उठने को हुआ तो लड़खड़ाकर घुटनों के बल गिर पड़ा। हैरत और हैबत से उसकी आँखें फटी पड़ती थीं। उसके गले से काँपती हुई आवाज़ निकली—"म...म...मलिका साहिबा, आप?"

तेज़ी से मिटती रौशनी में उसका चेहरा साफ़ नहीं दिख रहा था। मगर बाग़बान को वहम हुआ कि औरत मुस्कुराई। फिर वह बोली, "अच्छा तो तुमने मुझे पहचान लिया?"

"स...स...सरकार। म...म...मैं..." उसने अपनी ज़बान पर की दीवार को और ऊँचा होते हुए महसूस किया।

"कौन हो तुम?"

सिजदे के अन्दाज़ में उसने ज़मीन पर माथा टेक दिया।

"द...द...दिलीप कुमार!"

"क्या करते हो?"

"य...य...यहाँ का ब...ब...बाग़बान हूँ, सरकार।"

"तब इतना डर क्यों रहे हो? तुम्हारे हाथों में तो जिलाने और मारने की ताक़त है! मुझे देख के डरो मत। तुम समझ रहे हो मैं दूसरी दुनिया से आई हूँ। इसी से डरते हो?"

"जी...जी...सरकार!"

"ख़ाक दूसरी दुनिया! मैं तो बरसों से भटक रही हूँ!" उसने बेचैनी से कहा। दिलीप कुमार को लगा उसके कानों में ज़ेवरों की दबी-सी खनखनाहट आई। उसने सिर उठाया और फिर घुटनों के बल बैठ गया। औरत की आवाज़ सुनाई दी—"अब जाकर पहुँची हूँ अपने ठिकाने।"

यह कहते-कहते वह एकदम क़रीब आ गई थी, बिलकुल उसी सीढ़ी पर जिस पर वह बैठा था। उसने महसूस किया कि औरत की आवाज़ एकदम धीमी हो गई थी, क़रीब-क़रीब एक फुसफुसाहट जैसी, जिसको सुनते हुए हवा के सरसराने का गुमान होता था।

"मैं तुम्हें एक राज़ की बात बताती हूँ, बाग़बान। सुन रहे हो न?"

"जी...जी...ह...हुज़ूर!" उसने सिर तनिक उठाया और थोड़ा आगे होकर बैठ गया। उसकी नाक में भीनी-सी ख़ुशबू जैसे बासी बेले के फूल की, कहीं बहुत दूर से आती हुई मालूम दी। बाग़ में क्या बेले की लतर भी है? उसने सोचा। औरत के चेहरे को देखने की उसकी हिम्मत नहीं होती थी। मगर जहाँ वह खड़ी थी, वहाँ परछाईं से आवाज़ आई—"जानते हो बाग़बान, वह दूसरी दुनिया जहाँ मरने के बाद पहुँचा जाता है, जिसे लेकर हम इनसान इतने परेशान रहते हैं? असल में वह दूसरी दुनिया तो है ही नहीं। इनसान बेवक़ूफ़ है। अहमक़। असल चीज़ तो यह मिट्टी है, बाग़बान। मिट्टी ही हमारी असलियत है। मेरी, तुम्हारी इस दुनिया की हर चीज़ की। हम इसी ज़मीन पर पैदा होते हैं और इसी के नीचे चले जाते हैं।"

बोलते-बोलते उसकी आवाज़ एक पतले तागे जैसी महीन हो गई थी। दिलीप कुमार आँखें बड़ी-बड़ी किए वहीं गड़ा हुआ था। गर्मी की रात का वज़नी आसमान मक़बरों पर लुढ़का पड़ा था।

बाग़ में पेड़ों ने अपनी परछाइयाँ लम्बी कर लीं। पेड़ के नीचे बैठकर पढ़ने वाले लड़कों में से आख़िरी लड़का घर की तरफ़ रुख़ कर रहा था। उसने नज़र घुमाकर मक़बरों की तरफ़ देखा तो चबूतरे से नीचे जाती हुई सीढ़ियों पर उसे एक अजीब मंज़र दिखाई दिया। बाग़बान सबसे ऊपर वाली सीढ़ी पर घुटनों के बल बैठा था। कभी वह आगे झुकता था, फिर सीधा हो जाता, फिर क़रीब-क़रीब लेटकर सिर ज़मीन पर रख देता। बार-बार हाथ आगे फैलाता, जैसे वह किसी से बात कर रहा हो। मगर वहाँ कोई और तो नज़र नहीं आता था।

'अरे, वही सनकी बाग़बान है,' उसने सोचा, 'तभी तो सब कहते हैं कि उसका पेच ढीला है!' मुस्कुराता हुआ वह बाग़ के दरवाज़े की तरफ़ बढ़ गया।

प्यार

दरवाज़ा खुलता है मगर कोई अन्दर नहीं आता। लेकिन खटका गिरने की आवाज़ तो कानों में साफ़ आई थी...।

रात के जिस पहर जागो, कोई दरवाज़ा खुलता रहता है, उसके खुलने की आवाज़ आती है। मगर अन्दर कोई नहीं आता। तो फिर...शायद दरवाज़ा कहीं और, कहीं और ही खुला था।

अकेली रात में हवा निस्तब्ध है मगर पत्ते सरसराते हैं। कहीं से झींगुरों की सारंगी, एक ओझल ऑर्केस्ट्रा, जैसे कि धरती के कठोर दिल में छुपा हुआ ख़ुशी का कोई स्रोत।

चाँदनी एक सफ़ेद नदी है। गुलचीन की टेढ़ी-मेढ़ी शाखों को निगल रही है, नदी नहीं हँसता हुआ साँप है, मुँह फाड़े, इतने बड़े पेड़ को समूचा निगल गया... नहीं, साँप नहीं, रौशनी की लहर है। रौशनी पीपल के पत्तों पर सिक्के लटका गई है, कितने हज़ार सिक्के कि पूरी रात खनखना गई, खनखनाती रात यहाँ से वहाँ तक, जहाँ दुनिया का, पृथ्वी का अन्त है, समय का अन्त...अन्त? यानी कि आरम्भ?

दरवाज़ा खुलता है मगर कोई अन्दर नहीं आता। नहीं, तुम अब इस दरवाज़े से अन्दर नहीं आओगी। तुम यहाँ से चली गईं। तुम्हारा यह पीछे छूटा हुआ घर। ख़ामोश दीवारों पर से नीली तन्हाई फिसलकर गिरती है। यह घनघोर सन्नाटा। दूर-दूर तक कोई नज़र नहीं आता। पीपल का पेड़ ऊँचा खड़ा आहें भरता है।

आ जाओ, आ जाओ, आ जाओ।

पत्ते अधीर हैं, सरसराना बन्द नहीं होता। और यह फुसफुसाहट, यह पुकार,

तुम से हम तक, हम से तुम तक और फिर वापिस, कि हम और तुम का फ़र्क़ मिट जाता है...लहर-दर-लहर, हमारी चाहत के अनन्त सागर में यह पुकार टूटती है, गिरकर फिर उठती है, उठकर एक से दूसरे में समाती है।

मेरे हाथ ख़ाली हैं। उड़ते कबूतर की परछाईं फ़र्श पर से गुज़री है और फाख़्ता ने शब्द के लच्छे हवा में उड़ेले हैं। खिड़की के शीशे पर हरा अक्स है, हरे के अन्दर हरे की सुरंग, जिसमें तुम हो।

दरवाज़े पर पड़ा झीना पर्दा अभी लहराया है, नहीं, वह पर्दा नहीं, साया है, साया जो आँखों से दिखता नहीं, मगर रौशनी का रंग बदल देता है। उसी का अहसास है यह। साँस, नज़र, स्पर्श, सब अहसास ।

वह उसका माथा सहलाती है, उस पर गिर आए बालों को खिसकाती है...

"अप्रतिम!" उसने कहा है..."अप्रतिम!"

"ओह! तुम आ गईं!"

"याद है?"

यही कमरा था। यही शाम का वक़्त, जब अधखुले दरवाज़े से आती रौशनी फ़रेब का जाल बुनती है। तुम्हारा चेहरा नीम तारीकी में चमक उठा था। तुमने कहा था, "मैं कब से तुम्हें आवाज़ दे रही थी। तुमने सुना नहीं? मैं तो यहीं थी, तुम्हारे पास...।"

बरसों में सदियों की गूँज है। दूर होते क़दमों की आवाज़। दूर जाते क़दम हमेशा दूर जाते हुए। वे पीपल के सरसराने में गुम हो गए।

याद है न वह पीपल—अभी तक हयात है, अपने सिक्कों के ख़ज़ाने समेत। उस घर के ठीक सामने, वह घर जहाँ हम दुनिया को, यानी अपने आप को, भूलकर समुंदर में डूबे थे, याद है? साँझ के वक़्त उन लाखों पंछियों का चहचहाना। जैसे न जाने कितने छोटे-छोटे झरने एक साथ फूट रहे हों, बाहर और अन्दर।

तुम कहते हो वह भी याद है। वह चायकौव्स्की का 'ट्रियो इन ए माइनर' जो उठता था, किसी आबशार की तरह। या धुआँ। हर लम्हे में, हर पोर में उतरता उसका वही स्वर, स्वर नहीं रौशनी का चमकता हुआ ग़ुबार...वह बारीक़ सुरों की कशीदाकारी, वह एक में एक बहते हुए इन्द्रधनुष जैसे ही एक का किनारा, वही

किनारा जो दूर होता हुआ दीखता, कहीं उसी गुम होती हुई गहराई में से दूसरा सुर उठता, लचीला, अनिवार्य, आशा के स्वप्न की तरह, पहले स्वर के साथ-साथ चलता, उसे गहराता, पूरा करता, जैसे कि पियानो और वायलिन और चेल्लो किसी बेहद नाज़ुक, बेहद पेचीदा प्यार की क्रिया में उलझे हों।

"अप्रतिम," वह कहती है, "अप्रतिम। धरती सूख रही है, बारिश नहीं होती।"

"देखो हवा क्या कहती है। अभी-अभी अन्धड़ उठ आया है। कितने सारे सूखे पत्ते आग़ोश में भर के लाया है।"

पेड़ अन्धकार के जाल बुनते हैं। रौशनी का वह शहतीर जिसकी हमें तलाश थी, देखो वह वहीं है, उस काले शीशे के पीछे। वह काला शीशा—मृत्यु का आईना, और गुज़रे वक़्त का। वही आईना था हमारे बीच।

सदियों पहले वह चली गई सारे खिड़की-दरवाज़े बन्द करके। वह पूरब गया और पच्छिम, उत्तर और दक्खिन, और पहाड़ों के तल में उसे वह घर मिल गया।

खिड़की में लालटेन थी—उसकी मद्धिम पीली रौशनी। लालटेन को हाथ में उठाकर उसने लौ ऊँची की।

"अप्रतिम!" एक लम्बी साँस उसने ली है, "सदियाँ बीत गईं।"

बाँह में बाँह डाले वे घर के एक कमरे से दूसरे कमरे में हवा की तरह गुज़रे, "देखो, यहाँ हम सोते थे...और यहाँ तुमने कहा था...और यहाँ खिड़की की सलाख़ों से घुसकर चाँदनी फ़र्श पर लकीरें खींचती थी...और ऊपर तारों की नुकीली चमक... और आँगन में पारिजात के फूल...कितने ग़मगीन...और अमरूद के दरख़्तों पर तोते...और...सीढ़ियों पर...और...यहाँ जाड़े की धुंध...और...और...

दूर दरवाज़े बन्द हो रहे हैं, एक के बाद एक, धीमे से, जैसे किसी का दिल धक-धक कर रहा हो।

हवा कमरे में लपकी। झन्न से शीशा टूटता है। काले टुकड़े ज़मीन पर हैं।

आईना टूट गया!

और रौशनी का वह शहतीर जिसकी हमें तलाश थी, वह जो काले आईने के पीछे बन्द था?

वह यहीं है, यहीं है, यहीं है!

हाथ पढ़ने वालों का एक ख़्वाब

(आसिफ़ा की याद को समर्पित)

कल रात मेरा भाई अरमान वापिस आ गया। उसे ग़ायब हुए एक अरसा हो गया था। मुझे डर था कि कहीं वह मर तो नहीं गया, और मुझे ख़बर तक न हुई? मगर वह वापिस आ गया। उसे देखकर मुझे ख़ुशी हुई। उसका वज़न बढ़ा हुआ और चेहरा सेहत से गुलाबी हो रहा था। पहले से ज़्यादा तन्दुरुस्त और पहले से कम शर्मीला। उसने अपनी बाँह मेरे कन्धों पर डाल दी। यह उसने कभी नहीं किया था। मैं थोड़ा उसकी तरफ़ झुक के चलने लगी। उसे यह न लगे कि उसकी बाँह की वजह से मुझे कोई अड़चन है, कि उसे बाँह हटा लेनी चाहिए। हमारे बीच मोहब्बत का इज़हार कम होता था।

उन दिनों हम पहाड़ी पर लकड़ी के बने घर में रह रहे थे। मेरा कमरा नीची छत वाला और बहुत छोटा सा था; रात को मुझे हवा की आवाज़ सुनाई देती थी। उस इलाक़े के ज़्यादातर घर पहाड़ी पर, हवा के रुख़ को पीठ किए खड़े थे। उनकी छतें टिन की थीं। टिन की छतें सूरज की तेज़ धूप में जलने लगतीं। गाँव की औरतें अपने कपड़े पछाड़ कर छतों पर सूखने को फैला देतीं। वह जगह रानीखेत नहीं थी मगर लकड़ी का वह छोटा सा फाटक और खड्ड में उतरता हुआ रास्ता वही था जो रानीखेत में हुआ करता था। रास्ते पर वही साइन भी था, 'दलमोटिया वन विश्राम गृह—5 किलोमीटर'।

पगडंडी की रेत अभी तक चमकीली और सफ़ेद थी; ज़मीन पर चीड़ के तिनके और रास्ते पर कँटीली झाड़ियाँ बदली नहीं थीं। हम उस रास्ते पर चलते रहे,

कि थोड़ी देर में रेस्ट हाउस आ जाएगा। मगर हम रेस्ट हाउस नहीं पहुँचे। रास्ता एक सूखी नदी को जाता है, नदी में पत्थर ही पत्थर हैं, सफ़ेद पत्थर जो गोल और चिकने हैं—यह अरमान ने मुझे बताया। उसको न जाने यह सब कैसे पता था, जबकि वहाँ की रहने वाली तो मैं थी; वह तो अभी-अभी आया था।

लेकिन वहाँ सूखी नदी भी नहीं थी। हम एक ख़ाली मैदान में पहुँचे। ऊँची-ऊँची टिन की दीवारें खड़ी करके एक घेरा बनाया गया था। रौशनियाँ थीं, और ज़ोर-ज़ोर से बजता हुआ संगीत। कोई मेला होगा, मैंने सोचा। मेला ही लगता था। ताज्जुब। हमें ज़रा भी ताज्जुब नहीं हुआ कि सूखी नदी के बजाय हम इस शोरशराबे के मुक़ाम पर पहुँच गए हैं। रात थी। मुख्य दरवाज़े के आगे एक और दरवाज़ा था। मुझे एक लड़की मिली जिसे मैं बहुत सालों पहले जानती थी। पता नहीं कब से मैंने उसे नहीं देखा था। उसने बांग्ला में मुझसे कहा कि टिकट ख़रीदने होंगे।

अरमान बोला, "तुम जाकर दुकानें देखो, कुछ चाहिए तो नहीं? मैं टिकट लेकर आता हूँ।" सामने ही रंग-बिरंगी दुकानें दिख रही थीं। कुछ पर तिकोने लाल झंडे लहरा रहे थे। तुर्कमेनिस्तान के झंडे हैं, मैंने बिना सोचे हुए सोचा। वह टिकट की लाइन में खड़ा हो गया। मुझे ख़याल आया कि यह टिकट तो बेशक ख़रीद रहा है, मगर कोई और टिकट ख़रीदता हुआ नहीं दिख रहा। और सारी दुकानें तो बाहर ही हैं। तो हम अन्दर जाकर क्या करेंगे? सभी कुछ बाहर था, सारी दुकानें, झूले, तमाशे।

एक बड़े से चरखी झूले पर बैठे लोग ऊपर जा रहे थे और नीचे आ रहे थे। मुझे अजीब नहीं लगा कि वे सभी चश्मा लगाए हैं—एक हाथ से वे चश्मा पकड़े थे कि झूले की तेज़ी से चश्मा नाक पर से फिसल न जाए। दूसरे हाथ से वे झूले को थामे थे। उनके कपड़े हवा में उड़ रहे थे। मगर हवा तो है नहीं, मैंने सोचा। रुपहली पन्नी से कटे हुए अर्ध चाँद मैदान के इर्द-गिर्द घिरी टिन की दीवारों पर चिपके थे। चाँद संकेत थे कि यहाँ दुकानें हैं। ज़्यादातर दुकानें कपड़े बेच रही थीं। मुझे कहीं चमकीले गाउन दिखे, कहीं जूते। एक दुकान में बाल और दाढ़ी-मूँछें बिक रही थीं। काले और सफ़ेद जूड़े और चोटियाँ, फिर लम्बी-लम्बी दाढ़ियाँ, वे भी काली या सफ़ेद, हवा में लहरा रही थीं। दुकानदार की तरफ़ मैंने देखा।

यहाँ उम्र बिकती है।

उसने मेरे पूछे बग़ैर ही मेरे सवाल का जवाब दे दिया।

"सफ़ेद का दाम ज़्यादा है, काले का कम। ले लो, सस्ता लगा देंगे।"

मैंने पलटकर अरमान की तरफ़ देखा। वह टिकट के बूथ पर खड़ा इधर- उधर देख रहा था, बूथ पर बैठे टिकट बेचने वाले आदमी की तरफ़ नहीं, जाने किसका इन्तज़ार कर रहा था, जबकि लाइन में उसके आगे कोई भी नहीं था। मैंने उससे पूछा कि वह अन्दर जाने के लिए टिकट क्यों ख़रीद रहा है, सारी दुकानें तो बाहर ही हैं।

"अन्दर और दुकानें हैं, और," उसने बेख़याली से कहा।

मैं वहाँ से हट गई। फिर वह मेरे पास आया और उसने कहा कि टिकट मिल गए, दस-दस रुपये के, और ओफ़! कितनी भीड़ थी। मगर मुझे कोई भी नहीं दिख रहा था।

हम गेट के अन्दर घुसे। अन्दर दुकानों और रौशनियों के बजाय हरी-भरी ढलानें थीं; बारिश हुई होगी। दो घोड़े, एक चितकबरा और एक सफ़ेद, घास चर रहे थे; वे बीच-बीच में मक्खियों को दुम की हल्की-सी हरकत के साथ उड़ा देते। वहीं ढलान पर एक छोटी-सी क़ब्र थी। किसी बच्चे की है, मैंने सोचा। उस पर किसी का नाम लिखा था, मगर कोशिश करने के बाद भी मैं पढ़ नहीं पाई कि वह किसका नाम है। सुबह थी, लेकिन रौशनी सुरमई थी। अरमान ने कहा, "चलो बैठने के लिए जगह देखते हैं।"

अब मुझे एक बहुत ही बूढ़ी औरत बग़ल में खड़ी हुई नज़र आई, जो शायद पहले से ही वहाँ खड़ी रही होगी; मैंने उसे आते नहीं देखा। वह चुपचाप बीड़ी पी रही थी। उसके बाल सफ़ेद थे और पतली, पीली, झुर्रीदार खाल ऐसी दिखती थी जैसे कि हवा चलने पर वह काग़ज़ की तरह फड़फड़ाएगी।

"ज़रा बचकर!" उसने खरखराती हुई आवाज़ में कहा, "ज़रा देखकर बैठना। कीचड़ में हाथ पढ़ने वाले हैं। वो तुम्हारा हाथ पढ़ने लगेंगे और इसके पहले कि तुम्हें पता चल पाए, वे तुम्हारे लिए एक ज़िन्दगी गढ़ देंगे। वह ज़िन्दगी शायद तुम्हें पसन्द न आए।"

और तभी हमने देखा कि हमारे पास में ही, काही रंग के कीचड़ का एक लम्बा-सा फैलाव है, जिसमें सूखे पेड़ों के ठूँठ निकले हुए हैं। कीचड़ में कुछ लोग

रेंग रहे थे। यही वे हाथ पढ़ने वाले हैं जिनका ज़िक्र बूढ़ी औरत ने किया था, मैंने मन-ही-मन कहा। वे कीचड़ में इतना सन गए थे कि आसानी से नज़र नहीं आते थे, मगर उनके मटमैले चेहरों में उनकी आँखें चमक रही थीं। उनमें से कुछ वहीं खड़े-खड़े ही सो रहे थे, और कुछ ने हाथ हिला-हिलाकर हमारा ध्यान अपनी तरफ़ आकर्षित करना चाहा। उस जगह में खचाखच भरे थे हाथ पढ़ने वाले। मैं एक क़दम पीछे हट गई, कुछ घबराकर, थोड़ा घिन से, मगर उससे भी ज़्यादा, शर्मिन्दगी से। मेरे पास उन्हें देने के लिए तो कुछ है नहीं, मेरे दिमाग़ में बात आई। मैंने रेज़गारी के लिए अपनी जेबें खँगालीं, मगर सारी जेबों में छेद थे और मुझे उनमें एक भी सिक्का नहीं मिला।

अरमान एक तरफ़ खड़ा हो गया और उसने बेफ़िक्री से कहा, "क्यों भई, तुम कब और किससे शादी कर रही हो? शायद हाथ पढ़ने वाले तुम्हें बता सकेंगे।"

"मुझे नहीं मालूम मैं किससे शादी करूँगी, मगर जब करूँगी, तो उसका नाम 'क' से शुरू होगा," मैंने उस पर तिरछी नज़र डालते हुए कहा।

अरमान ने बताया कि वह छोटी-सी खोली में बेहद ग़रीबी में रह चुका था। उसने हाथ फैलाकर दिखाया कि खोली कितनी छोटी थी। उस घोर ग़रीबी से वह ऊपर उठ गया था। उसके पास अब तीन कमरों वाला घर था। उसमें एक बरसाती थी, एक बग़ीचा और फलों का एक बाग़। उसकी एक पत्नी थी जो उसे प्यार करती थी और इस घर में एक बेटी भी थी। क्या हाथ पढ़ने वाले उसके लिए इससे बेहतर ज़िन्दगी ईजाद कर सकते थे? वह हमारे पिता के साथ झगड़े के बाद घर छोड़कर चला गया था। 'बुढ़वे' को उसकी परवाह नहीं थी, उसने कहा। यह हमारे पिता की बात कर रहा है, मैंने हल्के से झटके के साथ सोचा। मगर उसी को कौन बूढ़े बाप पसन्द थे।

अरमान ने कहा उसे एक जगह पता है जहाँ हाथ पढ़ने वाले नहीं हैं। हम वहाँ गए। मगर जैसे ही हम एक ताल के बग़ल में बैठे, दो हाथ पढ़ने वालों के सिर एकदम से पानी में से उभरे। उनमें से एक के बाल लम्बे समुद्री वनस्पति के बने थे। उन्होंने कहा, वे भिखारी नहीं हैं, हाथ पढ़कर अपनी रोज़ी-रोटी चलाते हैं। छोटी-मोटी कमाई ही होती थी, मगर उनके लिए काफ़ी थी। हमने अपने हाथ पढ़वाने के लिए ऊपर उठाए, और उन्होंने वहीं, दूर से उन्हें पढ़ा। उनकी आँखें

तेज़ रौशनी में मिचमिचा रही थीं। मेरा हाथ पढ़ते ही वे एक अटपटे से सन्नाटे में आ गए। उन्होंने मेरे पिछले जीवन के बारे में कुछ चीज़ें बताईं और मुझसे पूछा कि क्या ये सच हैं? वह मेरा भविष्य मेरे अतीत पर ही आधारित कर के बता पाएँगे। उन्होंने मेरे पिछले जीवन के बारे में जो कुछ भी बताया था, वह सभी ग़लत था, मगर मैंने कह दिया कि हाँ, सचमुच ही ऐसा हुआ था। उन्हें अपनी रोज़ी कमाना था। मुझे अपनी बात कहनी थी।

इसके पहले कि मुझे बूढ़ी औरत के चले जाने का अहसास होता, वह वापिस आ गई।

"देखा, मैं क्या कह रही थी?" वह बोली, "मैंने कहा नहीं था कि देखकर बैठना? हुश! हट! चल भाग यहाँ से!"

उसने हाथ पढ़ने वालों को भगा दिया, जैसे कि वे उसकी रसोई में खाना चुराने के लिए घुस आई बिल्लियाँ हों। हाथ पढ़ने वाले मछलियों की तरह तैरते हुए वहाँ से चले गए।

अब उसने अपना झुर्रीदार, खुरदुरा, चिटका हुआ हाथ हमारी तरफ़ बढ़ाया और आँख मारते हुए एक खरखराती-सी किलकारी भरी।

"लाओ, टिकट के लिए पैसे लाओ।"

तमाशा शुरू होने जा रहा था। वह भीड़ जो अब तक नहीं दिखी थी, एकदम से नमूदार हुई। तरह-तरह के लोगों का एक झुंड सड़क के किनारे जमा हो गया। काले कोट में एक वकील जैसा लगता था। तेल से चिपके बालों वाला एक छोटा-सा आदमी, जिसे मैंने कहीं देखा था। अरमान ने बताया कि वह किराने की दुकान के जोशी जी हैं। वह बाहर से आया था फिर भी सब कुछ जानता था। एक औरत फूलों के छापे वाली छतरी लिए खड़ी थी। पानी नहीं बरस रहा था, न ही तेज़ धूप थी। लगभग सभी चेहरे धुँधले थे। मैंने भीड़ को अब तक देखा ही नहीं था क्योंकि वह एकदम ख़ामोश थी। किसी एक जने ने भी कोई आवाज़ नहीं की।

फिर मुझे एक बच्ची दिखी। वह क़लाबाज़ लग रही थी। उम्र आठ-नौ बरस की होगी। उसका छोटा-सा शरीर गठा हुआ, कसरती था, शायद इसलिए मुझे ख़याल आया कि वह क़लाबाज़ होगी। मगर इससे भी ज़्यादा वह मुझे क़लाबाज़ जैसी कोई

कलाकार इसलिए लगी, कि उसके सिर पर तीन पीतल के घड़े थे, एक के ऊपर एक रखे हुए, एक मीनार की सूरत में। इसका मतलब था कि वह कोई-न-कोई करतब दिखाएगी। तो भीड़ उसी के तमाशे के लिए इकट्ठा थी। उसकी खाल और उसके बाल एक ही रंग के थे, धूल की तरह भूरे। वह बदरंग ऊँचा सा पाजामा और एक कसी हुई पीली कुर्ती पहने थी। आँखों का काजल फैल जाने की वजह से उसका चेहरा जंगली बिल्ली का-सा हो रहा था।

"कामिला के बराबर ही लगती है," अरमान बुदबुदाया। कामिला उसकी बेटी थी।

वह लड़की एक तरफ़ खड़ी इन्तज़ार करती हुई अपने माँ-बाप को देख रही थी। मुझे लगा वे उसके माँ-बाप ही होंगे। वे लम्बे-लम्बे रंगीन बाँस एक में एक बाँधकर मज़बूती से ज़मीन में गाड़ रहे थे। उन्होंने बाँस दो जगह गाड़े, एक-दूसरे से क़रीब पन्द्रह फुट की दूरी पर। बाँसों का रंग लाल और हरा था। एक और लड़की, जो पहली लड़की से थोड़ी बड़ी थी, और जो शायद उसकी बहन होगी, हाथ में छोटी-सी खँजरी लिये खड़ी थी। उसने खँजरी सिर के ऊपर उठाकर ज़ोर से बजाई। इस तरह से वह शायद भीड़ इकट्ठा करना चाह रही थी, मगर भीड़ तो वहाँ पहले से ही मौजूद थी। फिर वह ख़ामोश हो गई और भीड़ भी ख़ामोश थी, जैसे कि उसकी ख़ामोशी सब के चुप रहने के लिए एक इशारा हो।

दोनों बाँसों के बीच अब एक रस्सी बाँध दी गई थी। वह सड़क के काफ़ी ऊपर तनी हुई थी। सफ़ेद बटी हुई रस्सी को देखकर लगता था जैसे कि आसमान में एक लम्बा सा साँप सो रहा है। साँप की दुम बाँस से लटक रही थी। स्कूटर और मोटर कारें धूल-धूसरित सड़क पर, हवा में ऊँचाई पर तनी हुई रस्सी के नीचे से बराबर गुज़र रही थीं। एक गाय सड़क के बीच में आकर बैठ गई थी और ट्रैफ़िक को उसके बग़ल से होकर जाना पड़ रहा था। शंकर मिष्ठान भंडार (बोलचाल में लोग उसे SMB कहते थे) में लोग अन्दर जा रहे थे और मिठाई का डब्बा हाथ में लेकर बाहर निकल रहे थे।

"चलो आसिफ़ा, शुरू हो जाओ," क़लाबाज़ बच्ची के बाप ने कहा।

तमाशा शुरू हो गया। हाथ में एक चार फुट लम्बी लकड़ी लिये, साइकिल के पहिये का रिम बग़ल में दबाए, आसिफ़ा दूसरे हाथ का सहारा लेकर हल्के से झूलती हुई, बाँस को दोनों घुटनों से पकड़कर फुर्ती से ऊपर चढ़ गई। उसके चढ़ने पर रस्सी थोड़ी-सी हिली। उसने लकड़ी के सहारे सन्तुलन बनाए रखा और उसके सिर पर रखे मटके डगमगाए मगर गिरा एक भी नहीं। तभी मेरी बग़ल में खड़ा हुआ एक आदमी बोला—

"ये लोग पैदाइशी घपलेबाज़ होते हैं। करतब दिखाने के लिए मटकों को सिर पर चिपका लिया होगा!"

उसका चेहरा पिचका हुआ था; तिलचट्टे जैसी उसकी आँखें गड्ढों में धँसी थीं। उससे मुझे चिढ़ हो रही थी। मुझे उसकी बात अच्छी नहीं लगी। मैंने उसकी तरफ़ घूरकर देखा, पर वह दूसरी तरफ़ देख रहा था।

"ऐसे बदतमीज़ लोग तो हर जगह मिल जाते हैं," अरमान बोला, "कामिला भी जिमनास्टिक्स सीख रही है।"

मैंने उसकी बात पर ध्यान नहीं दिया क्योंकि मैं तमाशा देख रही थी।

आसिफ़ा ने बेहद सँभलकर, आज़माता हुआ एक क़दम, फिर दूसरा क़दम पहिये की रिम के अन्दर वाले किनारे पर रखा। फिर पहिये के अन्दर-ही-अन्दर उसने पैर आगे बढ़ाए। उसके पैरों के साथ-साथ पहिया भी रस्सी पर आगे चला। इसी तरह से वह रस्सी के आख़िरी सिरे तक चलती हुई चली गई और फिर, एक पेचीदा-सी नाचती हुई हरकत के साथ, वापिस घूम गई। कुछ दूर आकर वह पहिये की रिम के अन्दर बैठ गई, और रिम को लकड़ी के सहारे अपनी जगह पर रोके हुए, उसने अपने साँवले पैर नीचे लटकाए और लापरवाही से उन्हें झुलाने लगी। फिर बिजली की तेज़ी के साथ उसने पहिये को नीचे, रस्सी के नीचे, लटका दिया और उसे घुटनों के बीच झट से फँसा लिया। फिर अपने सिर को झटका देकर, वह उलटी लटक गई; उसके शरीर के आकार से जैसे पहिया दो खड़े हिस्सों में बँट गया। उसके नीचे लटके हुए बाल हवा में लहरा रहे थे। तभी वह उठ खड़ी हुई और पहिये को ऊपर खींच, फिर उसके अन्दर तल्लीनता के साथ चलना शुरू किया। पहिया आगे लुढ़कने लगा।

उसके चेहरे पर एक भयंकर तन्मयता थी। वह अपने करतबों में लीन थी, जैसे कि उसकी हर हरकत, हर गति उसकी ख़ुद की किसी गहरी अन्दरूनी ज़रूरत से उभरी हो कि वह क़लाबाज़ों के ख़ानदान की थी, यह तो महज़ इत्तफ़ाक़ था। वह रस्सी के बीचोबीच पहुँचकर ज़रा लड़खड़ाई और फिर एकदम स्थिर हो गई। वह इसी नुक़्ते की तरफ़ लगातार बढ़ रही थी, आख़िर वह वहाँ पहुँच गई थी। वह वहीं खड़ी रही, बिना हिले हुए; उसकी सारी ताक़त उसी एक जगह रुके रहने में लगी थी। उसकी भयंकर तल्लीनता के आगे ज़मीन के झुकाव का कोई मतलब नहीं रह गया था कि वह यहाँ से गिर भी सकती है, यह शायद उसने नहीं सोचा था। उसके सिर पर रखे मटके ढलते सूरज की रौशनी में चमके। वह क़लाबाज़ लड़की जिसका नाम आसिफ़ा था, सड़क से बहुत ऊपर तनी हुई रस्सी पर खड़ी थी, आसमान के पर्दे पर एक छोटा-सा आकार।

भीड़ एकजुट होकर दम साधे हुए थी। कोई नहीं हिला, न किसी ने ताली बजाई, कि भीड़ की हल्की सी हरकत से वह गिर न पड़े।

एकदम से तमाशा ख़तम हो गया। आसिफ़ा ने पहले लकड़ी नीचे फेंकी, फिर पहिया, और आख़िर ख़ुद भी उतर आई। एक पिचकी हुई थाली लेकर, अब वह अपनी कमाई इकट्ठा करने के लिए भीड़ में घुस गई। भीड़ पैरों का एक जंगल थी। इस जंगल में आसिफ़ा ग़ायब हो गई।

तभी मैंने देखा कि हाथ पढ़ने वाले आ गए हैं। बल्कि कीचड़ का वह लम्बा फैलाव भी, जिसे हम दूर छोड़ आए थे, अब फिर दिखने लगा था। अरमान ने मेरी तरफ़ देखा। उसका चेहरा एकदम मामूली लग रहा था, उस पर न कोई ताज्जुब था, न कोई हैरानी। उसने हाथ जेब में डाल लिए और धीमे-धीमे सीटी बजाने लगा। कीचड़ के फैलाव में से हाथ पढ़ने वाले निकल-निकलकर आ रहे थे। उनके कपड़े फटे हुए थे। वे नंगे पैर थे। समुद्री वनस्पति जैसे बाल वाला पहचान में आ रहा था।

थोड़ी देर में आसिफ़ा लौट आई। पता नहीं कुछ कमाई हुई कि नहीं, मैंने सोचा। तभी हाथ पढ़ने वाले उसका हाथ पढ़ने लगे। पढ़ते-पढ़ते वे उत्तेजित होते जा रहे थे। बेक़रारी में वे कभी आँखें नचा देते और कभी उसके चेहरे पर गड़ा देते, या

हाथ हिलाने लगते, पैर पटकने लगते; समुद्री वनस्पति बालों वाले ने सिर खुजलाना शुरू कर दिया। भीड़ एकदम से शोर मचाने लगी थी। शोर का एक सैलाब आ गया था। भीड़ कुछ कह रही थी मगर शब्द साफ़ नहीं थे।

हाथ पढ़ने वाले कुछ नहीं बोले।

मैंने उस हरे फैलाव की तरफ़ देखा जहाँ से वे आए थे। कीचड़ में बुलबुले उठ रहे थे। मछलियाँ, मैंने बेख़याली में सोचा। जब मेरी आँखें वापिस लौटीं तो हाथ पढ़ने वाले ग़ायब हो चुके थे। अरमान और मैंने उन्हें भीड़ में ढूँढ़ने की कोशिश की, मगर वे कहीं नहीं दिखे।

अक्स

(फ्रांचेस्का ओर्सीनी के लिए)

कुछ अजीब तो है ज़रूर यह, जिसके लिए मेरे पास कोई शब्द नहीं, मेरे पास, जिसने शब्दों से जूझने में ज़िन्दगी गुज़ार दी, मेरे पास इसके लिए कोई नाम नहीं, मगर यह जो भी है जिसके लिए मेरे पास कोई शब्द नहीं, यह तासीर या फिर कोई जज़्बा, आसमान से टपकता हुआ, समन्दर से उठता, इन ढलती हुई इमारतों और चरमराते दरवाज़ों पर ठहरा, हर तरफ़ बस है और मुझको अपने क़ाबू में किए हुए है, जब से मैं यहाँ उतरी हूँ, इस शहर में, पलेर्मो में, पलेर्मो, जिसका दिल हर कूचे, हर गली, हर दरवाज़े और हर दरीचे के नीचे, हर मेहराब में और हर मीनार पर, हर सुरंग के अन्दर धड़कता है और जिसको मैं सुन रही हूँ गुन रही हूँ, कभी इस गली में चलकर कभी उस सीढ़ी से उतरकर, उस पियात्ज़ा में बैठकर, जहाँ उन विशाल पेड़ों को देखती हूँ जो बरगद से मिलते-जुलते हैं मगर बरगद नहीं हैं, जिनकी डालों से लटकती जड़ों में पुराने ऋषियों की दाढ़ी फँसी है, पत्थर के फ़ौवारे में मैं मुँह धोती हूँ और उफनते समुद्र के किनारे, उस फुफकारते विशाल नाग की निगरानी में रखे काले नुकीले पत्थरों पर पंजों के बल चलती हूँ, और जैसे गिरजे से नहीं, पाताल से आती गहरी गम्भीर घंटी की आवाज़, जिसमें बसी हैं सदियों की सिलवटें, और गर्मी कितनी है कि सिर उबल रहा है और चाकू की धार की तरह रौशनी और दो प्रान्तों को अलग करती उनके बीच बहती नदी की तरह यह तेज़ पेशाब की गंध, और सड़क के किनारे रेस्तराँ में ताश खेलते चार आदमी प्लेट पर केकड़ों के पहाड़ धीमे-धीमे मुँह में डालकर तोड़ते हैं और ख़ामोश रहते

हैं; उनके चेहरे खारे पानी में बचाकर रखी गई प्राचीन मछलियों जैसे, और कूड़ा, यह जगह-जगह कूड़ा, जिसमें हैं ज़िन्दगी के आसार भी और अवशेष भी, कूड़े पर नौ बदमिज़ाज बिल्लियाँ झगड़ती हैं और बिल्लियाँ ही नहीं, वह चोग़ा पहने लम्बे, सुनहरे बालों वाला आदमी है (या हो सकता है औरत) जो एक बड़े से कूड़े के बोरे को अलग रख रहा है, जाने उसमें क्या ख़ज़ाना है, और यह मछली जैसी फड़कती सड़क भी दूसरी सड़कों की तरह है मगर फ़र्क़ है, क्योंकि यह सड़क मेरी है, मेरी, इस सड़क पर मैं हज़ारों बार चली हूँ, रिक्शे पर बैठकर इस पर से गुज़री हूँ बचपन से जवानी से बुढ़ापे तक, जाड़ा, गर्मी, बरसात, इसकी हर मुँडेर, हर दीवार, हर पत्थर और पत्थर को थामे जंगली झाड़, सब से मैं वाक़िफ़ हूँ, पत्थर से फूटती अँधेरी अन्धी गलियाँ, और चमेली की लतर जो पीले पत्थरों पर टूट पड़ी है और अपने सफ़ेद सितारों को काली सड़क पर बिखेरकर उस चमकती ज़मीन पर अपना हक़ जमा लिया है, तो यहीं—यहीं पर मैंने अपना भारी झोला उतारकर रख दिया है और उसके अन्दर से अपनी दुनिया को, जिसे मैं हर जगह साथ ढोती हूँ, बड़े एहतियात के साथ निकाला है और करीने से सजा दिया है—बुड्ढे पीपल की सीध में, कबीर चौरा से खुलती वह लड़खड़ाती गली जो मैदागिन को जाती है और उसके पहले लोहटिया में लोहारों के ठोंकने-पीटने का शोर, और उसके भी पहले टाउन हॉल को जाती काली चौकोर चिकनी ईंटों से बिछी वह बनारस की सड़क, नाली का पानी जोकि लाल है ख़ून की तरह, मगर ख़ून नहीं, पान की पीक है, और चमेली की जानलेवा ख़ुशबू से बोझिल वह बनारस की हवा, वही चमेली जिसमें बसी हज़ारों गौरैयाँ चहचहाती हुई उड़ती हैं तो आसमान थरथरा उठता है, उसकी चिन्दियाँ चिड़ियों के साथ ज़रूर उड़ जाएँगी, वही चमेली जोकि नूर मंज़िल के काही चेहरे पर झाईं-सी ढाई सदियों से छाई हुई है और नूर मंज़िल का बुलन्द दरवाज़ा जो मेरे इन्तज़ार में सदा खुला रहता है, मैं दुनिया के जिस कोने में रहूँ, सब रास्ते मुझे नूर मंज़िल ले आते हैं और मैं जहाँ भी पहुँचती हूँ नूर मंज़िल मुझको वहाँ मिलती है जैसे कि पलात्सो बुतेरा के ख़ाली कमरों के अन्दर बड़ा कमरा बन्द है, और सहनची और ज़र्द कमरा और इमामबाड़ा भी, और इमामबाड़े की छत से झूलते वे पेचीदा झाड़फ़ानूस, जो रंगीन बत्तियों की कई-कई झालरों को ब-एक-वक़्त

उजागर कर देते हैं, पलात्सो बुतेरा जिसकी लम्बी-सी छत आँखें खोलकर समुद्र के दूरदराज़, उफ़क़ तक फैले किनारे को देखा करती है और इस तरह से वक़्त के पूरे-पूरे थक्के निकल जाते हैं, वह छत जिस पर लोहे से ढले दरों की क़तार है, एक दर के बाद दूसरा, फिर तीसरा, फिर चौथा, शायद पन्द्रह-सोलह दर, जिन पर विस्टीरिया की लतर (जोकि भेस बदलकर नूर मंज़िल की मधुमालती ही है) दरों को फलाँगती हुई चली गई है, अपने अन्दर उन नीले फूलों के इमकान लिये जो अभी खिले नहीं हैं, मगर खिलेंगे ज़रूर एक न एक दिन और झरेंगे ज़मीन पर इन हरी और सफ़ेद टाइलों पर, हूबहू वही मीनाकारी की टाइलें जो नूर मंज़िल की बारादरी में हैं, जहाँ बचपन के उन नामुमकिन दिनों में मधुमालती के गुलाबी-सफ़ेद फूल बीनकर उनकी लम्बी-पतली डंडियाँ एक में एक डाल हम हार बनाते थे, कितने नाज़ुक थे वह बार-बार टूट जाते थे, उसी बारादरी की टाइलों पर शहद-सी चिपचिपी धूप तिरछी गिरती है, लो, यह तो छत पर पूरा शहद का मर्तबान ही उलटा पड़ा है, मगर उस अँधेरे का क्या करो जो उस अधखुले दरवाज़े के पीछे है जिससे मैंने चेहरा सटा आँखें आधी भींचकर अन्दर झाँका है, नीमतारीकी में ग़र्क़ यह तो पलात्सो बुतेरा के मालिक, ब्राँचीफ़ोर्ते की ख़्वाबगाह है और उसके मरमरी फ़र्श पर ब्राँचीफ़ोर्ते की औलाद नहीं, नूर मंज़िल के सय्यद नसीम हैदर के साहबज़ादे जुलाहे की बेटी रुख़साना को अपनी मोहब्बत का सुबूत, अपने ख़ून से सिंचा सुर्ख़ गुलाब पेश कर रहे हैं, दुबली-पतली ख़ूबसूरत रुख़साना को, जिसे अगर मुस्तक़बिल की दूरबीन लगाकर देख सकते तो हाँ, वही मोटी ख़ातून है जिसकी परतदार कमर में खुँसा है चाबियों का झनझनाता गुच्छा और जिसकी बाँहें मौज-दर-मौज गोश्त का समन्दर हैं, नौ बिल्लियाँ उसकी पली हुई हैं जिनको खिलाती है वह मुर्ग़ियों के पंजे, फिर भी वे पलेर्मो आ पहुँची हैं, वे अपनी हरकतों से कहाँ बाज़ आने वाली हैं, पलेर्मो के खुले बाज़ार 'वुच्चीरिया' की पथरीली गलियों में अन्धी आँख और लाल गलफड़ों वाली मछलियों पर नज़र गड़ाए, ये नौ ज़िन्दगियों वाली नौ बिल्लियाँ जो बनारस में भी रहती हैं और पलेर्मो में भी।

लोखंडवाला का हैमलेट

19 जनवरी, 2017

फ़िलहाल मैं 605 बी विंग, नेस्ले हाउज़िंग कोऑपरेटिव, लोखंडवाला, बम्बई में रह रही हूँ। मेरी लिखने की मेज़ से बैलकनियों की क़तार दिखती है। सामने वाले घरों की।

कबूतर। वे इधर-उधर उड़ते हैं, कभी एक बैलकनी पर उतरते हैं, कभी दूसरी पर। बैलकनियों पर उनके घोंसले हैं। वे पंख फड़फड़ाते हैं, घोंसलों के ऊपर थोड़ी देर ठहरते हैं।

कहीं से एक चिड़िया की कर्कश आवाज़। कबूतरों को इस तरह बोलते कभी नहीं सुना। ज़रूर कोई ज़ख़्मी चिड़िया है, दर्द से चिल्ला रही है। लेकिन नहीं, वह चिड़िया नहीं, दरवाज़े की घंटी है, दर्द की चीख़ की तरह। वह कुछ देर तक बजती है, फिर दरवाज़ा खुलता है। बैलकनी क्या, यह फ़्लैट की कामचलाऊ बैठक है। दरवाज़ा खुला तो देखा बग़ल वाले फ़्लैट की औरत खड़ी है। वक़्त क़ीमती है—उसे लड़ने में देर नहीं करनी चाहिए। वे ज़ोर-ज़ोर से बोलने लगती हैं। मुझे एक-एक शब्द सुनाई देता है।

"इसका क्या मतलब है?" वह पूछती है, दाँत पीसकर।

"क्या मतलब है, इसका क्या मतलब है?"

"मेरे दरवाज़े के सामने कचरा क्यों फेंका?"

"वह मेरा कचरा नहीं है।"

"तो क्या आसमान से टपका है? इस माले पर कोई और फ़्लैट नहीं है।"

"मैं कोई जासूस नहीं हूँ कि बताऊँ किसका है। बस इतना जानती हूँ कि कचरा मेरा नहीं है।"

"तो क्या कचरे पर नाम लिखा है?"

"मेरे कचरे पर लिखा है। मैं अपना कचरा पहचानती हूँ।"

तो सुबह शुरू होती है।

एक फेरीवाला चिल्लाता हुआ गुज़रता है, "झाड़ू! झाड़ू! झाड़ू!" हवा पर तैरती हुई आवाज़ आती है, पर वह कहीं दिखता नहीं। एक छोटी बैलकनी पर, जो शायद बैलकनी नहीं, खिड़की है, काले शीशे के पीछे कोई बैठा है, आदमी या औरत। इतना छुपा हुआ कि एक नज़र में दिखता नहीं। एक कबूतर आकर लोहे की ग्रिल पर बैठ गया, "गुटर गूँ! मुझे देखो! मुझे देखो!" सब उसी को देखें।

क्या वह हैमलेट है? नहीं, हैमलेट तो अपना मुँह छिपाता फिरता है। यह कोई और शेख़ीबाज़ है।

काली और सफ़ेद टी शर्ट पहने आदमी शायद कम्प्यूटर के सामने बैठ गया है; ध्यानमग्न है। शायद वह मेरे बारे में लिख रहा हो, जिसे वह खिड़की पर जाली की वजह से देख नहीं सकता—लिख रहा हो मेरे बारे में, मेरे उसके बारे में लिखने के बारे में। वह घूमकर इस तरफ़ देखता है, मेरी तरह उसे भी कबूतर दिखता है?

बम्बई की धूप, सनलाइट साबुन के रंग की।

20 जनवरी, 2017

एक कव्वे को कुछ खाने को मिल गया है—सफ़ेद—सूखी रोटी का टुकड़ा, पॉपकॉर्न या क्रायम? वह इधर-उधर फिरता है, कहाँ बैठकर खाए? आह! उसे जगह मिल गई! एक ज़ंग खाया हुआ टिन का छज्जा उस सिकुड़ी हुई बैलकनी के बाहर निकला हुआ है, रंग-बिरंगी रौशनियों की झालर के बग़ल वाली। मगर नहीं, वहाँ तो एक कबूतर पहले से डटा है।

21 जनवरी, 2017

सवेरा।

हरी गर्दन वाले एक सुरमई जंगली कबूतर ने दिन अच्छे मूड में शुरू किया है। गोल-गोल वह नाचता है, गोल-गोल, छठी मंज़िल के एक छोटे से टिन के छज्जे पर। उसको आकर्षित करने वाली कबूतरी इस लम्बे प्रेम-नृत्य को तिरस्कार भरी नज़र से देखती है।

हैमलेट नहीं नाचता है। उसका रंग गहरा और चमकदार है, गर्दन पर चमकते बैगनी पंख ज़मुर्रद जैसे हरे में बदलकर उसकी पीठ के पंख में मिल जाते हैं, जो कि एकदम काले हैं। वह ताड़ के पत्तों वाली बैलकनी की रेलिंग पर बैठा रहता है, अनिश्चय की एक भयंकर पीड़ा में। वह अन्दर जाए? या न जाए? जाए? न जाए। जाए? न जाए...रेलिंग की कगार पर बैठा वह बार-बार आगे बढ़ता है, पीछे हटता है। आख़िर किसी निश्चय पर नहीं पहुँच पाता। उड़ जाता है। यह महत्त्वपूर्ण निर्णय किसी और दिन पर टला।

जैसे ही वह उड़ता है, श्रीमती हैमलेट, जो अब तक गमले के अन्दर अपने अंडों पर धीरज के साथ बैठी थीं, पंख फड़फड़ाकर एकदम से उठीं और ज़ंग खाए टिन के छज्जे पर दृढ़ता के साथ चलने लगीं, आगे-पीछे, आगे-पीछे, अपने पंख-हाथ पीठ पर बाँधे, सिर दबंगई में हिलता हुआ...आज हरामी को घर तो आने दो। कह दूँगी बदज़ात से कि ऐसे नहीं चलेगा, बिलकुल नहीं चलेगा।

22 जनवरी, 2017

आज हैमलेट का दिन तमाम हो गया। वह कहीं नहीं दिख रहा। हमेशा का आशावादी, जंगली सुरमई कबूतर बिना रुके अपना प्यार का नाच किए जाता है; एक अकेला कव्वा शोर मचा-मचा कर उसे चिढ़ाता है और गौरैया तार पर झूलकर तमाशे का मज़ा लेती है।

अभी-अभी देखा, तिरछी वाली इमारत में अलगनी पर टँगे छह काले पतलून, पाँच सफ़ेद क़मीज़ें और एक नीली। इतवार का दिन, धुलाई का दिन।

23 जनवरी, 2017

एक तोता अभी-अभी उड़कर आया है, नाराज़गी से दुम हिलाता, और मेरी खिड़की के ऊपर टिन के छज्जे पर बैठकर गालियाँ चीख़ने लगता है। ज़रा साँस तो लेने दो, मिट्ठू। चीख़ती आवाज़ें सुबह-सुबह अच्छी नहीं लगतीं। शू!

खिड़की की जाली आज खुली है। मैं गर्दन बाहर निकालती हूँ। एक विशाल नारंगी बोर्ड है जो आसमान को खा गया है।

Did you know, वह कहता है, Bala Saheb Thackeray Middle Vaitarna Dam is built by the BMC? Btw, it's the 9th fastest constructed dam in the world!

एक बाँध? आसमान को रोकने के लिए? और दुनिया भर के बाँधों में नौवीं तेज़ स्पीड पर बना है?

गर्दन बाहर निकालकर देखने पर एक छोटी सड़क दिखाई देती है। पीली- हरी नाज़ुक पत्तियों वाला एक बड़ा सा कलैंडरा का पेड़ है। आलोचनात्मक कव्वा परिषद की मीटिंग चल रही है। डाल-सीटों पर नौ की जगह है जिसपे तेरह कटाक्ष करने वाले कव्वों ने अपने को 'एडजस्ट' कर लिया है। उनके लिए आज की 'सुपारी' है वह सब्ज़ी बेचने वाला जिसने अभी-अभी पेड़ के नीचे अपनी दुकान खोली है। अचम्भे से गोल आँखों वाले टमाटर, मुड़े हुए पत्तों वाली सफ़ेद गोभियाँ, छरहरी हरी बाँहों वाली लौकियाँ, बैगन विचार में डूबे और अन्य अजूबे बम्बइया भोर की हवा में साँस लेते हैं। टेढ़ी टाँग सब्ज़ीवाले को तंग करने के लिए आलोचनात्मक कव्वे मीटिंग में तरह-तरह के मंसूबे खोज निकालते हैं।

उसकी नई चटकीली हरी टी-शर्ट देखी तुमने, जिस पर बड़े-बड़े काले अक्षरों में Bronx Bombers लिखा है? क्या ढिठाई है। टेढ़ी टाँग सब्ज़ीवाले ने बिना वाशर वाले हमेशा बहते नगर निगम के नल पर सफ़ोला तेल के दस लीटर वाले प्लास्टिक के ड्रम में, जो फ़िलहाल उसके लिए पानी की टंकी बना हुआ है, पानी भरना ख़तम किया। तभी हवा में नज़ाकत से तैरता, निशाने पर अचूक, एक कव्वा 'बीट-बम' आकर गिरा ठीक सफ़ोला ड्रम के चौड़े से मुँह के अन्दर। एक कव्वे की

चालाक ठी-ठी। टेढ़ी टाँग ने ऊपर देखा। 26 काली चश्मुद्दीन आँखें, नटखटपन से चमकती हुई। ओफ़्फ़ो! तो क्या पानी युद्ध शुरू हो गया है? फल के एक उलटे पड़े प्लास्टिक के क्रेट पर वह धम्म से बैठ गया और अपने 'रिलायंस जियो' मोबाइल पर उसने 1090 मिलाया जो सताए हुए सब्ज़ीवालों के लिए हेल्पलाइन का नम्बर था।

23 जनवरी, 2017
9.30 बजे रात।

रात हो गई है। बहुत-सी खिड़कियों में रौशनी जल रही है और पूरी इमारत टाइटैनिक जहाज़ की तरह जगमगाती रौशनियों समेत रात के गहरे समुंदर में डूब रही है। लेखक-औरत के सामने वाले फ़्लैट की बैठक, जिसमें कूड़े को लेकर कहासुनी हुई थी, जगमगा रही है मगर उसमें कोई है नहीं। ख़ाली सोफ़ा रुका है और रुका है, पार्टी के मेहमानों के आने के लिए। वे नहीं आते हैं। कबूतर और कव्वे ख़ामोश हैं। कुछ हिलता नहीं है। हैमलेट बुत बना रेलिंग पर बैठा है। गमले में लगे पेड़ सो गए हैं। लेखक के घर में पंखा घूमता है और घूमता है, बासी हवा, बासी कहानियाँ उसमें चक्कर काटती हैं। इमारत के सबसे ऊपर एक लाल बत्ती, बड़ी-सी आँख की तरह, सब कुछ देखती और इन्तज़ार करती।

24 जनवरी, 2017

"मैंने बर्फ़ ऑर्डर की थी," वह कहती है।

गोरी गोलमटोल कलाई पर सोने की चूड़ी चमकती है। वह सफ़ेद मोबाइल मुँह से सटाकर बोलती है। धीमी आवाज़ में, दाँत पीसकर साफ़-साफ़ बोले गए शब्द—सन्देश वहाँ तक पहुँचना है, कोई चान्स थोड़ी ले सकती है। बम्बई की सुबह पीली है, उमस भरी, एक घबराया हुआ सूरज। बर्फ़ का तो एकदम उलटा। ऐसा ही चलता रहा तो आख़िर अपने चेहरे पर से स्कार्फ़, जो उसने इतना सँभाल कर लपेटा है, खोलने का मौक़ा कब आएगा? वह किसी भी क़ीमत पर नहीं चाहती

कि धूप से उसका रंग दब जाए। लेकिन आख़िर तो उसे बैलकनी पर निकलना ही है, अन्दर तो नेटवर्क ही नहीं मिलता, फोन करके तुरन्त बर्फ़ का ऑर्डर देने के लिए। अभी से ही उसे अपनी गोरी बाँह पर झाईं के धब्बे दिख रहे हैं—दो, चार, छह। बाप रे बाप! यह कब हुआ?

लेखिका औरत अपनी जालीदार खिड़की से बाहर देखती है। उसका मुँह टिन के छज्जे वाले डांस फ़्लोर की तरफ़ है। जंगली सुरमई अपनी महबूबा की तरफ़ इठलाता हुआ बढ़ता है, उसकी छाती के पंख सूरज की रौशनी में बैंगनी चमकते हैं। कहना मुश्किल है कि नर कौन है और मादा कौन। पंखों की फड़फड़ाहट होती है और दो कबूतर शरीर हवा में घुल जाते हैं।

इस प्रेम-क्रिया का एक और चश्मदीद गवाह है।

हैमलेट।

25 जनवरी, 2017

आज पाँसा पलट गया है। जंगली सुरमई बैठा अपनी दुम के पास के काले छल्लों का प्रदर्शन कर रहा है, और उसकी महबूबा उसके चारों तरफ़ गोल-गोल चक्कर काट रही है। उसके गुलाबी गाँठ वाले पंजे टिन के छज्जे को खुरच रहे हैं।

इस बीच वह बुज़दिल हैमलेट दूर आकाश की सैर करके वापिस आ गया है। यह जीने-मरने वाला पल है। आज उसे अन्दर जाकर ही रहना है। सचमुच अपने डूबते दिल के बारे में कोई बहाना नहीं बना सकता। मिसिज़ हैमलेट की तीखी ज़बान का मुक़ाबिला तो वह कर ही नहीं सकता। कव्वा ज़बान ले गया? वह पूछेगी और बेचारा हैमलेट वहीं ढेर हो जाएगा। उसके साथ एक भी जंग वह आज तक नहीं जीता है। तो फिर आगे बढ़ो, बरख़ुरदार। ओह नहीं! छत पर वोह पंखा। इतनी तेज़ी से घूम रहा है जैसे कभी नहीं रुकेगा। इससे तो बेहतर है कि टिन के छज्जे पर सूरज की आग में झुलसकर जान दे दूँ। उस क़ातिल पंखे के ब्लेड देखे तुमने?

कव्वा छतरी-सेना से तीन चमकते काले कव्वे उबलती हुई धूप में घातक उतरान कर रहे हैं। कलैंडरा पर बैठी कव्वा मंडली उन्हें देखती है। वाह! कितने

आराम से उतरे हैं। और उन नुकीले पंजों में से एक भी चिंगारी नहीं निकली जब वे जलते हुए छज्जे पर उतरे। क्या बात है! वे चोंचें...कितनी काली हैं! ज़रूर ही यहाँ आने के पीछे उनका कोई-न-कोई दुष्ट इरादा है।

आह! अब समझ में आया वे क्यों उतरे हैं। गोश्त के छिछड़े! कव्वा मंडली का कव्वा नम्बर एक शायद क़साई के यहाँ से हो के आ रहा है। कव्वा छतरी-सेना के तीन कव्वों को देखकर कव्वा मंडली के तेरह कव्वे एक साथ चिल्लाते हैं, "चोर! चोर!"

ऊपर की खिड़की से, जहाँ वह आदमी या औरत, जो भी है, छुपे बैठा है, कोई चीज़ तेज़ी से हवा में नीचे आती है। माचिस की डिबिया! छिछड़ों से उनका ध्यान हटाने के लिए काफ़ी है।

पता है एक अकेली माचिस से कैसी आग भड़क सकती है? और यह तो पूरी डिबिया है।

26 जनवरी, 2017

सुबह शुरू होती है एक लड़की के गाने के अभ्यास से; उसकी आवाज़ जैसे सुबह की ताज़गी से ही काती गई है। सा रे ग म के आरोह में वह ऊपर जाती है, फिर फ़ौरन पलटकर अवरोह में फिसल जाती है, किसी स्वर पर ज़रा भी नहीं रुकती जैसे कि वह सीढ़ियों पर दौड़ती हुई उतर रही हो। वह दिख नहीं रही है।

कव्वे दिख रहे हैं। वे भी गाने का अभ्यास कर रहे हैं। वे बार-बार कोशिश करते हैं मगर सही स्वर नहीं मिलता। कव्वा घराना थोड़ा बेसुरा है? तुम्हारी ग़लती नहीं है, कव्वा घराना! यहाँ वंश की बात आ जाती है। सुरीला गला तो पुश्तैनी देन है। इसका अच्छा पक्ष देखो। क्या तुम सचमुच भाग्यशाली नहीं हो कि तुम्हें सुरीले और बेसुरे का फ़र्क़ नहीं मालूम? वरना सोचो तो, कि क्या होता, तुम्हारी आलोचना करने की प्रवृत्ति को देखते हुए?

एक और आवाज़ लेखक-औरत की खिड़की तक आती है, उन करोड़ों केकड़ों की लोखंडवाला के सड़ते नालों में साँस लेने की गंध से हाथ में हाथ

मिलाए। कोई झाड़ू दे रहा है। खुर्रच खिच, खुर्रच खिच। वह खिड़की के बाहर झाँकती है और सचमुच कलैंडरा के पेड़ के नीचे खिचड़ी बाल वाला एक आदमी जो चौड़ी मोहरी की पतलून और नीली क़मीज़ पहने एक झोंपड़ी के सामने झाड़ू दे रहा है जिसकी छत ताड़ के लम्बे पत्तों, प्लास्टिक की नीली चादरों और धूप से रंग उड़ी हुई टी-शर्ट से बनी है। नारियल के पत्ते से बनी झाड़ू आगे जाती है, पीछे जाती है और कूड़े का एक छोटा-सा ढेर कलैंडरा के नीचे लग जाता है। जगह साफ़-सुथरी हो जाती है, तो वह अपना तिनकोनवा, हथौड़ी और कीलें निकालकर अपना मोची का काम शुरू करता है। यह जूता ठीक करता है, वह तला चिपकाता है, और उसकी अपनी काले टायर की चप्पलें सिर से सिर जोड़े राजनीतिक बहस में मुब्तिला रहती हैं। झोंपड़ी के बाहर एक बोर्ड लगा है जो कहता है, 'महाराष्ट्र शासन'। अच्छा! तो यहीं से सब कुछ चलता है—सरकार का विशाल कारोबार। मोची के भेस में सरकार! और टायर की चप्पलों को काम सौंपा गया है कि वे सरकार की आँख-कान बनी रहें।

गुटरगूँ। मिसिज़ हैमलेट फिर गाली बक रही हैं। हैमलेट जंग के मैदान से लापता है। काश लापता होता! निठल्ले को काम से लगवाने के लिए क्या करना होगा? दो घंटे से ज़्यादा के लिए कभी ग़ायब नहीं होता। देख लेना, खोटे सिक्के की तरह फिर लौट आएगा।

27 जनवरी, 2017

आज वोह दिन है। आज के दिन लोखंडवाला के सारे कबूतर दूर देशों के लिए निकल रहे हैं। पंखों की ज़बरदस्त फड़फड़ाहट के साथ वे लोखंडवाला की सारी ऊँची इमारतों की छतों से उड़े हैं और अब नीले बिन बादल आकाश में नुक्ता बन गए हैं। इसका कारण जल्दी ही पता चल जाता है। बिल्लियाँ आ चुकी हैं। ज़हरीले हरे नाले के बग़ल में सारी बिल्लियाँ और बिल्ले बैठे हैं—बड़ी-बड़ी मूँछों वाले तगड़े बिल्ले, चिकनी-चुपड़ी सुडौल बिल्लियाँ, जवानी के जोश से भरे नटखट बच्चे। और उनके लिए दावत सजी है। कल के अख़बार में बाला साहिब ठाकरे

के फ़ोटो में ठीक चेहरे के ऊपर छोटे-छोटे ढेर हैं, चावल के और दाल के, जो कभी लज़ीज़ रही होगी।

लेखक आज कम्प्यूटर पर नहीं है। वह अपने फ़्लैट में आगे-पीछे टहलता रहता है, ग्रे रंग की टी-शर्ट पहने हुए, एक ऐसे आलस्य की चपेट में जो किसी भी विद्रोह को पनपने नहीं देता। आज वह किस चीज़ के बारे में लिख सकता है?

आसमान से कबूतर भी फड़फड़ाकर नीचे नहीं आ रहे; एक भी कबूतर नहीं दिख रहा, बस एक को छोड़कर।

नहीं, वह हैमलेट नहीं है।

जंगली सुरमई अपने पंजों पर खड़ा होकर चारों तरफ़ हैरत से देखता है। उसकी महबूबा सचमुच उसे छोड़कर चली गई? क्या अब वह वापिस नहीं आएगी? वह उम्मीद भरी नज़र से चील को देखता है जो अभी-अभी आसमान से उतरी है... कोई ख़बर?

फिर सबसे ऊपर वाली बैलकनी, वही जो आसमान को नीली टोपी की तरह पहने रहती है, के दरवाज़े भड़ाक से खुल जाते हैं। मंच के कार्यकर्ता दिखाई देते हैं। वे मकड़ी का जाला साफ़ करते हैं, समुद्री हवा को अन्दर आने देते हैं, पूरे घर को चमाचम पेंट करते हैं।

नया नाटक शुरू होने वाला है। 28 जनवरी, 2017, शाम के ठीक सात बजे।

मागुर

वे मागुर थीं। स्टाइरोफ़ोम की चिपटी सफ़ेद किश्ती में फड़कती हुई सात मागुर मछलियाँ। उनकी खाल काली-सुरमई और चिकनी थी, मूँछें बड़ी-बड़ी और काली। वे एक-दूसरे से सटी, पूँछ से मुँह, मूँछ से पीठ लगाए, किश्ती के किनारों पर आकर रुक गई थीं; बाहर निकलने का रास्ता वहीं ख़त्म हो गया था। एक छोटी मछली एक बड़ी मछली से लगभग चिपकी हुई पड़ी थी। बड़ी मछली काफ़ी बड़ी थी। मछलियाँ भूखी लगती थीं—वे मुँह जल्दी-जल्दी खोल रही थीं और बन्द कर रही थीं। इस तरह से उनके खुले मुँह के अन्दर की छोटी-सी अँधेरी गुफ़ा की झलक मिल जाने पर वे थोड़ी डरावनी-सी लग रही थीं।

मगर किश्ती के बग़ल में खड़ा एक आठ-नौ साल का लड़का ज़रा भी डरे बग़ैर बड़ी मागुर के नथुनों में उँगली डालने की कोशिश कर रहा था। बीच- बीच में मागुर तड़प उठती। उत्तेजित होकर वह एकदम से हवा में उछल जाती। तब लड़का पीछे हट जाता। मगर थोड़ी देर बाद वह फिर उसे छूने की कोशिश करता। शायद वह दुकानदार का लड़का था। एकाध बार लगा कि बड़ी मछली किश्ती से बाहर आ जाएगी। मगर इस फड़कन के बाद वह शान्त होकर किश्ती में शिथिल हो गई। शिथिल होकर वह ख़ामोशी से साँस ले रही थी। वह बिना हिले पड़ी रहती तो शक होता कि वह मर गई है। मगर वह फिर मचलने लगती।

सुरभि की तरफ़ वाली उसकी आँख एक छोटे से सुरमई चाँद जैसी लग रही थी। वह आँख अन्धी दिखती थी; शायद यह सिर्फ़ उसकी ऊपर वाली आँख हो, देखने वाली आँख कोई अलग आँख हो, सुरभि ने सोचा। उस एक आँख के अन्दर

कई और आँखें हों जो कहीं दूर देख रही हैं। जो उस बाज़ार में नहीं है, वे उसे देख रही हैं। उसने झुककर क़रीब से देखा तो सचमुच उसे लगा कि आँख के अन्दर एक और आँख है। उस आँख में सुरभि को अपना धुँधला-सा अक्स नज़र आया। वह ज़रा सा चौंक गई। बड़ी मागुर के ख़ामोशी से साँस लेने से सुरभि का ध्यान अपने साँस लेने पर चला गया, किस तरह से जब साँस अन्दर जाती है, तो सीना हल्का-सा उभरता है और साँस छोड़ने पर वापिस चला जाता है। गवर्नमेंट प्रेस की गुलाबी दीवार पर बगुलों की क़तार बैठी थी। बगुले भी ख़ामोश थे। गवर्नमेंट प्रेस के सामने रोज़ शाम चार बजे से मछली और मुर्ग़ी का बाज़ार लगता था। सब्ज़ी बाज़ार भी दूर नहीं था। मछलियों और बगुलों की, और अपनी ख़ामोशी की वजह से सुरभि को लगा जैसे दुनिया ख़ामोशी के इस पल में अटक गई है, जबकि चारों तरफ़ सब्ज़ी बाज़ार का शोर था।

वह ख़ामोशी का पल तब टूटा जब बड़ी मागुर एकदम से इतनी ऊपर उछली कि वह स्टाइरोफ़ोम की किश्ती से बाहर आ गई। उसका पूरा जिस्म लरज़ रहा था। मछली बिलकुल नंगी थी। उसकी लिसलिसी काली पीठ पर छिलके नहीं थे। मचलती, दुम को दाएँ-बाएँ पटकती वह थोड़ी दूर तक साँप की तरह रेंगी। जैसे कि वह जल्दी से किसी दूरदराज़ तालाब या नदी में पहुँच जाना चाहती हो; उसकी नस्ल की कोई पुरानी स्मृति उसे पुकारती हो। अफ़्रीक़ा। वहाँ की तेज़ धूप और उमस। किसी सूनी नदी का गाढ़े कीचड़ से भरा काला पानी, दलदल। उसमें पलते जीव-जन्तु और छोटी मछलियाँ उसकी ख़ुराक थीं। वह सभी कुछ खा लेती थी।

अफ़्रीक़ा की उस नदी के तट पर गर्मी में पेड़ों का एक पत्ता भी नहीं हिलता होगा। लम्बी सूखी सरकंडे की घास होगी जो हवा चलने पर बजती होगी। घास के बीच से कभी, पृथ्वी के इतिहास की शुरुआत में, करोड़ों साल पहले, जब धरती अपना सन्तुलन तलाश रही थी, इस मागुर की किसी पूर्वज मछली ने अपनी पीठ पर उगे पंख, यानी अपने फ़िन के सहारे ज़मीन से उठकर, शायद खाना ढूँढ़ने के लिए एक अन्धी दौड़ लगाई होगी। क्योंकि मागुर मछली चलना जानती थी। पानी के बाहर भी कुछ देर के लिए वह जीवित रह सकती थी। जीवित रहने का ज्ञान अपनी जिस्मानी बनावट में सँजोए, उसकी जाति करोड़ों साल से धरती पर ज़िन्दा

थी। मागुर मछली का वंश प्राचीन था। सुरभि को लगा कि जब उन करोड़ों साल पहले वह फ़िन के सहारे उठकर दौड़ी होगी, शायद तब वह प्यार के इशारे, यानी कि लिपटना, चुमकारना, पुचकारना इत्यादि भी जानती रही हो। शायद उसकी शारीरिक स्मृति में यह सब अब भी मौजूद हो और उस भयंकर तड़पन के पल में उसके अन्दर बिजली की तरह कौंध जाता हो।

शायद अपनी इस छटपटाहट से वह कुछ बताना चाहती हो। कोई राज़ की बात जिसे हमेशा के लिए याद रखा जाए और दूसरों को बताया जाए। वह तन्दुरुस्त जानदार मछली थी। उसकी अपनी एक ख़ास शख़्सियत थी। सुरभि ने सोचा कि उसका कोई नाम होना चाहिए, जैसे कि इनसानों का नाम होता है। मगर अब तो मौत उसके सामने खड़ी थी। मौत के पल में उसे नाम की ज़रूरत नहीं थी। अगर उसे पानी में छोड़ दिया जाए तो वह फिर से तैरने लगेगी। वह फिर से जी उठेगी। अभी वह मरी नहीं थी।

मछली की दुकान पर खड़े लोग भागती हुई मछली का तमाशा देख रहे थे। उनमें से कोई ठिठियाकर हँसा। दुकानदार ने एक लम्बे से बाँस से मागुर को हल्का-सा टहोका दिया और उसके मददगार लड़के ने मछली को पकड़कर फिर किश्ती में डाल दिया। मचलती हुई, वह लगभग उसके हाथ से छूट गई। फिर कीचड़ में सनी, वह सुस्त होकर किश्ती और मछलियों के बीच दुबक गई।

सुरभि ने सोचा वह मछली को लेकर ज़्यादा भावुक हो रही है। मछली ही तो है, खाई जाने के लिए। खाने में कितनी ताज़ी होगी, आख़िर तो वह अभी ज़िन्दा थी। ज़िन्दा मागुर ही सबसे स्वादिष्ट होती है, उसे मालूम था। वह मछली ख़रीदने मछली बाज़ार आई थी, और मछली ख़रीदकर जाएगी। ऐसा तो नहीं था कि वह मागुर और उसकी प्रजाति के इतिहास का अध्ययन करने यहाँ आई हो।

"कितने में दोगे?" उसने एक उँगली से बड़ी मागुर की तरफ़ इशारा करते हुए दुकानदार से पूछा। दुकानदार का नाम गुलाब था। वह उसके घर पर भी मक्फ़र्सन लेक से ताज़ी पकड़ी हुई रोहू लेकर आता था। बोरे से ढकी मछलियों की टोकरी वह खोलता तो मछली की तेज़ गंध उसमें से उठती। उसका नाम गुलाब था मगर उसमें से गुलाब की ख़ुशबू नहीं आती थी।

गुलाब ने मागुर को काटकर उसके पेट को साफ़ किया। सिर अलग करने के बाद मछली के सात टुकड़े बने। उसका मांस गुलाबी रंग का था। गुलाब के मददगार लड़के ने जल्दी से मछली को अख़बार में लपेट दिया।

शाम को सुरभि ने मनीषा को खाने पर बुला लिया। वह मछली को अकेले नहीं खाना चाहती थी। मछली के टुकड़ों को धोने के बाद उसने उन पर आटा लगाकर थोड़ी देर के लिए छोड़ दिया। आटे को धो देने के बाद मछली की गंध बाक़ी नहीं रहती, उसने मछली पकाने की विधि में पढ़ा था। अदरक, लहसुन, प्याज़, ज़ीरा, हल्दी इत्यादि डालने के बाद उसकी गंध और भी चली गई। अब मागुर में ज़िन्दा मागुर की कोई निशानी नहीं बची थी। वह खाए जाने के लिए तैयार थी।

मनीषा ने कहा कि मछली बहुत अच्छी बनी है, तो सुरभि ने मनीषा को उसे पकाने की विधि बताई। यह भी बताया कि उसने पढ़ा है कि ईजिप्ट की व्हेल वैली में मिले मागुर के अवशेष साढ़े तीन करोड़ साल से ज़्यादा पुराने हैं। साढ़े तीन करोड़ साल की गिनती ही को दिमाग़ में लाना मुश्किल था। दोनों को आश्चर्य हुआ, और उनके आश्चर्य में आख़िर तो आश्चर्य की कोई बात नहीं थी। इतना प्राचीन जीव अब उनके पेट में था, यह भी कोई आश्चर्य की बात नहीं थी। खाने और खाए जाने पर दुनिया अपनी शुरुआत से ही क़ायम थी।

अगले इतवार मनीषा ने सुरभि को अपने घर खाने पर बुला लिया।

तितली पकड़ना

मैं पेड़ों के नीचे चल रही थी। सुबह थी।

मुझे ज़मीन पर पत्तियाँ गिरी हुई दिखीं। कदम्ब के पेड़ ऊँचे थे और थोड़ी पत्तियाँ लहराती हुई अभी झर रही थीं। पतझर के दिन नहीं थे। कुछ पत्ते हरे थे, कुछ पीले और कुछ भूरे। क्योंकि पेड़ घने थे मगर बहुत घने नहीं, उनकी छतरी में से धूप छनकर आ रही थी। यह धूप ज़मीन पर छितर गई थी और धूप के चकत्ते भी बिखरी हुई पत्तियों की तरह लग रहे थे।

मैं पत्तियों पर चलने लगी तो भूरी पत्तियाँ एकदम से तितलियाँ बन गईं। कदम्ब की पत्तियाँ थोड़ी बड़ी होती हैं, तितलियों से कई गुना बड़ी, मुझे सोचना चाहिए था। फिर भी मुझे लगा कि पत्तियाँ ही तितली बन गई हैं। जैसे तितलियों का सैलाब आ गया। हवा तितलियों के अहसास से भर गई। तब मुझे ख़याल आया कि पत्तियों के बिखराव में सैकड़ों तितलियाँ बैठी थीं। अचम्भे में मैंने ज़ोर से साँस अन्दर खींची। क्या वे अंडे दे रही थीं? मगर तितलियाँ तो अंडे पौधों पर देती हैं, ज़मीन पर नहीं। फिर ये अंडे कैटरपिलर बन जाते हैं और तितली बनने की शुरुआत वहीं से होती है। पिछले हफ़्ते मेरे गुल-ए-बकावली के पत्तों के नीचे जो इल्लियाँ चिपकी थीं, हरे रंग, काली धारियों और ढेरों पैर समेत, क्या वे कैटरपिलर थे?

ये तितलियाँ सभी भूरे रंग की थीं, लगभग काली। मेरे क़दमों की आहट पाकर वे एकदम से फड़फड़ाती हुई उड़ीं और लहराकर फिर सूखी धरती पर, पत्तियों के उलझेरे में बैठ गईं। तितलियों को देखकर मुझे लगा अभी पत्तियाँ उड़ी थीं और फिर नीचे आ गईं। मगर वे तितलियाँ थीं। वे फिर उड़ने लगीं।

उनमें से एक को मैंने चुना जो मेरे बिलकुल पास थी। वह थोड़ी बड़ी थी। उसकी उड़ान टेढ़ी-मेढ़ी थी। वह लड़खड़ाती-हिचकिचाती हवा में रेखाएँ बना रही थी। कभी वह ऊपर जाती, कभी नीचे, कभी लगता कि वह स्थिर हो गई है, मगर वह स्थिर कभी नहीं होती थी। उसके पंख बराबर खुल रहे थे और बन्द हो रहे थे। और उसकी उड़ान सीधी तो कभी होती ही नहीं थी। किसी भी तितली की उड़ान सीधी नहीं थी।

मेरे अन्दर एक इच्छा जागी। मैंने तितली को पकड़ना चाहा। कुछ दूर तक मैंने उसका पीछा किया। जैसे कि वह कोई हिरन हो, या फिर कोई ख़याल, वह ख़याल जो हमेशा मेरे आगे-आगे ही चलता था, बस ज़रा सा आगे, मेरी पकड़ से बाहर। उसको पकड़ लेने के लिए मैंने भाषा का जाल फैलाया। क्या वह ख़याल उस जाल में फँसेगा? उस ख़याल की उड़ान भी टेढ़ी-मेढ़ी, लड़खड़ाती, आगे बढ़ती, हिचकिचाती हुई सी थी। सीधी तो थी ही नहीं।

एक समय था, सुदूर बचपन का, जब मैं तितली को पकड़ लेती थी। तितली के पंखों की धूल मेरी उँगली पर ठहर जाती और वह पंख उड़ने के लिए बेकार हो जाता। ज़्यादातर वह पीली वाली छोटी तितली होती। वह छोटी थी तो छकाती भी सबसे ज़्यादा थी, मगर तब मैं भी फुर्तीली थी। उसे पकड़कर ही मानती थी।

"चलो इसे किताब के पन्ने में दबा दें," रीनी ने कहा। वह किताब तितलियों का मुर्दाघर थी। हर दूसरे-तीसरे पन्ने पर एक तितली दबी हुई थी। तितलियाँ कई रंगों की थीं। उनके नाम भी होंगे मगर हमें मालूम नहीं थे।

हमने किताब बन्द की। वह फट्ट की आवाज़ से बन्द हुई। मृत्यु का दरवाज़ा बन्द हुआ।

रीनी ने मेरी तरफ़ देखा। उसकी काली आँखें तितलियों की तरह फड़फड़ाईं। उसने किताब को सबसे ऊँची वाली शेल्फ़ पर रख दिया।

पता नहीं कहाँ गई रीनी। उससे मिले बरसों हो गए। उसके जीवन और मेरे जीवन की रेखाएँ भी लड़खड़ाती-हिचकिचाती अलग-अलग दिशाओं में घूम गईं। क्या मालूम वह जीवित है भी या नहीं।

इतने रंगों की तितलियों के बीच वही छोटी पीली तितली भटकती हुई दिमाग़

में उड़ आई। उसके सिर पर दो महीन 'फ़ीलर' थे जिनसे वह फूलों का स्पर्श करती थी। देखने में वे अर्ध विराम, एक कॉमा की तरह लगते थे। उसके पीले पंख रौशनी से भरे थे।

मगर ये तितलियाँ तो भूरी थीं। इनमें से एक भी पीली नहीं थी।

भूरी तितली पकड़ में नहीं आई।

मैं पेड़ों के बग़ल में लगी बेंच पर बैठ गई। ज़रा भी हिले-डुले बग़ैर मैं बैठी रही। तभी एक भूरी तितली उड़ती हुई आई और मेरे लाल स्वेटर पर बैठ गई। पंख बन्द करके वह भी बिना हिले बैठी रही। वह एकदम सूखे पत्ते की तरह लग रही थी। मगर उसने पल भर के लिए अपने पंख खोले और फिर बन्द किए। जैसे आँखें खुलीं और बन्द हुईं। वह इतनी पास थी कि उसके पंखों के अन्दरूनी रंग और नमूने को मैंने पहली बार देखा। भूरे पंखों के अन्दर किसी पुराने पार्चमेंट पर लिखावट की तरह गहरी पीली, काली और बेहद महीन लहरिया धारियाँ थीं, एक मिटती हुई सी तहरीर जो किसी खोई हुई सभ्यता की आख़िरी निशानी मालूम देती थी।

उसने पंख बन्द कर लिये और एकदम स्थिर हो गई। वह फिर सूखी पत्ती की तरह लगने लगी। जानते हुए भी कि यह तितली है, पत्ती नहीं, मैं दोबारा भ्रम में पड़ गई। अपना भ्रम दूर करने के लिए मैंने उसे हल्के से छुआ। वह उड़ी और फिर से पत्तियों के बीच पत्ती बन गई।

मैंने काग़ज़-क़लम उठाया और फिर से अपना भाषा जाल दूर तक फैलाया।

सफ़र

मैं ट्रेन में था।

जब वे डब्बे में घुसीं तब मैं जाग रहा था। वे तीन औरतें थीं; दो मोटी और एक पतली। वे ज़ोर-ज़ोर से बातें कर रही थीं। उनकी आवाज़ से कहा नहीं जा सकता था कि वे मोटी हैं या पतली। देर रात हो गई थी। शायद रात के बारह बज चुके होंगे या और ज़्यादा। ट्रेन के अन्दर कैसे पता चलता कि क्या बजा है? फ़ोन में देख सकता था, मगर मैंने देखा नहीं। कुछ भी बजा हो सकता था—दो या तीन या चार।

कॉरिडोर से नीली-नीली-सी रौशनी आ रही थी। वह न दिन की थी न रात की। ट्रेन का अपना टाइम था। बहरहाल, बारह तो बज ही चुके होंगे। अभी-अभी अलीगढ़ गया था और अलीगढ़ साढ़े ग्यारह बजे आता था। ट्रेन थोड़ी लेट चल रही थी। इस रूट पर कोई और बड़ा स्टेशन रात के इस वक़्त नहीं पड़ता था। तो वह अलीगढ़ ही रहा होगा। खुली खिड़की से गरम हवा अन्दर आकर पंखे की गरम हवा से टकरा रही थी।

औरतें अलीगढ़ पर चढ़ी थीं। वे एक के बाद एक अन्दर आईं, ट्रेन का छोटा-सा डब्बा उनसे भर गया। मैंने उन्हें अच्छी तरह से देखा। उनमें से दो मोटी थीं और एक पतली, पहली नज़र में बस इतना ही पता चल पाया।

फिर चूड़ियों की खनखनाहट हुई। मैंने देखा कि उनमें से एक सोने की चूड़ियाँ पहने थी। वह दूसरी मोटी वाली थी। रेल के डब्बे में वह पहली मोटी वाली के पीछे घुसी थी और वह बैगनी रंग की साड़ी पहने थी। मैंने उसकी बैगनी साड़ी को देखा।

पहली मोटी वाली के छोटे बाल थे। वे एकदम सीधे कटे हुए थे, कन्धों के ऊपर और कानों के नीचे वे ख़तम हो गए थे। मैंने पहली मोटी के बारे में किसी और चीज़ पर ध्यान नहीं दिया।

पतली वाली की गोल आँखें थीं जो चारों तरफ़ टुकुर-टुकुर देख रही थीं, जैसे कि ट्रेन के डब्बे को देखकर वह ताज्जुब में पड़ गई हो। मैंने सोचा क्या यह घर से पहली बार निकली है। जहाँ मैं था, वहाँ से मैं उनको ठीक से देख पा रहा था। ट्रेन के अन्दर आते ही उन्होंने ऊपर वाली लाइट जला दी थी। लाइट मेरी आँखों में चुभ रही थी।

वे ज़ोर-ज़ोर से बहस करने लगीं। उनकी कोई चीज़ घर पर छूट गई थी। पहली वाली दूसरी वाली से कह रही थी कि वह चीज़ उसी की वजह से छूट गई, कि उसने कहा था कि दूसरी उसे बैग में डाल ले।

इस पर दूसरी ने कहा कि ऐसा ही था तो पहली वाली को ख़ुद बैग में डाल लेना चाहिए था।

पहली ने कहा, यह तो अच्छी रही। मँगवाए भी वही और रखे भी वही?

दूसरी वाली ने तब कहा कि जिसने मँगवाए, वही रखे, वही उनका हाल जाने।

पहली बोली कि खाने के लिए तो दूसरी सबसे पहले आ जाती।

सड़ जाते तब भी वह उन्हें न छूती, दूसरी ने जवाब दिया। और कि मोतीचूर के लड्डू ही तो थे, कोई पिस्ता-बादाम के तो थे नहीं।

मेरे तो ढाई सौ रुपए ख़र्च हो गए, पहली वाली ने अफ़सोस के साथ कहा।

"शश..." किसी ने कहा जो कि उन औरतों में से कोई नहीं था।

"भला बताइए। इसने लड्डू वहीं मेज़ पर छोड़ दिए। एकदम ताज़े थे।" पहली मोटी औरत ने शश की आवाज़ की तरफ़ देखकर कहा।

तब तक डब्बे में बैठे सभी लोग जग गए थे, बस साइड अपर सीट पर कोई सोया हुआ था। बीच वाली सीट पर एक मुल्ला जी थे। उन्होंने पहली औरत से कहा, "आपने इतने महँगे लड्डू ख़रीदे और यह वहीं छोड़कर चली आईं?"

सबसे ऊपर वाली सीट पर बैठे आदमी की आँखें लाल हो रही थीं। वह बोला, "मगर लड्डू इनके थे, तो इन्हीं को रखने चाहिए थे।"

"बेचारी पैसे भी ख़र्च करे और सँभाल के रखे भी?" मुल्ला जी पहली मोटी के पाले में शामिल हो चुके थे।

"ज़िम्मेदारी तो इन्हीं की बनती है," लाल आँखों वाले आदमी ने कहा।

दूसरी मोटी औरत घुड़मुसाकर बैठ गई। वह बोली कुछ नहीं मगर चूड़ियों को कस के खनखनाया। चूड़ियाँ बहुत ज़ोर से खनखनाईं। चूड़ियाँ इतनी ज़ोर से बज सकती हैं, इस पर मैंने पहली बार ग़ौर किया। वह एक झगड़ालू शोर था जैसे वे आपस में लड़ रही हों।

तीसरी पतली औरत ने कुछ नहीं कहा। इस बहस में वह किसी की तरफ़ नहीं थी। उसने उनके सामान में से एक डब्बा निकाला। पॉलिथीन के खड़खड़ाने की आवाज़ आई और फिर कुरम-कुरम चबाने की। ट्रेन में दालमोठ और प्याज़ की तीखी महक फैल गई। वे मेरे सामने वाली सीट पर बैठी थीं। नीचे वाली एक सीट उनकी थी। रात के इस पहर इन्हें दालमोठ खाना सूझ रहा है? और ट्रेन में घुसते के साथ ही? घर से खाकर नहीं आ सकती थीं; मैं खाकर आया था।

वे फ़िलहाल अपनी बहस भूल गई थीं। वे दालमोठ चबा रही थीं। इस एक चीज़ पर तीनों की राय मिलती थी। यह अच्छा था कि किसी चीज़ पर वे सहमत थीं। शायद वे बहनें होंगी।

ट्रेन ने स्पीड पकड़ ली थी। अन्दर घुप्प अँधेरा था। औरतों ने अब लाइट ऑफ़ कर दी थी। कॉरिडोर की लाइट भी ऑफ़ थी। फिर भी कुछ चीज़ें दिखाई दे रही थीं। बिलकुल एक जैसे दो मिल्टन के फ्लास्क खिड़की की बग़ल में टँगे थे। बाएँ वाले हुक पर किसी की क़मीज़ टँगी थी जिसमें से शराब और पसीने की बू आ रही थी।

ट्रेन के डब्बे में इतने लोगों के साँस लेने से हवा भारी हो गई थी। अँधेरा कोयले जैसा काला नहीं था। कॉरिडोर में नाइट लाइट जलने की वजह से हल्की नीली-नीली-सी रौशनी आ रही थी। चाँद निकला हुआ था। मुझे चाँद दिखाई नहीं दे रहा था। उसका प्रकाश खिड़की के बाहर भागते, दूर तक फैले हुए वीराने पर पड़ रहा था। ट्रेन तेज़ी से झूमती हुई चल रही थी।

मैं बाईं तरफ़ की नीचे वाली सीट पर लेटा था। मैंने सोचा शायद मुझे नीचे वाली सीट औरतों को दे देनी चाहिए। वे ऊपर कैसे चढ़ेंगी? मुझे इस बात का हल्का-सा

अहसास हुआ। मगर मैं भी ऊपर वाली सीट पर कैसे चढ़ूँगा, मैंने सोचा, मैं भी तो मोटा हूँ। उनको सीट देने वाली बात मैंने मन से निकाल दी। मैंने अपनी सीट पर लगी लाइट जला ली और एक पत्रिका निकालकर पढ़ने लगा। कहानी पढ़ते-पढ़ते मुझे नींद आने लगी। मैं सो गया। शायद मैं नींद में बोलने लगा।

साइड अपर पर जो आदमी सोया हुआ था, वह आवाज़ें निकालने लगा। वह नाराज़ हो रहा था। "बत्ती बन्द कर!" उसने ज़ोर से कहा, "और बड़-बड़ मत कर!" वह बड़ा बदतमीज़ था।

मुझे उसकी बात का कुछ जवाब देना चाहिए था। मगर उसकी आवाज़ ख़तरनाक लग रही थी। मैं उससे इस वक़्त भिड़ना नहीं चाहता था। कोई बेवक़ूफ़ ही उसके साथ उलझता। वह बहुत लम्बा था। अपनी सीट के लिए ज़्यादा लम्बा। उसके पैर सीट से बाहर निकले हुए थे। और वह भारी-भरकम भी था। मुझे वह डरावना लग रहा था और अपनी सीट से उसके इतनी पास होने से मैं घबरा रहा था।

वह पहलवान हो सकता था, या शायद कोई नेता हो, मैंने सोचा। वह सफ़ेद कुर्ता-पाजामा पहने था, जैसे नेता लोग पहनते हैं, हाँ, सिर पर टोपी नहीं थी, उतारकर रख दी होगी, रात में टोपी लगाकर थोड़ी सोएगा। ये लोग बन्दूक भी रखते हैं, मगर मुझे बन्दूक दिखी नहीं। हो सकता है पुलिस में हो। ये पुलिसवाले कोई कम नहीं होते। मेरा दिमाग़ न जाने कहाँ-कहाँ दौड़ रहा था। रिस्क नहीं लेना चाहिए, मैंने सोचा। मैंने लाइट ऑफ़ कर दी। उसने मुझसे सीट बदलने, या किसी और चीज़ के लिए कहा होता, तो मैं वह भी कर देता। मुझे उससे डर लग रहा था।

मगर उसने सीट बदलने की बात नहीं की। जैसे ही लाइट बन्द हुई वह सो गया और ख़र्राटे भरने लगा। ट्रेन पटरियों पर हिलती हुई चल रही थी, खड़खड़ा रही थी। और फिर उसके ख़र्राटे। उन्हें सुनकर मुर्दा भी उठ बैठता। उसके ख़र्राटों और गाड़ी के हिलने में मुझे सामंजस्य लग रहा था। वह ख़र्राटा लेता और गाड़ी हिलती, मुझको ऐसा लग रहा था। मैं चाहता था यह सफ़र जल्दी से ख़तम हो जाए। मगर अभी तो आधी रात बाक़ी थी।

एकदम से मेरे सिर के पास दो पैर लटक आए। मुल्ला जी अँधेरे में पानी पीने उठे थे। उन्होंने हुक पर टँगे दो में से एक मिल्टन फ़्लास्क को मुँह से लगाया

और उसी वक़्त उनके मुँह से निकला, "लाहौल विला क़ूवत! इसमें तो शराब है!"

ऊपर वाली सीट पर लाल आँख वाला आदमी जगा हुआ था।

"क्या सब ख़तम कर दी?" कहकर वह आगे को लपका और गिरते-गिरते बचा। उसने ऊपर की लाइट जला ली थी। उसने मुल्ला जी के हाथ से फ़्लास्क लगभग छीनकर अपने पास ऊपर की सीट पर रख लिया।

फिर थोड़ी देर के लिए सब कुछ शान्त हो गया, बस ट्रेन का झूमना, पटरियों पर लचकना। मैंने पत्रिका, जो मेरे हाथों में थी, अब रख दी और सो गया। पता नहीं कितनी देर सोया, आधा घंटा कि एक घंटा, कि और ज़्यादा।

आँख खुली तो कम्पार्टमेंट में तीसरा महायुद्ध पूरे ज़ोर-शोर से चालू हो चुका था। ओफ़्फ़ो। इन औरतों को झगड़ने के अलावा कुछ आता था? अब दूसरी औरत पहली औरत पर चिल्ला रही थी। पता चला कि झगड़े की जड़ एक चप्पल है। पहली औरत नीचे वाली सीट पर लेटी थी और दूसरी उसके ठीक ऊपर वाली पर थी। किसी तरह से, कई बार कोशिश करने पर वह ऊपर चढ़ी थी। वह सचमुच बहुत मोटी थी। ऊपर चढ़ने से पहले उसने अपनी चप्पल सीट पर रख ली थी। उसे डर था कि चप्पल कोई चुरा लेगा। ट्रेन के हिलने से चप्पल अपनी जगह से खिसकने लगी और नीचे सोयी हुई पहली मोटी के ऊपर आ गिरी, वह भी उसके सिर पर। पहली का कहना था कि उसे चोट लग गई। इसी वजह से उसने चप्पल खिड़की के बाहर फेंक दी।

अब दोनों में घमासान छिड़ गई थी। पहली इल्ज़ाम लगा रही थी कि दूसरी ने लड्डू वाली बात का बदला निकालने के लिए चप्पल जान-बूझकर उसके ऊपर गिराई थी।

दूसरी कह रही थी कि वह भला ऐसा क्यों करने लगी। वह तो गहरी नींद में सो रही थी जब चप्पल गिरी। और पहली ने इतनी-सी बात पर चप्पल खिड़की के बाहर फेंक दी। अब वह कैसे चलेगी? सोचने की बात है कि एक पैर में चप्पल हो और दूसरे में नहीं तो इनसान कैसे चलेगा? और वह नाइके की महँगी चप्पल थी।

इस पर पहली ने कहा कि हाँ-हाँ उसे पता था वह कितनी महँगी चप्पल थी। लाजपत नगर के फुटपाथ से ख़रीदी गई थी, उसे सब मालूम था।

सब लोग फिर जग गए थे। मुल्ला जी कह रहे थे कि चप्पल जैसी नापाक चीज़ किसी के सिर पर गिर जाए तो उसे ग़ुस्सा नहीं आएगा?

लाल आँखवाले ने इस पर कहा कि ट्रेन के हिलने से चप्पल गिर गई तो उसमें किसी की क्या ग़लती?

पतली औरत ने इतने में कहा, "दीदी, मैं अन्दर से चप्पल निकालूँ?" उसने एक और चप्पल सामान में रख ली थी। वह झगड़ा सुलझाने की कोशिश कर रही थी।

मैंने देखा कि लम्बा आदमी न जाने किस स्टेशन पर उतर गया था। उसकी सीट पर एक दम्पती जैसे जादू से नमूदार हो गए थे।

औरत का चेहरा गोलमटोल था, उसमें बड़ी-बड़ी हैरान आँखें।

"अब हम रात भर यहीं टँगे रहेंगे!" वह कह रही थी, "मैंने कहा था दो महीने पहले बुकिंग करवा लो।"

आदमी दुबला-पतला था। उसके बाल सफ़ेद थे।

"बेगम, आप नाहक़ बहस करती हैं," वह बोला, "मैंने अगस्त में बुकिंग करवाई थी, और यह तो अक्तूबर है।"

"नहीं, तुम झूठ बोल रहे हो! तब हमें सीट क्यों नहीं मिली?"

"बेगम, आप क्या बिलकुल ही जाहिल हैं? आज छब्बीस अक्तूबर है और मैंने पच्चीस अगस्त को बुकिंग करवाई थी। गिनिए तो सही कितने महीने हुए?"

आदमी बड़े सब्र के साथ धीमे-धीमे बोल रहा था, जैसे वह किसी बच्ची को गणित समझा रहा हो।

"नहीं।" औरत ने कहा और अपना निचला होंठ बाहर निकाल लिया। बल्कि दोनों ही होंठ बाहर निकाल लिए। अब उसका मुँह मछली के मुँह की तरह लग रहा था। मैं उसका मुँह देखने लगा। गवर्नमेंट प्रेस के सामने मछली बाज़ार से मैं अकसर मछली ख़रीदता था। मुझे ताज्जुब हुआ कि मैंने मछली तो कितनी बार देखी थी, मगर मछली का मुँह नहीं देखा।

उस औरत का पति अब कुछ नहीं बोल रहा था। वहीं बैठे-बैठे उसने बड़ी होशियारी से पैंट उतारकर पाजामा पहन लिया था। मैंने उसे पैंट उतारते और पाजामा पहनते नहीं देखा था जबकि मैं बराबर उन्हीं की दिशा में देख रहा था। वह सोने

की पूरी तैयारी कर रहा था। उसने अपने बैग से कोई चीज़ निकाली और उसमें फूँककर हवा भरने लगा। वह फुलाने वाला तकिया था।

"मैं इधर सिर कर लेता हूँ, आप उधर कर लीजिएगा," उसने बेहद शाइस्ता ढंग से पत्नी से कहा।

पत्नी ने लम्बी ठंडी साँस अन्दर खींची। हिलती हुई ट्रेन के लहराते समुद्र में वही ऊपर वाली सीट, पतली ही सही, अकेली नाव थी जिस पर रहकर वह सफ़र तय कर सकती थी। वह चुप रही।

ऊपर वाली सीट पर बैठे दम्पती को देखने में मोटी औरतों पर से मेरा ध्यान हट गया था। पतली औरत पर ध्यान देने की कोई वजह नहीं थी।

कम बोलने वाले भाई

वह दूर से चलकर आए थे। कम बोलने वाले भाई कम चलते नहीं थे।

छड़ी टेकते हुए वह दूर तक निकल जाते। जंगल भी थे और खेत भी। लम्बे अरसे से बारिश नहीं हुई थी। सूखी लाल मिट्टी में दरारें पड़ गई थीं। हवा पीली थी। उसमें गोबर और जलते पत्तों के धुएँ की महक थी। दूर पर ठिंगने क़द की पहाड़ियाँ दिखाई पड़ती थीं। ढलान और चढ़ाई वाले सँकरे रास्ते। पहाड़ियाँ काली-काली-सी थीं क्योंकि उनमें लोहा बहुत ज़्यादा था। इतना कि वे लोहे की बनी हुई कहला सकती थीं। उन पर कँटीली झाड़ियों की क़तार थी जो पीठ पर काँटों वाले पाषाण युग के किन्हीं भारी-भरकम जानवरों की तरह, धीमी चाल से आगे बढ़ती हुई सी दिखतीं। वह छत्तीसगढ़ का मुरमुंदा गाँव था। ऊपर आसमान पर दिन चढ़ता था और उतरता था। अँधेरे और उजाले की विराट भाषा! सड़क के किनारे लाल मिट्टी से बने चींटों के क़िलेनुमा घर, तालाबों में उगे जंगली कमल, उनके किनारे पीपल और बरगद के पुराने पेड़, पेड़ों पर टँगे पुरखों के श्राद्ध के घड़े...पूरी कायनात जैसे पढ़े जाने के लिए बनी थी। यह सबक पढ़ते- पढ़ते कम बोलने वाले भाई की उम्र बीत गई थी। वह इस ज़मीन को जानते थे।

उनका ख़ानदान कई पुश्तों से यहाँ रह रहा था। वे गारे-मिट्टी की जुड़ाई और चार-चार फुट चौड़ी दीवारों वाले पुराने घर में, गाँव के बीचोबीच, अंग्रेज़ों के ज़माने से रहते चले आ रहे थे। चार भाई और चार बहनों में से तीन बहनें और दो भाई अभी हयात थे। मौजूदा ख़ानदान में कम बोलने वाले भाई सबसे बड़े थे। मौत का ख़याल उनके ज़हन के ऊपर जब-तब हावी हो जाया करता, तब वह

उस ख़याल में उलझकर किसी और चीज़ के बारे में सोच नहीं पाते। बहनें घर से निकलती नहीं थीं। भाई, जिनको गाँव के लोग ज़्यादा बोलने वाले भाई कहते थे, दिन भर आँगन में चारपाई पर लेटे, हवा में हाथ उठाए, बड़बड़ाया करते। उन्होंने कभी कोई नौकरी नहीं की। उन्हें हाथ धोते रहने की लत थी। हाथ किसी भी चीज़ से छू जाएँ तो उन्हें फिर से धोने की ज़रूरत महसूस होती। इसी से वह उन्हें हवा में उठाए रहते। उनके हाथ बाक़ी शरीर के मुक़ाबिले में ज़्यादा सफ़ेद हो गए थे। घर के बाहर लगे सरकारी हैंडपम्प के आसपास की ज़मीन सूखने नहीं पाती थी। वहाँ साबुन और कीचड़ का दलदल-सा बना रहता।

कम बोलने वाले भाई बरसों भूमि अभिलेख अनुभाग में काम करके सेवानिवृत्ति के बाद अपने गाँव में आकर बस गए थे। बड़े होने के नाते, घर और उसके साथ लगी ज़मीन भी उन्हीं के नाम थी। वह अपनी ज़िम्मेदारी को अच्छी तरह समझते थे। उनके बाद ख़ानदान के बाक़ी, दिन पर दिन बूढ़े और हताश होते हुए लोगों का क्या होगा? यह ख़याल उनके दिमाग़ को कुतरता रहता, चूहे जैसे तेज़ दाँतों से। मृत्यु प्रमाण-पत्र बनवाने का मामूली काम भी शायद उनमें से किसी से न हो सकेगा। तब फिर ज़मीनों पर उन लोगों का नाम कैसे चढ़ेगा? यह काम तो उन्हें ख़ुद, अपने जीते-जी करा डालना चाहिए। इस तरह के व्यावहारिक मसले उनके दिमाग़ में उठने लाज़िमी थे। वह अपने पुराने ख़ानदान की तारीख़ लिख रहे थे, मगर जब वह लिखने बैठते तो यही ख़याल सिर पर मँडराने लगता, कि मौतों की फ़ेहरिस्त के अलावा इसमें है क्या? मौत के इस न नकारे जाने वाले सत्य से जूझने की एक छोटी-सी उम्मीद में उन्होंने होमियोपैथी की मोटी-मोटी किताबें पढ़ डाली थीं। इन किताबों से डाक्टरी पढ़- पढ़ कर उन्होंने गाँव में, जहाँ कोई भी डाक्टर नहीं था और मरीज़ डोंगरगढ़ जाते थे, वहाँ के रहने वालों को दवाएँ बाँटना शुरू किया था। घर के सामने वाली बारहदरी में मोटी-सी चिक डालकर उन्होंने उसे दवाख़ाना बना लिया था और मरीज़ रोज़ाना उसमें इन्तज़ार करते हुए नज़र आते। एक अलमारी में शीशियों में भरी उनकी दवाएँ रखी थीं, जिनका इस्तेमाल वह गाँववासियों के लिए किया करते थे। एकाध पते के सवाल पूछने के बाद, मरीज़ का मुँह खुलवाकर पहली ख़ुराक वह उसमें अपने हाथों से डालते। उनके हाथ के असर पर लोगों को

यक़ीन हो गया था। क़स्बे को जाती सड़क पर वह कम निकलते थे। सड़क लम्बी और सीधी थी, जैसे अपने ही किसी निजी इरादे पर आमादा। गोंड बस्ती के सामने एक लड़की सड़क के किनारे हैंडपम्प पर कपड़े पीट-पीट कर धो रही थी। पीछे उसका घर चटख नीले रंग का था। उसके आँगन में केले के पेड़ थे। एक तुलसी चौरा था। सड़क पर कुछ ही दूर जाकर उन्हें जंगलिया मिल गया। जंगलिया का चेहरा और दाढ़ी दोनों काले थे; आँखें भी, जोकि काली और पैनी थीं। उसके हाथ में लम्बी-सी झाड़ू रहती थी जिसे वह सार्वजनिक जगहों पर तेज़ी से दाएँ-बाएँ चलाता, धीमे-धीमे सीटी बजाता हुआ निकल जाता। रंगीन, मगर फटे हुए थे उसके कपड़े। जंगलिया के पीछे-पीछे गाँव के बच्चों का एक झुंड चल रहा था।

"जंगलिया! जंगलिया! मुला एक गाना सुना दे!" बच्चे एकस्वर होकर चिल्लाए। कम बोलने वाले भाई को देखकर जंगलिया ने हल्का-सा सिर झुकाया मगर हाथ नहीं रोका। बच्चों से घिरा, मुस्कुराता हुआ, वह आगे बढ़ता रहा। कम बोलने वाले भाई तो कम बोलते ही थे और आज वह ज़रूरी काम पर निकले थे। उन्हें एक बात सूझ गई थी। पूरे डेढ़ घंटे चलने के बाद वह आख़िर मंज़िल पर पहुँचे। दम भरने को रुके तो बरामदा सामने दिखलाई दिया। बरामदा काले पत्थर का था, छत खपरैल की थी। एक दरवाज़ा, सागवान की मोटी बल्लियों से बनी चौखट वाला, जो फ़िलहाल खुला था। खुले दरवाज़े के माथे पर ज़ंग खाई हुई पतली-सी पट्टी पर लिखा था 'जन्म और मृत्यु पंजीकरण कार्यालय'।

वे अन्दर दाख़िल हुए। मुरमुंदा से डोंगरगढ़ की दूरी, लगभग छह-सात किलोमीटर की, और वह पैदल चलकर आ गए! एक बार भी क़दम नहीं लड़खड़ाए, न चक्कर आया! यह अपने आप में किसी चमत्कार से कम नहीं लगा। नगर निगम का कार्यालय वैसा ही था जैसे छोटे शहर के नगर निगम के कार्यालय हुआ करते हैं। दफ़्तर की अन्दरूनी दीवार में बने खाँचों में ऊपर तक लदे बदरंग काग़ज़ात पर जमी हुई धूल की तह...पुरानी फ़ाइलों में दर्ज ज़िन्दगी और मौत की तफ़सील। एक बोझिल-सी महक पूरे माहौल पर छायी हुई थी, जो कि धरती पर बच गए किसी प्राचीन जानवर की तरह कल, आज और कल के बीच आवाजाही करती-सी जान पड़ी। नीम-अँधेरे में तक़रीबन छत की ऊँचाई पर बने रोशनदान में से दबे पाँव

दाख़िल होकर रौशनी का एक शहतीर धुँधलके के दरिया पर ठहर गया।

कमरे का सामान जैसे उसके इर्द-गिर्द नाचने लगा। कुर्सियाँ, मेज़ें, बेंचें, दीवार में बने ताक़ और आले, सभी अँधेरे में से आगे बढ़कर आँखों को नज़र आने लगे। और सोये हुए कोनों में लटकते लम्बे मकड़ी के जाले, जैसे कितने उलझे, उलटे उगे हुए रात के पेड़!

कम बोलने वाले भाई की आँखों के सामने अजब नज़ारा था। सारी कुर्सियों पर काले कोट टँगे हुए थे और कोट पहनने वालों का अता-पता नहीं! फिर भी, वह कमरे के बीचोबीच रखी मेज़ के सामने आकर खड़े हो गए और एक भारी-सी आवाज़ में, जोकि बाहर से ज़्यादा अन्दर को गूँजती मालूम हुई, बोले, "मौत का प्रमाण-पत्र चाहिए। डेथ सर्टिफिकेट।"

कुर्सी पर टँगे कोट ने जवाब नहीं दिया। मगर दफ़्तर के सबसे पीछे वाले अँधेरे कोने से आवाज़ आई, "क्या चाहिए? ज़रा ऊँचा बोलिए!"

अँधेरे में से एक धुँधला-सा साया नमूदार हुआ, जिसका हुलिया यक़ीनन इनसानी था। उन्होंने अपना जुमला दोहराया, "मौत का प्रमाण-पत्र चाहिए।"

आदमी शायद वहाँ का मुंशी था। वह सामने, एकदम पास आ गया। उसके दाँत पान से लाल हो रहे थे।

"मिट्टी कहाँ हुई है?"

"अभी हुई तो नहीं है।"

"क्या कहा? थोड़ा ऊँचा बोलो, दादा!"

"मौत अभी हुई नहीं है।"

मुंशी ने अपने पीछे दीवार पर लगे स्विच को दबाया तो एक नंगा बल्ब, जो कम बोलने वाले भाई के सिर के ठीक ऊपर लगा था, जल उठा और कमरे में एक मरियल-सा पीला उजाला फैल गया। इस उजाले में मुंशी ने उन्हें ग़ौर से देखा। एक लम्बा, दुबला-पतला आदमी। उम्र होगी साठ के ऊपर ही। आँखें कुछ अन्दर को धँसी हुई, उनके ऊपर घनी भौंहों का उलझेरा। चेहरा पीला, वह भी लम्बा। बाँस जैसे शरीर पर लम्बा-सा खद्दर का कुर्ता। कुल मिलाकर एक लम्बा इनसान। मौत नहीं हुई! इसका मतलब क्या है? कहीं कोई क़त्ल का मामला तो नहीं?

मगर सामने खड़े आदमी के चेहरे से शराफ़त टपक रही थी। वह क़ातिल तो नहीं हो सकता। फिर दिमाग़ में जैसे बत्ती-सी जली। ओह! सनकी! ज़रूर सनकी है वह।

"अच्छा, तो मौत अभी हुई नहीं, होने वाली है!"

"मरना हर हालत में है।"

"किसकी मृत्यु का प्रमाण-पत्र चाहिए?"

"मेरी।"

"ओह! आप ही की!" उसकी आवाज़ नीची हो गई, जैसे कोई राज़ साझा कर रहा हो।

"अपना जीवन प्रमाण-पत्र लाए हैं?"

"जीवन प्रमाण-पत्र? मगर मैं तो यहाँ खड़ा हूँ, तुम्हारे सामने...।"

"आप यहाँ खड़े तो हैं, ज़रूर," मुंशी बड़े प्यार से बोला, "मगर पंजीकरण के लिए आपके जीवित होने का लिखित सुबूत चाहिए।"

"मेरी उम्र चौंसठ साल की हुई, क्या मैं झूठ बोलूँगा?"

"आप पैदा कहाँ हुए?"

"इलाहाबाद में।"

"मगर मरने के लिए डोंगरगढ़ चले आए!"

"वैसे मैं रहने वाला तो मुरमुंदा गाँव का हूँ। कई पुश्तों से हम लोग वहाँ हैं। पैदा मैं ननिहाल में हुआ था। हम लोग पठान हैं।"

"तो चलिए, फिर तो मुरमुंदा से ही स्वर्ग सिधारिएगा। या जैसा आप लोग में कहते हैं, जन्नत! जन्नत चले जाइएगा।"

"अभी कुछ मालूम नहीं है। मर तो कहीं भी सकता हूँ। और जहाँ तक जन्नत का सवाल है, मुझे उसके होने पर शक है...," कम बोलने वाले भाई ने धीमे से कहा।

"अच्छा तो जहाँ मरो, वहीं से प्रमाण-पत्र बनवा लेना।" मुंशी थोड़ा खीज रहा था।

"बनवा तो लूँ, मगर जब रहूँगा ही नहीं तो बनवाऊँगा कैसे?" उनकी समस्या सचमुच की थी। जब रहेंगे ही नहीं तो प्रमाण-पत्र कैसे बनवाएँगे?

"अच्छा, यह सब कहाँ और कैसे मैं नहीं जानता, अब यहाँ से चलिए आप।" मुंशी ने जैसे हिसाब की बही बन्द कर दी।

"'कहाँ' कहना तो मुश्किल है मगर आपने 'कैसे' का नाम लिया, तो मैं बता सकता हूँ कि..." वह पल भर को रुके।

"क्या बता सकते हैं आप? बता सकते हैं, तो बताते क्यों नहीं?" मुंशी को गुस्सा आ रहा था। कम बोलने वाले भाई थक गए थे और इतना बोलने की उन्हें आदत भी नहीं थी। उन्होंने कहा, "तुम तमीज़ से बात नहीं कर सकते तो मैं चलूँ...।"

"नहीं, मेरा वह मतलब नहीं था। अब आप बता ही डालिए आप क्या कह रहे थे!" मुंशी ने थोड़ी उत्सुकता से कहा।

"मरने के नए-नए तरीक़े निकल आए हैं...," उन्होंने साँस अन्दर को खींचकर, फुसफुसाते हुए कहा, तो लगा कि महज़ हवा की सरसराहट है।

"लेकिन मैं पुरानी मौत चाहता हूँ। एक सीधी-सादी मौत...वही बेहतर है मेरे लिए।"

वह धीमे से, शर्मिन्दा से अन्दाज़ में बोले जैसे कि वह मृत्यु का प्रमाण-पत्र नहीं, मृत्यु को ही माँगने आए हों। नया सामान नहीं, उन्हें पुराना सामान चाहिए। मुंशी उनका मुँह देखता रहा, बोला कुछ भी नहीं।

वह बाहर आ गए। उन्होंने निगाह ऊँची करके देखा। दूर पर काली-काली-सी पहाड़ियाँ। सामने पतली-सी सड़क जोकि एक छोटी-सी मुक़ामी नदी को लाँघते हुए पुल से होकर जाती थी। नदी में पानी का नाम नहीं था। और जैसे पानी की खोज में निकली पथरीली रेत की सफ़ेद नदी अपना बदन तोड़ती-मरोड़ती, बल खाती, पहाड़ी के पीछे ग़ायब हो गई थी। चट्टानों की तह में से रंग-बिरंगे गिरगिट निकलकर, पुरानी झाड़ियों की ऐंठी हुई जड़ों के बीच यहाँ-वहाँ पड़े थे। सड़क पर कोई नहीं था। कड़ी धूप। दोपहर हो चली थी। दिन चमकते हुए टिन की चादर में तब्दील हो गया था। बबूल के कँटीले पेड़ों पर से गर्म लहरें-सी उठती हुई मालूम हो रही थीं। बादल के कोई आसार नहीं। उनका सिर चकराने लगा। सड़क के किनारे, बबूल की छोटी-सी छाया में वह बैठ गए। उनकी आँखों में अँधेरा नाच रहा था।

सामान्य होने में थोड़ा वक़्त लगा। तभी दूर पर, काली परछाईं जैसी एक लकीर उन्हें दिखलाई पड़ी। उन्हें शक हुआ कि यह उनकी चौंधियाई हुई आँखों का वहम तो नहीं? जहाँ सड़क नीचे झुके आसमान से मिलती हुई मालूम देती थी, वहीं पर पतली-सी, चाकू की धार जैसी लकीर सिहर रही थी। कुछ देर देखते रहने के बाद, ग़ायब होने के बजाय, वह और साफ़ हो गई, पास चली आई। फिर थोड़ी ही देर में परछाईं टूटकर धुँधले से धब्बों में बँट गई। पहचान में आने लगी।

कुत्ते।

'सड़कीले कुत्ते,' उन्होंने सोचा, 'मगर इतनी तादाद में?'

नौ, दस, बारह? उनकी सही गिनती करना मुश्किल था। वे तेज़ी से दौड़ते हुए चले आ रहे थे, उनके नाख़ूनों और पंजों की खुरचती खड़खड़ाती आवाज़ उनके कानों में आई। तूफ़ान जैसी तेज़ी से वे क़रीब आ गए। उनके आने से हवा पर उड़ता एक इशारा, ख़ून और गर्म रोआँ और झाग और पेशाब—एक आदिम, वहशी गंध जो उनके नथुनों में एकदम से घुसी—वे इतने क़रीब थे। उन्हें लगा कि सड़क के तारकोल पर उनके पंजों से चिंगारी पैदा होगी, या शायद बिजली, मगर धूल के एक हाँफते हुए गुबार में, किसी बुरे ख़्वाब की तरह वे उनकी आँखों के सामने से गुज़रे। इतनी ही देर में उन्होंने कुत्तों को ग़ौर से देख लिया—पीली आँखें जो उन्हें घमंडी भी लगीं और चोट खाई हुई भी, खड़े कान, काली पीठ पर रोएँ सिहरते हुए, जैसे किसी अन्दरूनी आग से दहक रहे हों। गर्म भाप का स्पर्श जैसे उन्होंने अपनी गर्दन पर महसूस किया और उनके ज़हन में ख़याल आया कि शायद वह कुत्तों के मुँह से निकली हुई साँस है। फिर कुत्ते तेज़ी से ग़ायब हो गए और कम बोलने वाले भाई सड़क पर झुके आसमान को तकते रहे, जिसमें बादल का नामोनिशान नहीं था।

वे जिस तरफ़ गए थे, वहीं से एक औरत आती दिखाई पड़ी। उसकी पीठ पर सूखी लकड़ियों का एक गट्ठर था, जिसके वज़न से वह लगभग दोहरी झुकी हुई थी।

'लकड़ी, जलाने के लिए,' उन्होंने मन-ही-मन कहा। वह पास आ गई, तो वह इतनी बुड्ढी नहीं थी जितनी दिख रही थी। बल्कि किस उम्र की थी, कहना

मुश्किल था। धूप और तपिश से उसका चेहरा ताँबे के रंग का हो गया था। बेचैनी में वह उठ खड़े हुए।

"तुमने उन्हें देखा?" एक रौ में उन्होंने पूछा।

उसने ऊपर देखा। उसकी आँखों में प्रश्न नहीं था, न जवाब।

"तुमने उन कुत्तों को देखा?" वह नहीं समझी। "अभी जो गए हैं।"

"कूकुर," उन्होंने ज़ोर देकर दोहराया, "ओ कूकुर मन ला ते देखे हस?"

उसने 'नहीं' में सिर हिलाया तो उसके तार जैसे मुड़े हुए बालों में हल्की-सी हरकत हुई। वह बोली कुछ भी नहीं। थोड़ी दूर पर लकड़ी के बाड़े से घिरी उसकी झोंपड़ी थी, जिसके अन्दर वह घुस गई।

कम बोलने वाले भाई घर पहुँचे तो दवाख़ाने के सामने, इमली की छाया में कई मरीज़ इन्तज़ार करते हुए मिले। बरामदे में दो बछड़े थे और एक गाय, जो जुगाली कर रहे थे।

"आज दवा मिलेगी?" मरीज़ ने पूछा।

हाथ से उससे रुकने का इशारा करके वह घर के अन्दर चले गए। सहन में बिछी खटिया पर ज़्यादा बोलने वाले भाई, यानी शाकिर मियाँ दोनों हथेलियाँ बदन से अलग, हवा में उठाए लेटे थे। वह आसमान की तरफ़ देख रहे थे। आसमान में चीलें गोल-गोल चक्कर काट रही थीं। वे इतनी नीचे थीं कि उनकी परछाईं खटिया के इर्द-गिर्द नाच रही थी। शाकिर मियाँ ने भाई को आते देखा। उनकी आँखों में अब भी चीलें ही थीं।

"कनेडा कहाँ है?" उन्होंने एकदम से पूछा, "क्या वह कोई मुल्क है?"

कम बोलने वाले भाई के जवाब देने से पहले ही, वह फिर बोले, जैसे कोई ज़रूरी ख़बर सुना रहे हों, "ओहायो से एक पुल जाता है जो कनेडा में खुलता है, एकदम सीधा। मगर कनेडा है कहाँ? ओहायो, कनेडा...।"

वह फिर आसमान को देखने लगे जिसमें चीलें अभी तक नाच रही थीं। कम बोलने वाले भाई ने बोलने से पहले गला खँखारा, मगर कुछ नहीं बोले।

सहन के दूसरे सिरे पर एक दरवाज़ा था, जिसकी तरफ़ कम बोलने वाले भाई बढ़ गए।

दरवाज़े के पार कमरे में से उन्हें हलकी-सी कराह सुनाई पड़ी, फिर दाँतों के बीच से हवा के गुज़रने की-सी आवाज़, जैसे किसी ने ठंडी साँस ली हो। दरवाज़े की ऊँचाई कम थी। वह सिर झुकाकर अन्दर घुसे। कमरे के अन्दर अँधेरा था। अँधेरे के काले दरिया पर एक बड़ी-सी मसहरी तैर रही थी। मसहरी के नीचे एक ख़ातून लेटी थीं। कम बोलने वाले भाई की बहुत पीछे छूटी हुई जवानी में शादी हुई थी। बीवी के साथ रहते हुए उन्हें चालीस साल हो गए थे, फिर भी वह उनके लिए पहेली बनी हुई थीं। वह जितनी लम्बी थीं, उतनी ही चौड़ी भी।

'पूरा पलंग इनके जिस्म से भर गया है!' उन्होंने हैरानी से सोचा। मगर यह उनका वहम था, परछाईं का एक फ़रेब। फिर भी वह बेइन्तिहा मोटी थीं। 'ये कब और क्योंकर इतनी मोटी हो गईं?' हैरत भरा सवाल उनके ज़हन में उठा, मगर उन्हें इससे कम मोटा देखना अब याद नहीं आया। ख़ातून ने ठंडी साँस भरी। वह एक नाज़ुक-सी आवाज़ थी, जो उनके चौड़े गले से निकलकर फिर उसी में समा गई। यही आवाज़ थी जो कम बोलने वाले भाई ने बाहर से सुनी थी। एकदम से थकान, अफ़सोस, और एक उलझी हुई चाहत ने उन्हें झकझोरा। वह, जिन्हें समाज के क़ानून ने कम बोलने वाले भाई की संगिनी बनाया था, उनके सुख और दुख की साथी, जानलेवा बीमारी के शिकंजे में फँसी यहाँ लेटी थीं, अपनी और उनकी नश्वरता का अहसास उन्हें रोज़ दिलाती हुई, और दवाओं के अपने सारे इल्म के बावजूद वह उनके लिए कुछ कर पाने में नाकाम थे।

"जहाँआरा!" उन्होंने शिकस्ता-सी आवाज़ में पुकारा, "दर्द ज़्यादा है? दवा भेजूँ?"

उनके मोटे गले से आवाज़ निकली जो कि हाँ भी हो सकती थी, और न भी।

बाहर दो मरीज़ अभी मौजूद थे। दरवाज़े का खटका खोला तो वे अन्दर आ गए। एक मरीज़ था और एक उसका साथी। इतनी गर्मी के बावजूद मरीज़ काला कम्बल लपेटे हुए था। पूरा चेहरा नहीं दिख रहा था पर गाल पर एक लम्बे घाव का निशान उन्हें दिखा। मरीज़ का मुँह रौशनी की तरफ़ घुमाकर उन्होंने हलक़ का मुआयना किया। फिर तमतमाते हुए माथे पर हाथ रखकर पूछा, "कब से बुख़ार है?"

मरीज़ ने जवाब नहीं दिया। उसका साथी बोला, "यह मेरा मौसेरा भाई है। इसका गाँव यहाँ से बिलकुल क़रीब है।"

"कब से?" उन्होंने प्रश्न दोहराया।

"रात से बुख़ार बड़े तगड़े में पकड़े है, और भोर में इसे घर जाना है।"

"गला बहुत ख़राब है। किसी कारख़ाने में काम करते हो?"

"नहीं। कारख़ाने में काम नहीं करता। खेती करता है। कभी-कभी बीड़ी पी लेता है।" साथी फिर बोला, मरीज़ चुप था।

"नाम?"

"नाम तो...अच्छा, दद्दा लिख दीजिए," साथी की आवाज़ बुझी हुई थी।

"दद्दा? बस?"

"हाँ, बस। दद्दा।"

उन्होंने एक शीशी से उसके मुँह में सफ़ेद गोलियाँ डालीं और काग़ज़ के पुर्जों में ख़ुराक बाँधते हुए कहा, "सुबह-शाम, पाँच दिन। ज़्यादा बीड़ी नहीं पियोगे तो ठीक हो जाओगे।"

वे चले गए। कम बोलने वाले भाई ने अपनी पत्नी के लिए दवा की ख़ुराक बनाई और अन्दर सहन में पहुँचे। बड़ा सा सहन था। उसके एक सिरे पर बहुत ही पुरानी, मोटे तने वाली चमेली की बेल थी। सहन के चारों तरफ़ कमरे, मिट्टी और भूसे के बने हुए। छतें खपरैल की थीं, और खपरैल के नीचे बिछे भूसे में हज़ारों की तादाद में चूहे रहते थे। चौड़ी दीवारों के अन्दर भी उन्होंने सुरंगों का जाल बिछा रखा था। उनकी खटर-पटर और कुछ कुतरे जाने की ख़ुफ़िया आवाज़ें रात-भर सुनाई देतीं, मगर कोई कुतरा हुआ सामान कभी मिलता नहीं था। चूहों का पूरा मोहल्ला वहाँ आबाद था। दिन में वे ख़ामोश थे। फूस की छत वाले बावर्चीखाने में उनकी दो बहनें और एक भांजी मौजूद थी। भांजी जवान थी मगर बूढ़ी दिखती थी। उसके चेहरे का पानी उतर गया था।

"दाल पक गई है?" कम बोलने वाले भाई ने पूछा।

चूल्हे के आगे मझली आपा थीं। वह किसी मोटे सूती कपड़े का घर पर सिला गरारा पहने थीं जिसका नीला रंग उड़कर फीका पड़ गया था। वह बोलीं कुछ नहीं

मगर सिर उठाकर भाई को देखा। वह चश्मा लगाती थीं और चश्मे के पीछे उनकी बड़ी-बड़ी आँखों की पुतलियाँ सुरमई रंग की थीं। किस पुश्त में सुरमई रंग काले पर हावी हुआ होगा? कम बोलने वाले भाई को लगा कि आँखों का ज़िक्र ख़ानदान की तारीख़ में कहीं आना चाहिए। किसी और की पुतलियाँ इस रंग की नहीं थीं। एक पतले लोहे के पाइप के टुकड़े को उठाकर मझली आपा ने कोयले की बुझती आग को फूँका तो उसमें से खोखली-सी आवाज़ आई। आवाज़ सुनकर बड़ी आपा चौंक गईं। उनका शरीर गोलमटोल था और उम्र में बड़ी होने के बावजूद वह मझली से छोटी लगती थीं। उनको डर लगा करता था। शाम से ही, अँधेरा होने से पहले, वह रात का खाना खाकर अपने कोठरीनुमा कमरे में चली जातीं। कमरे में मकड़ी के जाले इतने थे कि उनके बिस्तर के इर्द-गिर्द मुलायम हवाहवाई जाले के पर्दे, नरम दाढ़ियों की तरह लटक गए थे। वह कमरे में किसी को आने नहीं देती थीं और वहाँ सफ़ाई भी कभी नहीं होती थी। बड़ी आपा सिर टेढ़ा करके कुछ सुनने लगीं।

"सुना?" उन्होंने भर्राई हुई आवाज़ में पूछा।

"क्या सुना?"

"वो लोग फिर आ रहे हैं!"

"कौन लोग?"

"वही, वह बन्दूक वाले...सुना नहीं? अभी गोली चली है!"

"नहीं तो, बड़ी आपा...हवा है। तेज़ हवा चल रही है। जंगल में सूखी डालें टूटती हैं। उन्हीं की आवाज़ है।"

"कहीं बतख़ का शिकार करने वाले तो नहीं आ गए हैं?"

"चट्टानों को बारूद से उड़ाकर सड़क बना रहे होंगे," भांजी बोली।

"नहीं," कम बोलने वाले भाई ने धीमे से कहा, "फ़ोर्स वाले चाँदमारी कर रहे हैं।"

"चाँदमारी?"

"बन्दूक निशाने पर चलाने की आज़माइश...।"

"क्यों?"

जवाब में जंगल की अस्पष्ट आवाज़ें सुनाई दीं। पत्तों का सरसराना, झींगुरों

की झनकार और वह 'च्यूइट, च्यूइट' बोलने वाला कीड़ा जो हमेशा आँखों से ओझल रहता था। लेकिन वह कान और दिमाग़ में बजती ख़ून की रफ़्तार भी हो सकती थी। बड़ी आपा हकबकाकर चुप हो गईं। खाना खाकर कम बोलने वाले भाई बाहर सहन में निकल आए। उनके हटते ही औरतें पतली ऊँची आवाज़ों में बोलने लगीं। उनकी आवाज़ें सहन की चमेली में शाम के वक़्त चहचहाती गौरैयों से मिलती हुई मालूम पड़ीं।

सहन के एक किनारे चौकी पर आज का अख़बार रखा था। खोला तक नहीं गया था। उसे उठाकर वह पीछे की तरफ़ अपने दफ़्तर में पहुँचे। इस कमरे की खिड़की से नाटे खजूर के पेड़ों का छितरा हुआ-सा झुरमुट दिखता था। उसके पीछे सूखी लाल मिट्टी का फैला हुआ वीराना। अलमारी से उन्होंने अपने ख़ानदान का अधूरा शजरा निकाला। उसे आगे बढ़ाने के इरादे से उन्होंने उससे जूझना शुरू किया, मगर मायूसी ही हाथ आई। बेचैनी के एक झोंके में वह बाहर आ गए और बाई के खेत के सामने वाली ज़मीन पर टहलने लगे। उन्होंने ऊपर आसमान की तरफ़ देखा जिसमें पंछियों का एक हुजूम गोल-गोल परवाज़ कर रहा था।

'यह आसमान पंछियों का दायरा है,' उन्होंने अपने आप से कहा, 'इस खुलेपन से ही वे अपनी ख़ुराक लेते हैं और अपनी ख़ुशी हासिल करते हैं। यही उनकी विरासत है। उनके फैले पंखों को आसमान ख़ूबसूरती देता है और बोली को मीठा सुर। एक बड़े से आईने के ये चमकते हुए टुकड़े हैं। इस शानदार कायनात का एक ज़रूरी हिस्सा...।'

उन्होंने अपनी मायूसी को कम होते हुए महसूस किया। वह ख़ुश हो गए, लगभग ख़ुश। मगर तभी उनके ज़हन में उभरा पारदर्शी आईना झन्न से टूटा।

उन्हें एक लम्बी-सी चीख़ सुनाई पड़ी थी, किसी बच्चे की-सी ऊँची, पतली चीख़। वह पहाड़ियों और जंगल के सायेदार पेड़ों की फुनगियों पर से गूँजती, दर्द का अपना तक़ाज़ा लिये, इन्द्रियों के ज़रिये ख़ून में उतरने लगी—कोई उसे अनसुना कैसे कर सकता था? उन्होंने इधर-उधर सिर घुमाकर देखा, तब वे उन्हें दिखे। वही कुत्ते, एक बुरे ख़्वाब की तरह, जो आँखें खोल लो तब भी दिखाई देता रहता है। वे वहीं जमा थे, बबूल की छाया में, पाँच-छह कुत्ते। एक छोटे ग़रीब से कुत्ते को

मिलकर उन्होंने घेरा था। वही पीली-सी मरियल कुतिया थी जिसने उनके घर के पीछे झाड़ी में बच्चे दिए थे। दुम पैरों के बीच दबाए वह वहाँ से सटकना चाह रही थी, मगर कुत्तों ने उसे घेर रखा था। उनको फिर वहशत ने घेरना शुरू किया, जैसे कि वह एक बन्द मुट्ठी की गिरफ़्त में कसे जा रहे हों। कम बोलने वाले भाई ने अपनी आवाज़ ऊँची करके कहा, "हट! हट!" और एक ढेला उठाकर कुत्तों की तरफ़ फेंका, मगर वह थोड़ी दूर पर जाकर गिर गया और उनकी आवाज़ गहराते साँझ की तेज़ होती हवाओं पर बहकर कहीं खो गई।

कम बोलने वाले भाई तालाब तक टहलने निकल गए। तालाब में कमल थे और एक टाँग पर चुपचाप खड़े बगुले, अन्तर्धान। वहीं पर, नीची-सी दीवार से घिरा क़ब्रिस्तान था। क़ब्रों पर कोई निशान नहीं थे, बस ज़मीन के हल्के से उभार से अन्दाज़ा होता था कि क़ब्र कहाँ है।

'मैं भी यहीं लेटूँगा,' उन्होंने अपने आप से कहा। वह फ़ातिहा पढ़ने का अपना इरादा टटोल रहे थे कि जंगलिया जल्दी-जल्दी चलता हुआ आता दिखा। उसके चेहरे पर हवाइयाँ उड़ रही थीं।

"तालाब में एक आदमी पड़ा है," उसने हाँफते हुए कहा, "मरा हुआ आदमी...।"

तालाब के दूसरे छोर पर भीड़ थी। ताल की सतह पर हिलोरें नहीं थीं। वह एकदम समतल और चमकदार था, जैसे पानी का एक बड़ा-सा आईना। उन्होंने पानी में झाँका, फिर एकदम से पीछे हट गए। उनका दिल ज़ोर-ज़ोर से धड़कने लगा। उन्हें लगा कि पानी में वे ख़ुद हैं। मगर वह पानी में उनकी परछाईं थी। वह सचमुच घबरा गए थे। दोबारा देखा तो तालाब की उलझी हुई घास में फँसा हुआ काला कम्बल पहले दिखाई दिया। फिर उसका चेहरा—गाल पर चोट का निशान साफ़ दिख रहा था। पानी से सिकुड़कर उसकी खाल पर झुर्रियाँ पड़ गई थीं। वह स्तब्ध रह गए। यह तो वही था। कुछ ही घंटों पहले तो वह उनके दवाख़ाने में आया था। उसके बाल पानी में बहते हुए से मालूम दे रहे थे, जबकि पानी हिल नहीं रहा था।

"दद्दा?" उनके मुँह से एक शब्द का सवाल फूटा, "यह मर कैसे गया?"

"आप इसे जानते हैं?" किसी ने पूछा।

"मेरे पास दवा लेने के लिए आया था। पास के गाँव का रहने वाला है। खेती करता है। अपने मौसेरे भाई के साथ था। भोर में इसे घर जाना था," उन्होंने भीड़ को समझाते हुए कहा। भीड़ का चेहरा बन्द दरवाज़े की तरह था। किसी ने कुछ नहीं कहा।

लोग तितर-बितर होने लगे। वे लौटने को हुए तो कम बोलने वाले भाई के क़दम लड़खड़ाने लगे। एक बेचैनी उनके अन्दर से उठ रही थी। वे वहीं बैठ गए, ज़मीन पर। दूर पहाड़ी पर माँ बमलेश्वरी के मन्दिर पर सूरज डूब रहा था। एकदम लाल आसमान, जैसे उसमें आग लगी हो। चट्टान पर से लुढ़ककर बड़े-बड़े पत्थर अजब मुद्राओं में पहाड़ी पर अटक गए थे, किसी राक्षस के खिलौनों की तरह, जिन्हें खेलने के बाद वह हटाना भूल गया हो। पत्थरों के ऊपर गिरगिट सिर उठाए आख़िरी धूप को अपना फ़ैसला सुना रहे थे। पुराने ख़ून जैसे लाल और रात से ज़्यादा काले, चट्टानों के रंग में अपना रंग मिलाते, उन्होंने शक से आच्छादित अन्धी आँखें ऊपर उठाईं, विचारमग्न भारी सिर निन्दा में हिलाए। चट्टानों में पैदा हुए, चट्टान जैसे ही प्राचीन, वे आदिकाल के अवशेष थे। उन बर्बाद घरानों के वंशज की तरह, जिनकी शान स्मृति बनकर रह गई, वे क्रूर थे और कठोर, अवसाद में डूबे हुए, जैसे किसी बहुत पुराने, अक्षम्य अपराध को गुन रहे हों...।

कम बोलने वाले भाई सड़क के किनारे लेट गए थे। रात हो गई; दस, फिर ग्यारह, फिर बारह बज गए। तब भी वे वहीं लेटे रहे। उनकी आँखें बन्द थीं। उन्होंने नहीं देखा कि रात के अँधेरे में से हज़ारों छोटे-छोटे उड़ते हुए सितारों की तरह, जुगनू आकर आम और महुए के पेड़ों पर टिमटिमाने लगे थे। धरती ठहरी हुई थी, चारों दिशाएँ ख़ामोश थीं, जैसे साँस रोके किसी चीज़ का इन्तज़ार कर रही हों। मैदान के सिरे पर जुगनुओं की झमझमाती चादर में से कभी आठ-दस जुगनू अलग होकर चिंगारियों की तरह हवा में उड़ने लगते। जुगनुओं के अलावा और किसी चीज़ में हरकत नहीं थी। हवा नहीं चल रही थी। रात काली थी। कम बोलने वाले भाई की आँखें अब भी बन्द थीं। उन्होंने जुगनुओं का चमकना नहीं देखा। वह गहरी नींद सो रहे थे।

गोल्डन ऐनिवर्सरी

खड़ूस और बड़बड़ी सोकर उठे थे।

खड़ूस ने बड़बड़ी से पूछा कि रात-भर वह बिस्तर में इधर-से-उधर करवट क्यों बदलती रही? कम-से-कम रात के दो बजे तक वह बेचैन थी। उसके मचलने की वजह से खड़ूस सो नहीं पाया।

बड़बड़ी ने कहा कि वह तो एक करवट सोती है, उसकी पुरानी आदत है, और वैसे भी वह दो बजे तक तो जाग ही नहीं सकती। दिन-भर आटा-दाल- चावल करते-करते वह इतनी थक जाती है कि तकिए से सिर लगते ही सो जाती है। बहुत देर हुई तो बारह बज सकते हैं।

खड़ूस ने उसके थक जाने वाली बात को अनसुना कर दिया। उस तरफ़ जाने से ख़तरा था। उसने कहा, "जाग तो रही थीं तुम।"

"जाग भी रही थी, तो क्या? तुम इतने कस के खर्राटे ले रहे थे कि मरा हुआ आदमी भी पट्ट से उठ बैठे।"

"मैं, और खर्राटे! तुम सपना देख रही होगी।"

"तुम्हारी नाक इतनी ज़ोर से बज रही थी जैसे कि तुम्हें भोंपू पर कोई ज़रूरी इत्तिला देनी हो।" किसी भी बहस में बड़बड़ी पीछे हटने वालों में से नहीं थी।

"घर में सब्ज़ी नहीं है, चावल ख़तम हो गया, उरद की दाल भी नहीं है, और जिस दिन उरद की दाल नहीं होगी उसी दिन तुम उसकी फ़रमाइश ज़रूर करोगे," बड़बड़ी ने कहा।

खड़ूस उत्तर प्रदेश के पच्छिम से था और बड़बड़ी पूरब से। खड़ूस को उरद

पसन्द थी, बड़बड़ी को अरहर। उनका काफ़ी समय यह तय करने में बीतता कि अरहर बनेगी या उरद। इसी तरह से कद्दू बनेगा या भिंडी भी एक महत्त्वपूर्ण सवाल था। खड़ूस कहता कि तीन दिन से लगातार कद्दू बन रहा है और उसने जीवन में इतना कद्दू नहीं खाया जितना बड़बड़ी के साथ रहते हुए खाया है।

"मेरे आने के पहले तुम्हारा जीवन ही क्या था। मुँह ढाँके पड़े सोते रहते थे," बड़बड़ी ने कहा।

खड़ूस को सामान ख़तम हो जाने की चिन्ता होने लगी, "इतनी जल्दी सब ख़तम हो गया? अभी तीन दिन पहले ही तो पूरा सामान लाए थे।"

"तो?" बड़बड़ी ने कहा। उसकी त्योरियाँ चढ़ी हुई थीं।

खड़ूस चाहता था कि घर में कभी कोई चीज़ कम न हो इसलिए वह ज़्यादा सामान ख़रीदकर रखता था। बड़बड़ी कहती कि सामान ख़तम हो गया तो फिर आ सकता है। वह सामान थोड़ा-थोड़ा करके ख़रीदना पसन्द करती थी, एक- एक सन्तरे को हाथ में लेकर, उसके वज़न का अन्दाज़ा लगाकर। भारी सन्तरों में ज़्यादा रस होता है, हल्के वाले फुसफुसे निकल जाते हैं। बिना नापे, तौले, आँके, वह सामान कैसे ख़रीद सकती थी? लेकिन घर में सामान कम हो तो खड़ूस असुरक्षित-सा महसूस करने लगता था। फिर वह छोटी-छोटी चीज़ों के लिए बार-बार घर से निकलना भी पसन्द नहीं करता था। बड़बड़ी बाहर जाना चाहती थी। उसके कहने के मुताबिक रसोई में बन्द-बन्द वह 'पक' जाती थी।

बड़बड़ी को लगने लगा कि खड़ूस को शक है वह झूठ बोल रही है, या उसने कुछ कर दिया है कि सामान इतनी जल्दी हुर्र हो गया। वह चिढ़कर बोली, "अच्छा, तो रात को उठकर मैं ही सब खा जाती हूँ, दाल, चावल, सब्ज़ी, सब।"

खड़ूस ने अपनी आँखें, जो पहले से ही गोल थीं, और गोल करके उसे देखा, जैसे कि बड़बड़ी के सब खा जाने वाली बात पर वह आधा विश्वास कर रहा हो, आधा नहीं। बहुत दिनों से उसने बड़बड़ी को इतनी ग़ौर से नहीं देखा था। बड़बड़ी का शरीर गोलमटोल, ख़ासा खाया-पिया हुआ लग रहा था।

खड़ूस ने कहा, "मैं तो बस जानकारी चाह रहा था।"

उसने नाक से एक फुफकारने जैसी आवाज़ निकाली जो आधी फुफकार थी,

आधी छींक। उसकी नज़र दीवार पर टँगे कैलेंडर पर पड़ गई थी जिस पर उसने अट्ठाईस अक्तूबर पर लाल पेन से निशान लगाया हुआ था। अट्ठाईस अक्तूबर खड़ूस और बड़बड़ी की शादी की तारीख़ थी। यानी कि आज। इस दिन, पचास साल पहले उनकी शादी हुई थी।

उसने बड़बड़ी से कहा, "आज हमारी गोल्डन ऐनिवर्सरी है। आज हमें साथ रहते पचास साल हो गए।"

बड़बड़ी का मूड सामान ख़तम होने वाली बात से अभी तक बिगड़ा हुआ था। बल्कि उसका मूड अकसर बिगड़ा रहता था। उसको लगता था उसकी शादी ग़लत आदमी से हो गई है। इस आदमी से, जिसको उसकी ख़ूबियाँ दिखतीं ही नहीं। और जो कभी मुस्कुराता नहीं। जबकि ख़ुद भी वह कभी नहीं मुस्कुराती थी।

उसने कहा, "तो पचास साल को तराज़ू पर तौलो? कितने दिन, कितने घंटे, कितने मिनट हो गए?" यह कहकर उसने अपने होंठ भींच लिए।

जब वह होंठ भींचती तब खड़ूस उससे कहता कि वह अजीब सा मुँह क्यों बना रही है? "मुँह कहाँ बना रही हूँ?' बड़बड़ी ने कहा, "मेरा मुँह ही ऐसा है, दूसरा मुँह कहाँ से लाऊँ? तुम्हारी आरती सेन जैसा मुँह मेरे पास नहीं है।"

गोल्डन ऐनिवर्सरी, और आज भी उसने आरती सेन का नाम लिया। बड़बड़ी मौक़े-बेमौक़े आरती सेन का नाम लेने से नहीं चूकती थी। आरती सेन बम्बई में रहती थी। खड़ूस बीस साल से आरती सेन की माला जप रहा था। उसको लगता था कि बड़बड़ी के बजाय उसकी शादी आरती सेन से हो गई होती तो ज़्यादा अच्छा होता। आरती सेन उसके लिए ज़्यादा अनुकूल थी। 'अनुकूल' शब्द उसके दिमाग़ में रह-रह कर दीये की लौ की तरह उजागर होता, और फिर बुझ जाता।

बड़बड़ी को थोड़ा अफ़सोस हुआ, मगर ज़्यादा नहीं, कि उसने आज के दिन आरती सेन का नाम लिया। वह आरती सेन का नाम लेता था, मगर रहता तो आख़िर बड़बड़ी के साथ ही था।

"गोल्डन ऐनिवर्सरी मनाने के लिए कुछ करना चाहिए," उसने कहा।

"सन्तोष और मीरा को खाने पर बुला लो," खड़ूस ने कहा। खड़ूस को इनसान की ज़ात से नफ़रत थी मगर सन्तोष और मीरा को वह बर्दाश्त कर लेता था। इसकी

वजह हो सकती थी कि सन्तोष 'बर्ड फ़ोटोग्राफ़र' था और मीरा उन्हीं बर्ड फ़ोटोज़ की पेंटिंग बनाती थी। खड़ूस को चिड़ियाँ पसन्द थीं, इनसानों के मुक़ाबिले में कहीं ज़्यादा। फिर उसे अच्छे खाने का शौक़ था और कोई मेहमान आएगा तो बड़बड़ी अच्छा खाना बनाएगी।

घर में सब्ज़ी नहीं थी, न चावल, न उरद की दाल। यह तो बड़बड़ी बता ही चुकी थी। अब उसने फ़ेहरिस्त में नूडल्ज़ को भी जोड़ दिया। उसने फिर खड़ूस का ध्यान मेहमानों को बुलाने में इस दिक़्क़त की तरफ़ आकर्षित करवाया।

वे ज़रूरी सामान ख़रीदने निकले। वे ज़्यादातर सभी काम एक साथ करते थे। सड़क पार करते तो एक-दूसरे का हाथ पकड़कर। पड़ोसी ग़ौर करते और कहते कि इस उम्र में भी दोनों में कितना प्यार है। देखो कैसे हाथ पकड़कर चल रहे हैं। बस एक बार यह हुआ था कि बड़बड़ी के दाँत में दर्द हुआ और खड़ूस ने उससे कहा था कि डेंटिस्ट का क्लिनिक दो क़दम पर ही तो है, वह अकेले चली जाए क्योंकि खड़ूस को ज़रूरी काम करना था इसलिए उसके साथ नहीं जा सकता। खड़ूस और ज़रूरी काम? बड़बड़ी बड़बड़ाई और उसने खड़ूस का चेहरा ताज्जुब से देखा। जब वह डेंटिस्ट के क्लिनिक से निकली तो तेज़ बारिश हो रही थी। उसे लगा वह घर कैसे पहुँचेगी, पर तभी देखा कि खड़ूस छाता लिये बाहर खड़ा है। ज़िन्दगी में पहली बार उसे लगा कि खड़ूस उसे सचमुच चाहता है। यह बात उसने खड़ूस से कही। खड़ूस कुछ नहीं बोला।

बड़बड़ी सब्ज़ी के ठेले के पास खड़ी होकर मोल-भाव करने लगी। उसको मोल-भाव करते देखकर खड़ूस का चौड़ा-सा चेहरा हू-ब-हू ढीले जबड़े वाले बुलडॉग कुत्ते के चेहरे की तरह लगने लगा। "भिंडी में चार आने और बैगन में आठ आने बचा लेने से क्या हो जाएगा," उसने कहा, "एक रुपया समय बचा लो।"

बड़बड़ी ने उसका मुँह देखा। वह सब कुछ समझ रही थी। वह खड़ूस का हर इशारा समझती थी। मगर अगली बार वे सब्ज़ी ख़रीदेंगे तो वह फिर मोल-भाव करेगी। "आलू, प्याज़, टमाटर सभी में तो आग लगी हुई है," वह कहेगी, "यह गोपाल हमें बराबर ठगता है। तुम्हें देखते ही बाबूजी आइए, बाबूजी आइए, चिल्लाने

लगता है। जानते हो क्यों? क्योंकि वह जो भी सड़ा-गला तुम्हें दे दे, तुम्हें पता ही नहीं चलता।"

"एक बैगन सड़ा निकल भी गया तो क्या?" खड़ूस ने कहा।

"सड़े बैगन की बात नहीं है। उसने तुम्हें बेवक़ूफ़ बनाया।"

"हाँ-हाँ, हर कोई मुझे बेवक़ूफ़ बना देता है। मैं तो पैदाइशी गधा हूँ," खड़ूस ने कहा और बड़बड़ी की तरफ़ देखा। उसने गधे वाली बात जान-बूझकर कही थी कि बड़बड़ी उसे नकारेगी। उसकी बात काटने की आदत जो थी।

मगर बड़बड़ी ने 'नहीं' नहीं कहा।

सदर बाज़ार से लौटते वक़्त खड़ूस ने बड़बड़ी से कह दिया कि बस ज़रा-सा आगे एक नया स्टोर खुल गया है। लालाजी जनरल स्टोर। बड़बड़ी नया स्टोर देखने के लिए कहने लगी। क्या रोज़-रोज़ नए स्टोर खुला करते हैं? नए स्टोर के बारे में सुनते ही उसकी आँखों में चमक आ गई थी। बड़बड़ी को सिनेमा या रेस्तराँ से ज़्यादा मज़ा स्टोर में आता था। सिनेमा में वह ऊँघ जाती थी और रेस्तराँ में उसे लगता था कि वहाँ के खाने पर पैसे क्यों लुटाए जाएँ जबकि वह ख़ुद इससे अच्छा खाना बना लेती थी। वे लालाजी जनरल स्टोर में गए, दोनों साथ-साथ।

स्टोर का उद्घाटन कल ही हुआ है। लालाजी दरवाज़े पर बैठे थे। दुकान पर गेंदे के हार सजे थे। लालाजी के माथे पर बड़ा-सा लाल टीका था। अन्दर कैश रजिस्टर के ऊपर शायद उनके पिता लालाजी की तसवीर टँगी थी, उस पर भी गेंदे का हार, और उसके सामने अगरबत्ती जल रही थी। यूनिफ़ार्म पहने एक सिक्योरिटी गार्ड मुस्कुराता हुआ आया और हाथ पर सैनिटाइज़र लगाने के लिए कहने लगा। स्टोर के अन्दर घुसने के लिए उन्होंने सैनिटाइज़र लगाया, और आगे बढ़े। अन्दर एक के बाद एक खुली हुई शेल्फ़ पर सफ़ाई से पैकेज किया हुआ सामान था। ख़रीदार एक भी नहीं।

बड़बड़ी को सफ़ाई से पैक किया हुआ दाल, चावल, चीनी अच्छा लगता था। वह देर तक अलग-अलग पैकेट उठाकर देखती थी, अमूल दूध के पैकेट पर चिपकी 'यूज़ बाइ' तारीख़ पर ग़ौर करती थी। मुआयना करती थी कि किस चीज़ के साथ क्या चीज़ फ़्री मिल रही है।

खड़ूस को भी इतना ढेर सारा सामान एक जगह देखना अच्छा लगता था। उसे लगता था कि यह सबूत है कि उनका देश कोई भुखमरों का देश नहीं है। ऐसा दाल-चावल मिल रहा है जिसे चुनना-बीनना नहीं पड़ेगा, जो एकदम साफ़ है। चुनने-बीनने में कितना वक़्त बर्बाद होता है। जबकि यह काम खड़ूस के हिस्से में नहीं आता था। बड़बड़ी पचास साल से दाल, चावल बीन रही है और खाना पका रही है, उसने ताज्जुब से सोचा। पचास साल का दाल, चावल, आटा न जाने कितने किलो हुआ? खड़ूस हर चीज़ का हिसाब लगाने लगता था जैसे कि उसके दिमाग़ में कैलक्युलेटर फ़िट हो।

स्टोर का इतना सामान कौन ख़रीदेगा? वहाँ काम करने वाले लड़के- लड़कियाँ बहुत से थे। ख़रीदार उनके अलावा एक भी नहीं। सबका ध्यान उन्हीं पर था। खड़ूस और बड़बड़ी ने किसी भी चीज़ को झुककर देखा नहीं कि फ़ौरन दो-तीन हेल्पर आकर पूछने लगते कि क्या वे कुछ मदद कर सकते हैं? "नहीं, हम यूँ ही देख रहे हैं," खड़ूस ने कहा, "आँखें हमारी अपनी आँखें हैं। इन्हीं से देख रहे हैं।"

दरअसल वह चिड़ियों के लिए बाजरे का पैकेट ढूँढ़ रहा था। बड़बड़ी कहती थी कि उसकी इन चिड़ियों से तो जान की मुसीबत है, ख़ासकर कबूतर, जो हर जगह अंडे-बच्चे दे देते हैं और गन्दगी फैलाते हैं। वह उन्हें आने से रोकना चाहती है, न कि उन्हें दावत का नेवता देना कि आओ। खड़ूस ने कहा कि अगर चिड़ियाँ मुसीबत बनना शुरू हो गईं तो वे उन्हें खिलाना रोक सकते हैं।

"और गिलहरियाँ?" बड़बड़ी ने पूछा। उनके यहाँ गिलहरियाँ बहुत आती थीं। बड़बड़ी कहती थी कि इसका ज़िम्मेदार खड़ूस है क्योंकि वह उनके लिए कभी फल, कभी अनाज बाहर रख देता है। इतना ध्यान उसने कभी बड़बड़ी के खाने पर नहीं दिया।

बड़बड़ी के आख़िरी वाक्य को खड़ूस ने सुनकर भी अनसुना कर दिया।

"मगर उनके आने में हर्ज क्या है?" उसने पूछा।

"तुम्हें तो किसी चीज़ में हर्ज ही नहीं लगता," बड़बड़ी बोली।

फिर कहने लगी कि खड़ूस की अजीब-अजीब आदतों की वजह से उसे जो झेलना पड़ता है, वह ही जानती है।

"कौन-सी आदतें?"

"अब मेरा मुँह मत खुलवाओ।"

"मुँह बन्द करके बता सकती हो तो बताओ।"

"कुछ न कहूँगी," बड़बड़ी ने कहा, मगर उसके बाद बहुत कुछ कहने लगी।

एक तो यह कि खड़ूस बात करता है तो करता ही चला जाता है। उसे पता ही नहीं चलता कि उसे कब रुक जाना चाहिए। जबकि बड़बड़ी से कहने के लिए उसके मुँह से एक शब्द नहीं निकलता। जब भी वह उससे कुछ पूछती है तो खड़ूस का मुँह एकदम बन्द हो जाता है जैसे उस पर सेलोटेप लगा हो। वह अनुमान ही लगाती रह जाती है कि उसकी इस वाली चुप्पी के पीछे क्या है, और उस वाली चुप्पी के पीछे क्या।

"अगर बोलना नहीं है तो हमें ज़बान किसलिए दी गई है?" खड़ूस ने पूछा।

"इसलिए नहीं कि वही-वही बातें करके तुम दूसरे की खोपड़ी चाट डालो। अगर तुम्हारे स्कूल के दिनों का एक भी क़िस्सा अब सुना तो मैं चीख़ूँगी।"

"हमें साथ रहते पचास साल हो गए, अब मैं नई बात कहाँ से लाऊँ?" खड़ूस ने कहा। उसकी बातें औरों के लिए तो नई हैं, क्योंकि किसी और ने तो उसके साथ पचास साल नहीं गुज़ारे।

"तो क्या सचमुच तुम्हें लगता है कि पचास साल तक तुम्हें कोई और झेल सकता था?"

खड़ूस ने कहा कि बड़बड़ी के मुँह से तो नहीं लगता कि उसने खड़ूस को झेला है।

"मेरे मुँह की बात बार-बार मत करो। तुम सबका मुँह ही देखते रहते हो। अपनी आरती सेन से कहो कि तुम्हारे साथ पचास साल क्या,पचास दिन भी गुज़ारकर दिखाए।"

फिर आरती सेन।

वे फ़ौरन लड़ने लगे। वहीं सामानों के बीच खड़े हुए, सफ़ेद बाल वाले बुड्ढे-बुढ़िया। लेकिन स्टोर ख़ाली था। वे हेल्पर लड़के-लड़कियाँ भी नहीं दिख रहे थे। न किसी ने उन्हें लड़ते देखा, न ऊँची आवाज़ों में बोलते सुना।

वापस घर जाते हुए बड़बड़ी ने कहा कि जो वह करना चाहती है, खड़ूस उसे कभी करने नहीं देता। खड़ूस ने कहा कि जो वह करना चाहता है, वह उसे करने नहीं देती। देखो, आख़िर बाजरा नहीं लेने दिया।

बड़बड़ी ने कहा, "याद है उसके पहले जब हम ख़रीदारी करने निकले थे तो क्या हुआ था?"

"क्या हुआ था।"

वह 'आशीर्वाद' आटे का दस किलो वाला पैकेट लेना चाहती थी, मगर खड़ूस ने उसे पाँच किलो के दो पैकेट लेने पर मजबूर किया था।

"पाँच किलो के पैकेट रखने में सहूलियत होती है। पाँच किलो का पैकेट ज़्यादा जगह घेरेगा कि दस किलो का, अब तुम ही बताओ," खड़ूस ने बड़बड़ी से कहा।

"इतना बड़ा घर है। उसमें जगह-ही-जगह है। मगर तुम तो पाँच किलो, दस किलो करने में लग जाते हो।"

बड़े से घर में चाबियों की खनक गूँजती है। चाबियाँ बहुत-सी थीं। हर कमरे में ताला बन्द था। बैठक से बेडरूम में जाने के लिए खड़ूस को सही चाबी ढूँढ़ने में देर लगती है और वह झुँझलाता है। और क्योंकि बाथरूम भी बेडरूम से लगा हुआ था, अगर खड़ूस को ज़ोर से आ रही हो तो बाहर बग़ीचे में पेशाब करना पड़ता था। तब बड़बड़ी उसकी बेहूदा हरकतों की फ़ेहरिस्त उसे सुनाने लगती कि किस तरह पचास साल उसने इन बेहूदगियों के बीच गुज़ारे हैं।

कभी-कभी ताले की जगह दरवाज़े पर लगे आँकड़े में चेन लिपटी हुई होती। बड़बड़ी चेन को तीन-चार बार लपेट देती थी। खोल लो तो जानें।

क्यों थे इतने ताले और इतनी चाबियाँ? और चेन?

क्योंकि वह कलावती एक नम्बर की चोर थी। उसका एक हाथ दाल और चावल के ड्रम में पड़ा ही रहता था।

"वह ग़रीब औरत है," खड़ूस ने कहा, "वह हमसे नहीं चुराएगी तो और किससे?"

"तुम अपने नक्सली विचार अपने पास रखो," बड़बड़ी ने कहा।

और कि कलावती फ्रिज से दूध निकालकर चुस्की लेती थी। उसके दूध पी

जाने की इतनी चिन्ता नहीं थी जितनी कि पूरा-का-पूरा दूध ख़राब हो जाता था। तो फ्रिज पर भी ताला लग गया। खड़ूस को तेज़ प्यास लगी हो और फ्रिज बन्द! प्यास लगी है? तो मरो।

खड़ूस ने पूछा कि कलावती इतनी चोर है तो बड़बड़ी दिन-रात उसके साथ सिर से सिर क्यों जोड़े रहती है? पूरे समय वे धीमी आवाज़ों में बात करती हैं जैसे कि वे बचपन की सहेलियाँ हों। ज़्ज़्ज़्ज़ की आवाज़, छत्ते में मधुमक्खियों जैसी, खड़ूस के अख़बार पढ़ते वक़्त पीछे से आती रहती है। खड़ूस ने बड़बड़ी से पूछा कि बताए आख़िरी बार उसने किताब कब पढ़ी थी?

बड़बड़ी ने कहा कि वह उसकी तरह फ़ालतू थोड़ी है, उसे सैकड़ों काम रहते हैं, न कि टाँग-पर-टाँग धरे मस्ती से बैठकर किताब पढ़ती रहे। खड़ूस को फ़ौरन जवाब नहीं सूझा, और अपनी इस फ़तह का फ़ायदा उठाकर बड़बड़ी शाम के खाने के लिए यू ट्यूब पर मंचूरियन गोभी बनाने की विधि ज़ोर से लगाकर सुनने लगी।

"ज़रा धीमे नहीं सुन सकतीं?" खड़ूस ने कहा।

"सुनाई नहीं देता," वह बोली।

"तो मत सुनो।" सुनेगी नहीं तो बनाएगी भी नहीं।

सन्तोष और मीरा चले गए तो खड़ूस और बड़बड़ी छत पर कुर्सी निकालकर बैठे। शरद पूर्णिमा थी। बड़ा-सा चाँद आसमान में लटका था।

बड़बड़ी ने कहा कि आज के खाने में वो बात नहीं थी जो उसके हाथ के खाने में होती है। एक तो मोमो में नमक ज़्यादा हो गया था। सूप ज़्यादा खट्टा था और मिर्च का अन्दाज़ भी सही नहीं था। वह खड़ूस से सुनना चाहती थी कि नहीं, नमक तो एकदम ठीक था, कि खाना हमेशा की तरह स्वादिष्ट था।

"नूडल्ज़ भी थोड़ा गड़बड़ थे," खड़ूस ने कहा, "ज़्यादा लिजलिजे हो गए थे।"

"टूटकर खा तो रहे थे तुम।"

"नहीं खाता तो तुम्हें बुरा नहीं लगता?"

"बड़ी मेहरबानी की मुझ पर," बड़बड़ी ने कहा।

वे चुपचाप बैठकर चाँद को देखते रहे।

"पचास साल पहले भी आज की तारीख़ पर शरद पूर्णिमा थी," खड़ूस ने कहा।

बड़बड़ी को याद नहीं था। उसको इतना ही याद था कि पचास साल पहले खड़ूस के बाल घने और काले थे। अब उसको आसमान में एक चाँद दिख रहा था और दूसरा खड़ूस के सिर पर।

"देखो, चाँद ने अभी-अभी हमें आँख मारी," खड़ूस ने कहा।

"मैंने तो नहीं देखा। तुम कुछ ज़्यादा ही देखने लगे हो।"

"मेरी चार आँखें जो हैं, इसलिए ज़्यादा देखता हूँ," खड़ूस मुस्कुराया। उसने बड़बड़ी का हाथ अपने हाथ में ले लिया। बड़बड़ी ने हाथ नहीं छुड़ाया। चाँद की रौशनी में ज़रूर कोई बात थी। और फिर, इस एक बात पर वे दोनों सहमत थे कि खड़ूस कुछ ज़्यादा ही देखता है।

बड़बड़ी के चेहरे पर हलकी-सी मुस्कुराहट लम्हे भर को उभरी और फिर डूब गई।

चाँद शाम से ही उभरा हुआ था और डूबने का नाम नहीं ले रहा था।

नबीला

छुट्टी थी। स्कूल नहीं जाना था।

लाली और मैं मेढकों को देखने लगे। देखने को हमेशा बहुत कुछ रहता। हमारे घर की छत से गंगा दिखाई देती थी। बँगले के हाते में हर वक़्त कुछ न कुछ होता रहता था। मेढक कमल वाले हौज़ में थे। हौज़ में फ़िलहाल कमल नहीं, सिर्फ़ मेढक थे।

मेढकों की गँदली खाल पर गहरे काही रंग के चकत्ते थे, जैसे जली हुई खाल पर फफोले उभर आते हैं। मेढक एक-दूसरे में इस तरह से गुत्थमगुत्था थे कि पानी की सतह पर मेढक के लरज़ते, धकधक करते, टपकते हुए गीले मांस की एक मुट्ठी जैसी बन गई थी। जब यह मुट्ठी फड़कती तब हौज़ के पानी में हिलोरें पैदा हो जातीं।

थोड़ी देर तक हम मेढकों की लिजलिजी-सी गाँठ को देखते रहे ।

"तीन मेढक हैं," मैंने कहा।

"नहीं, दो ही हैं," लाली ने कहा। तब मेरी आँखों ने भी गाँठ में से दो मेढक शरीर अलग किए। वे आपस में इस तरह जुड़े हुए थे कि उनके आकारों को अलग-अलग करके देख पाना मुश्किल था।

"ये मेढक कर क्या रहे हैं?"

पानी की सतह पर शीशम की गोल पत्तियों में से छनकर आती हुई धूप की सिहरती हुई परछाइयाँ थीं।

लाली मेढकों को मंत्रमुग्ध होकर देखे जा रही थी, लगता था कि उन पर से

आँखें हटा ही नहीं पा रही है। क्योंकि उसका पूरा ध्यान मेढकों पर था, वह कुछ देर तक बोली नहीं।

"वे नए मेढक बना रहे हैं," आख़िर उसने कहा।

एक नीलकंठ तार पर बैठा मेढकों को देख रहा था, शायद नीचे उड़कर अपनी चोंच में मेढक दबा के ले जाएगा। शिकार करना और शिकार हो जाना रोज़मर्रा की वारदातें होतीं।

माधवी की लतर में से एक छोटा-सा अजगर गिरा जो छिपकली को निगल रहा था। उसे देखकर हम हैरत में पड़ गए। छिपकली आधी अन्दर थी, आधी बाहर।

मेहता आंटी मेहता अंकल को निगल रही थीं। उनके बँगले और हमारे बँगले के बीच दीवार नहीं थी। हमारे जन्म से बहुत पहले, जब अंग्रेज़ देश छोड़कर नहीं गए थे तब इन बँगलों में दो भाई रहते थे, एक में जेम्ज़ मिल्ज़ और दूसरे में हेनरी मिल्ज़। जेम्ज़ मिल्ज़ यानी मेहता अंकल वाले बँगले की लाल ईंट की दीवारें काई से काली हो रही थीं। हमारे बँगले की हालत भी उससे बहुत बेहतर नहीं थी। हमारे घर के बरामदे से उनका बँगला साफ़ नहीं दिखता था। रास्ते में बेर की झाड़ियाँ आ जातीं। मगर बाहर निकल आने पर हम दूर तक देख पाते थे।

मेहता अंकल जाड़े के दिनों में फटा हुआ ड्रेसिंग गाउन पहने बेर की पतली-सी छाँव में पड़ती धूप के अकेले चकत्ते में खड़े कुछ सोचते रहते। हमें देखते तो पास बुलाकर वह हमारे गालों पर हल्के-हल्के चाँटे मारते। हमें चोट नहीं लगती लेकिन हम मुँह दूसरी तरफ़ मोड़ लेते। मेहता अंकल की नाक गोल और लाल थी। उनका हाथ हवा में ठहरा रहता और जैसे ही हम उनकी तरफ़ देखते वह ज़ोर से 'हाँ!' कहकर फिर गाल पर चाँटा मारते। कभी गाल को उँगली और अँगूठे के बीच दबाकर चिकोटी काटते। बरसात में अपने अँधेरे से पत्थर के बरामदे में पाम के पेड़ से छुपे बैठे, मुँह में पाइप दबाए वह बारिश को देखते रहते। पाइप के लिए 'ड्रम' तम्बाकू का पाउच गोल मेज़ पर रखा होता। कभी हमें बुलाकर वह हममें से एक को गोद में बिठा लेते और बाँह या गाल सहलाने लगते। वह कस के हमें पकड़ लेते। वह मोटा चश्मा लगाते थे और चश्मे के पीछे उनकी आँखों में भी शीशे का चूरा भरा हुआ मालूम देता। उनसे 'ड्रम' तम्बाकू की महक आती। हम

मचलने लगते तो वह हमें छोड़ देते और पुचकार कर कहते, "अरे डर गई क्या बेवकूफ़? मैं तो खिलवाड़ कर रहा था।" और जेब से वह लाल बटर पेपर में लिपटी 'किसमी' टॉफ़ी निकालते।

मेहता आंटी उन्हें धीरे-धीरे निगल रही थीं। वह तेज़ क़दमों से चलते फाटक की तरफ़ जाते हुए दिखते। मेहता आंटी हाथ में स्केल लिये बिल्डिंग के पीछे से आतीं। मेहता अंकल का कभी हमें एक हाथ दिखता, कभी एक पाँव, दोनों साथ नहीं दिखते, कभी उनका क़द कम हो गया मालूम देता। मेहता आंटी मोटी थीं मगर थुलथुल मोटी नहीं। लगता जैसे कि उनके अन्दर रुई ठूस-ठूस के भरी हुई है। उनके हाथ बदन से अलग सीधे तने रहते। लगातार वह कुछ चबाती रहतीं।

"हरी हैंडल वाला चाकू लाने को कहा था!" वह डपटकर नबीला से कहतीं। नबीला उनके यहाँ रहती भी थी और काम भी करती थी, और मेहता आंटी उसे पढ़ाती रहतीं और पढ़ाती रहतीं मगर बीस बार दोहराने के बाद भी उसके मुँह से 'सोफ़ा' के बजाय 'सोफवा' ही निकलता। नबीला हरी हैंडल वाला चाकू लेकर आती तो वह कहतीं, "यह क्या ले आई, मैंने तो लकड़ी की बेंट वाला चाकू लाने को कहा था! जा फ़ौरन ले के आ!" और वह उसका लाया हुआ ग़लत चाकू नोक की तरफ़ से झटके के साथ पकड़ातीं जैसे कि वह उसे भोंक देना चाहती हों।

नबीला का बाप ग़फ़्फ़ार गंगा के कछार पर रहता था। उसके पास एक ऊँट था। वह बांग्लादेशी रिफ़्यूजी था। नबीला को देखने वह आया करता मगर कभी-कभी लम्बा अरसा गुज़र जाता और वह नहीं आता। उन दिनों बांग्लादेशी रिफ़्यूजी इलाहाबाद में हर जगह दिखते थे, सड़कों पर बैठे हुए, दरवाज़ों के पास दुबके, ख़ाली घरों के बरामदे में सोते हुए या मैदानों में खाना पकाते। बांग्लादेश इतनी दूर था कि उसकी कल्पना कर पाना मुश्किल था। स्कूल जाते वक़्त वे रिफ़्यूजी हमें दिखते। हमारे स्कूल की सिस्टर मरिया कहतीं कि हम मन लगाकर पढ़ेंगे नहीं तो हमें भी सड़क के किनारे इसी तरह रहना पड़ेगा। रिफ़्यूजी लोगों के झुंड में से एक हवा-सी उठती थी, पसीने, कोयले और धुएँ की। वे अलसाये हुए से बैठे बस देखा करते।

मगर ग़फ़्फ़ार उनके बीच नहीं रहता था, वह तो कछार से आता था। उसके पास ऊँट था। पता नहीं उसे ऊँट कैसे मिल गया?

हमारे घर के नौकर-चाकर मेहता आंटी को 'कड़ादाना' कहते। उनका माथा ढेले जैसा था। शाम को उनसे 'ट्यूशन' पढ़ने वाली लड़कियाँ आतीं। तब वह मेहता अंकल को पीछे वाले कमरे में बन्द कर देती थीं। किसी लड़की के काम में कमी पातीं तो वह खड़े स्केल से उसके हाथ पर मारतीं। लड़कियाँ कहतीं कि मेहता अंकल को भी वह खड़े स्केल से मारती हैं। मेहता अंकल लड़कियों को देखकर ख़ुश हो जाते। मेहता आंटी के बाहर निकलने से पहले वह बेंच पर किसी लड़की से सटकर बैठ जाते और शेर-शायरी सुनाने लगते। मेहता आंटी को यह बर्दाश्त नहीं था।

स्केल को चपटा करके मारने की जगह खड़ा करके मारने से ज़्यादा दर्द होता। नबीला की कॉपी का कवर फट चुका था और ज़्यादातर पन्ने काग़ज़ की नाव या हवाई जहाज़ बनाने में इस्तेमाल हो गए थे। मेहता आंटी फटे पन्नों वाली कॉपी देखतीं तो इसके लिए भी नबीला को खड़े स्केल से मारतीं। नबीला की माँ नहीं थी। उसका बाप कहता, "यह बहुत ज़िद्दी है। इसको गाछ से उलटा टाँग दो।"

उसको पेड़ पर टाँगे जाने से मेहता अंकल बचा लेते। मेहता अंकल उसका बहुत लाड़ करते थे। मेहता आंटी उसे मारने आतीं तो झट से वह नबीला को दोनों बाँहों में छिपा लेते।

नबीला की पेंसिल घिसकर छोटी हो गई थी, फिर भी वह अपनी सोने की पेंसिल नहीं निकालती है।

नबीला के पास सोने की एक पेंसिल है। नबीला ने हमें बताया है कि उससे लिखने पर सोने के रंग के शब्द निकलते हैं। टेढ़ी-मेढ़ी लिखाई को वह पेंसिल ख़ुद-ब-ख़ुद सुन्दर बना देती है। वह उसके दादा की पेंसिल है जिसे उसके अब्बा छिपा कर रखते हैं। जब लड़ाई के दौरान वह ढाका से भागे थे, तब उन्होंने यह पेंसिल जेब में डाल ली थी।

जब वे ढाका से भागे थे तब नबीला दो साल की थी, मगर उसे रात के अँधेरे में वहाँ से भागना अच्छी तरह याद था। उसे एक साल की उम्र वाली बातें भी याद थीं। वे लोग मरते-मरते बचे थे। वे भाग रहे थे तो रास्ते में उन्हें एक शेर मिल गया था। शेर को नबीला के बाप ने बेहोशी वाली जड़ी-बूटी सुँघा दी

और शेर वहीं ढेर हो गया था। फिर एक और शेर मिला, फिर एक और। सब को उसके अब्बा ने जड़ी-बूटी सुँघा दी। उसके अब्बा ने शेरों से निजात पाई तो डाकू आ गए! छह डाकू थे, ख़ंजर और बल्लम लिये हुए। लेकिन उसके अब्बा ने उन्हें मार गिराया।

"मगर नबीला, तब तुम दो साल की कैसे हो सकती थीं? तुमने तो कहा था तुम तीन साल पहले यहाँ आई हो? तो क्या तुम अब पाँच ही साल की हो?" लाली ख़ूब हिसाब लगा लेती थी। नबीला का झूठ पकड़ा गया।

"ही...ही...ही...।" लाली हँसी तो उसका कूकुर दाँत दिख गया। उसके सामने के दाँत एकदम सीधे थे पर कूकुर दाँत के पीछे एक और नुकीला दाँत निकल आया था।

"नबीला, तुम्हारी माँ तुम लोगों के साथ क्यों नहीं आई?"

नबीला की आँखें दूर देखने लगीं, "वह बहुत लड़ी और बहुत लड़ी...चारों तरफ़ ख़ून-ही-ख़ून था...फिर वह मर गई।"

नबीला की आँखों में सचमुच की देखी हुई तसवीरें हैं कि यह सब नाटक है? वह हमें नहीं देख रही थी।

वे अपनी बड़ी-सी हवेली और उसके अन्दर का क़ीमती सामान छोड़कर भागे थे। हवेली के फाटक सोने के थे। अन्दर के खम्बे भी सोने के थे। हवेली का सारा सामान, कुर्सी, मेज़, अलमारी, पलंग सब सोने के थे। सदर दरवाज़े के सामने दो सोने के मोर अपनी दुम फैलाए खड़े थे।

कितनी बदक़िस्मत है नबीला कि यह सब छोड़कर उसे मेहता आंटी के यहाँ रहना पड़ता है। यहाँ तो उसका पलंग अँधेरी-सी रसोई के एक कोने में रखा हुआ है।

नागपंचमी का दिन था। बिलासी दाई ने पीपल के नीचे एक प्याले में दूध रखा था। बँगले के हाते में साँप बहुत थे। मगर दूध पी लेने से उनके दाँतों का ज़हर दूध में चला जाता है और साँप ज़हरीले नहीं रह जाते। प्याले में बचा हुआ दूध ज़हर से नीला हो जाता है। नीले दूध की तफ़सील भी नबीला ने दी थी, प्याले के बचे हुए दूध को न तो लाली ने देखा था, न मैंने।

बरसात थी।

मेढक, जोंक, बिच्छू, साँप, लिल्लीघोड़ी, बीरबहूटी, दीमक, चींटी, चील, बुलबुल, गौरैया, धनेष सभी चलने, फिरने, कूदने, उड़ने, रेंगने, फुदकने, फिसलने का जश्न मना रहे थे। पक्के कदम्ब के फल ज़मीन पर पड़े थे। पेड़ से टपके सड़ते हुए अमरूदों पर भिनकती चमकीली मक्खियाँ, जैसे हरे धातु की बनी हों। हवा पर सड़े हुए अमरूदों की महक थी। जामुन और नीम के नीचे पक्के फल के गिरने की वजह से नन्हे पौधों का जंगल उग आया था। उमस भरी हवा में सब कुछ ज़िन्दा था और पैदा होता जा रहा था और साँस ले रहा था और हर तरफ़ सब चीज़ें बहुत थीं।

मेढकों की आँखें उनके चेहरे पर से बाहर को निकली हुई थीं, जैसे कि इस तरह चेहरे से अलग, ऊपर उठकर वे अपने हिस्से से ज़्यादा कुछ देख लेना चाहती हों। एक बड़ा-सा मेढक हौज़ की कगार पर एकदम बेहरकत बैठा था। उसका रंग गहरा सुरमई था, पीठ पर उभरे चकत्ते, आँखों पर झुके भारी पपोटे सभी सुरमई, धोखा होता कि वह फ़ौलाद का बना हुआ बेहद पुराना मेढक है।

बड़े मेढक की पीठ पर चिपका हुआ एक और छोटा मेढक था। हौज़ के अन्दर झाँका तो वहाँ इस तरह के कई-कई जोड़े थे, एक मेढक की पीठ पर दूसरा छोटा मेढक।

"इतनी जल्दी इतने ढेर सारे नए मेढक बन गए?"

लाली मेरी बात का जवाब नहीं देगी। वह ग्यारह साल की थी, मुझसे दो साल बड़ी, और जब चाहे चुप रह सकती थी या बोल सकती थी।

इतने सारे मेढकों का इतनी जल्दी से पैदा हो जाना मुझे कुछ नाजायज़-सा लग रहा था।

लाली ने कहा, "अपने हाथी जैसे पैर से मेढक का बच्चा कुचल मत देना। नहीं तो कान में इतना दर्द होगा कि तुम भी याद करोगी।"

क्या याद करूँगी? वह बार-बार यही कहती कि मैं याद करूँगी मगर कभी नहीं बताती कि मैं क्या याद करूँगी।

"मेढक के बच्चे को कुचल दो, चाहे अनजाने में ही, तो कान में दर्द होगा," नबीला कहती।

नबीला के बारे में सोचने से नबीला आ जाती थी।

वह फिर वही नीली फ्रॉक पहने थी। फ्रॉक का रंग उड़ गया था और नीचे जहाँ उसे लम्बा करने के लिए किनारा खोला गया था, एक सफ़ेद-सी लकीर बन गई थी। वह हमेशा वही फ्रॉक पहने रहती।

"तुम्हें यह फ्रॉक बहुत पसन्द है न, नबीला? इसीलिए तुम रोज़ यही पहनती हो?"

"पसन्द है भी और नहीं भी," उसने लापरवाही से कहा।

दरअसल उसके पास बारह रेशमी फ्रॉकें हैं, मगर वह उन्हें किसी को दिखाती नहीं, अकेले में पहनती है। रात को अपने पलंग के नीचे रखे बक्स में से निकालकर वह उन्हें बारी-बारी से देखती है। ये रेशमी फ्रॉकें ढाका से उसके मामू ने भेजी थीं। उसके मामू एक कपड़े की फ़ैक्टरी के मालिक हैं। उनके पास अलग-अलग रंगों की दस मोटरकारें हैं।

नबीला की उम्र क्या है कह पाना मुश्किल था। उसके दुबले शरीर को देखकर लगता कि वह शायद मेरी ही उम्र की होगी, मगर वह ग्यारह या बारह की भी हो सकती थी। उसका साँवला चालाक चेहरा लोमड़ी के चेहरे जैसा था और उसकी आँखें तेज़ की हुई छुरियों की तरह चमका करतीं। रबर बैंड से बँधी हुई उसकी पतली भूरे रंग की चोटियाँ उसके कन्धों पर दो लावारिस छिपकलियों की तरह पड़ी रहतीं। उसके शरीर से तम्बाकू की और धुएँ की गंध आती थी।

नबीला को 'सोफ़ा' कहना नहीं आता मगर उसे पता है कि जब हिजड़ा मरता है तो उसे क़बर तक पैदल चला के ले जाते हैं। बिरादरी वाले झाड़ू से मुर्दे को पीटते भी हैं।

उसने गौरैयों को मरकर आसमान से टपकते हुए देखा है। उसके देखते-देखते ज़मीन पर हर तरफ़ चिड़ियाँ-ही-चिड़ियाँ पड़ी थीं। लाली को यक़ीन नहीं आया। पर मैं इतनी सारी गौरैयों के मरने के बारे में सुनकर डर गई। मेरा होंठ काँपने लगा और मैं उसके काँपने को रोकने की कोशिश करने लगी। इन दोनों के आगे रोने से तो नहीं चलेगा। हमारे सामने तो एक भी चिड़िया मरकर आसमान से नहीं गिरी थी। पेड़ों में इतनी सारी चिड़ियाँ और एक भी नहीं मरतीं? इसमें कोई राज़ ज़रूर था।

हमारे घर के बग़ल में एक नाला हुआ करता था। नदी के पास होने की वजह से, बरसात के दिनों में जब बाढ़ आ जाती तो नाले में नाव चलने लगती। नाव में लोग निवादा गाँव जाते और वापिस आते। उनमें से बहुतों के घर डूब गए थे और वे नाव में भरके घर का सामान बचाने की कोशिश करते। हर साल बाढ़ नहीं आती थी।

धीमे-धीमे वह नाला शहर भर के कूड़े से पाट दिया गया। वहाँ की ज़मीन ऊँची हो गई और अब पानी वहाँ नहीं भरता। नाले को पाटने के लिए कूड़ा नगर निगम की बड़ी-बड़ी ट्रकों में भरकर, बदबू फैलाता, मक्खियों से भिनकता हुआ लाया जाता। पट जाने के बाद जहाँ नाला था, वहाँ एक सूखा-सा फैलाव पैदा हो गया जिस पर दिन भर सूअर लोटा करते। वहाँ कुछ भी उगता नहीं था क्योंकि पटाव में प्लास्टिक ज़्यादा था। वहाँ सिर्फ़ बेहया की झाड़ियाँ जगह-जगह निकल आतीं और फैलती रहतीं, पानी की कमी में भी वे मरती नहीं। मगर सूखे फैलाव पर बहुत कुछ होता है। नबीला जानती है। रात में वहाँ सियार घूमा करते हैं। जाड़े की रात में जब वह हुक्का हुआँ करते हैं तो उन्हें ठंड लग रही होती है, वे चिल्ला-चिल्ला कर कम्बल माँगते हैं। जब सूखे फैलाव पर धूप निकली हो और पानी भी बरस जाए तो लोमड़ी का ब्याह धूमधाम से हो रहा होता है।

शहर की आबादी सूखे फैलाव तक आके ख़तम हो जाती थी।

सूखे फैलाव के पार दूर तक चलते रहो तो गंगा का कछार आ जाता। कछार की रेतीली ज़मीन पर ख़रबूज़े-तरबूज़ की फ़सल अच्छी होती थी और गर्मी की सुबह ऊँटों की पीठ पर लादकर ये फल मंडी ले जाए जाते। जब ऊँटों का छोटा क़ाफ़िला हमारे घर के सामने से गुज़रता तो ऊँटों के गले में बँधी घंटियों की आवाज़ सुनाई देती। इसी कछार पर कहीं नबीला का बाप ग़फ़्फ़ार रहता था। ग़फ़्फ़ार कभी-कभी अपने ऊँट की पीठ पर लादकर हमारे बग़ीचे के लिए खाद लाता।

नबीला कहती कि ऊँट की आँखों में देर तक देखते रहो तो रेगिस्तान दिखाई देगा।

इसी ऊँट की पीठ पर बैठकर नबीला कई बार गंगा पार कर चुकी है। गंगा के उस पार घूँस रहते हैं। घूँस क्या होता है? नबीला हमें हिक़ारत से देखती है। बहुत बड़ा-सा चूहा होता है, वह हमारी जहालत पर तरस खाते हुए समझाती है।

उसने ऊदबिलाव को चीख़ते सुना है। यह सुनकर लाली बेचैन हो गई। "मगर क्यों चीख़ा था ऊदबिलाव?" नबीला ने जवाब नहीं दिया। सिर्फ़ इतना कहा कि ऊदबिलाव की चीख़ उसे साफ़ सुनाई दी।

उसके अब्बा के पास एक बड़ा सा कछुवा नदी में से निकलकर आता है। वे उसे रोज़ बाईस केले खिलाते हैं।

नबीला हमारे साथ मेढकों को देखने लगी। दूर पर मेहता आंटी दिख रही थीं। उनका चेहरा साफ़ नहीं दिख रहा था, मगर हमें मालूम था कि उनकी त्योरियाँ चढ़ी होंगी। वह हाथ हिला-हिला कर मेहता अंकल से कुछ कह रही थीं। मेहता अंकल बरामदे में अपनी कुर्सी पर बैठे थे। मेहता आंटी मेहता अंकल को कितना डाँटती हैं।

"वह अंडे से पैदा हुई हैं," नबीला ने कहा।

"कौन?"

"मेहता आंटी। तभी तो वह इतनी सख़्त हैं।"

"हट! तुम झूठ बोल रही हो। इतना बड़ा अंडा कहाँ से आएगा?"

"जब पैदा हुई थीं तो इतनी बड़ी थोड़ी थीं।" उसने आवाज़ नीची कर ली, "किसी से कहना नहीं। उनको पता चल गया कि हमें मालूम है तो न जाने क्या करें।"

उसकी आँखें तिरछे-तिरछे मेहता आंटी की तरफ़ देख रही थीं। मेहता आंटी अब मेहता अंकल के साथ ज़ोर-ज़ोर से लड़ रही थीं। उनकी ऊँची आवाज़ सुनाई दे रही थी मगर क्या कह रही हैं समझ में नहीं आ रहा था। मेहता अंकल अपने सिर को दोनों हाथों से पकड़े थे। मेहता आंटी से अपना सिर बचा रहे हैं। लड़ते-लड़ते वे अन्दर चले गए।

नबीला ने कहा, "वह उन्हें मार डालेंगी।"

मगर मेहता अंकल शाम को हमें दिखे तो वह ज़िन्दा थे। उन्होंने हाथ हिलाकर हमें बुलाया। हम नहीं गए।

सुबह ग़फ़्फ़ार आया और नबीला को सामान समेत अपने साथ ले गया। उसका पूरा सामान उसी टिन के बक्से में था जिसमें उसकी बारह रेशमी फ़्रॉकें थीं। बक्सा छोटा-सा था, फ़्रॉकों ने सारी जगह ले ली होगी। हमने उन्हें जाते देखा। नबीला का बक्सा ग़फ़्फ़ार अपने सिर पर रखे था।

नबीला हमसे बताने नहीं आई कि वह जा रही है।

हम अन्दर आए तो एक बड़ा-सा हरे रंग का टिड्डा हमें रसोई में दिखा। हमने उसे पास से देखा। काफ़ी बड़ा-सा टिड्डा था। बिना हिले हुए वह रसोई की ज़मीन पर बैठा था। उसका शरीर बिलकुल नीम के पत्ते की तरह था। नीम का पत्ता जिस पर पैर लगा दिए गए हों। उछलेगा तो बहुत ऊपर जाएगा। मगर उसके पैर में चोट थी। लाली दफ़्ती का एक टुकड़ा लेकर आई। टिड्डे को उस पर रखना चाहा तो वह थोड़ा ऊपर कूदा। लेकिन वह घायल था। आख़िर हमने उसे दफ़्ती पर रख लिया और बाहर ले जाकर उसे गुलाब की झाड़ी पर बिठा दिया। कुछ देर तक वह दुबका रहा फिर उसने एक छलाँग लगाई और लाल रंग के गुलाब पर जाके बैठ गया। हम देखते रहे कि अब वह क्या करेगा।

टिड्डे को देखने में हम भूल गए कि नबीला चली गई है।

हमाम-दस्ता

बड़ी दादी बहुत छोटी थीं।

दिन-भर वह बावर्चीख़ाने के सामने वाले बरामदे में, चिक की आड़ में खटिया पर लेटी रहा करतीं। खटिया की लम्बान साढ़े चार फ़ुट रही होगी और चौड़ान शायद दो-ढाई फ़ुट। बड़ी दादी इस पर पूरी-की-पूरी अट जाती थीं।

इलाहाबाद का सिविल लाइंज़ वाला इलाक़ा, जहाँ हमारा घर था, तब इतना आबाद नहीं था। सुनसान सड़कें, जिन पर इमली के बुज़ुर्ग पेड़ बेडौल झूमते हुए हाथियों की तरह थे। गर्मी की दोपहरों में सड़कें और भी गुमसुम लगने लगतीं। इक्का-दुक्का साइकिल सवार सिर पर अँगोछा लपेटे, अपनी ही परछाइयों से, बीच-बीच में हमारे घर के सामने वाली सड़क पर गुज़र जाते। जिन दिनों की मैं बात कर रही हूँ उन्हें बीते आधी सदी हो चुकी है। यादों के कबाड़ में से वे दिन इसलिए दोबारा ज़िन्दा हो गए हैं क्योंकि घर के कबाड़ में से कल मुझे बड़ी दादी का हमाम-दस्ता मिला। इस हमाम-दस्ते में उनके लिए पान कूटा जाता था। हमाम-दस्ता छोटा था। वह मेरी हथेली में समा गया और जब मैंने उस पर चम्मच से हल्का-सा मारा तो उसमें से गूँजती टन्न की आवाज़ जैसे एक रस्सी बन गई और उस पर फिसलती हुई मैं बहुत दूर जाकर गिरी।

मुझे अपने बचपन का घर और उसके बरामदे में लेटी बड़ी दादी दिखने लगीं। इसी हमाम-दस्ते को चुराकर छिपाने के अपने जुर्म को आधी सदी बाद मैंने खाल के नीचे एक और अस्पृश्य खाल की तरह महसूस किया और उसके साथ जुड़ी और भी कई बातों को। तब की गर्मियों के दिन आज की गर्मी के मुक़ाबिले में

ज़्यादा ईमानदार थे। दोपहर में जब गरम हवा चलती तो लगता सीधे दोज़ख की आग से निकलकर आ रही है। अब तो ख़ैर लू चलती ही नहीं है। एक चिपचिपी, चालाक, अन्दर-ही-अन्दर जला देने वाली गर्मी झुलसाती है। सन् तिरसठ या चौंसठ था शायद, वक़्त की चाल चूँटी की तरह रेंगती हुई। मगर बड़ी दादी की तो कोई चाल ही नहीं थी। वह दिन भर एक ही जगह लेटी रहतीं।

बड़ी दादी कौन थीं? क्या कोई छोटी दादी भी थीं, क्या इसलिए वह बड़ी दादी कहलाती थीं? इतना मालूम है कि वह हमारी सगी दादी नहीं थीं। मगर उनके साथ हमारा क्या रिश्ता था, यह जानना कभी ज़रूरी नहीं लगा। उनके वजूद की असलियत के आगे यह सब कौन, कैसे, क्यों जैसे सवाल दिमाग़ में आते ही नहीं थे। बस वह थीं। किसी उलझे हुए रिश्ते से वह हमारे दादा की बहन लगती थीं। अम्माँ उन्हें बारी-बारी से 'फूटे भाग्य वाली', 'बदचलन', 'छाती पर मूँग दलने वाली' इत्यादि कहतीं। बड़ी दादी के लिए गालियाँ उनके मुँह से बेसाख़्ता निकलतीं और वे गालियाँ ख़ासी दक़ियानूसी क़िस्म की थीं, इसका अहसास मुझे आज, आधी सदी के बाद हो रहा है। एक बार अम्माँ ने उन्हें 'कोठेवाली' भी कहा। तब हमें यह अम्माँ की ज़्यादती लगी। कोठे पर चढ़ना तो दूर, बड़ी दादी को आँगन तक जाते भी हमने नहीं देखा था। वह तो बस बरामदे में अपनी खटिया पर पड़ी पान चबाया करतीं। बड़ी दादी का ज़िक्र सुनते ही अम्माँ घर का काम शोर मचा-मचा कर करने लगतीं। बरसों तक इस बिन बुलाए मेहमान को झेलने के अन्याय का इज़हार करतीं। बड़ी दादी के बारे में उनसे कुछ भी पूछते हम डरते। फिर बड़ी दादी का आगा-पीछा जानने की हमें भी क्या पड़ी थी।

प्यारी दाई हमाम-दस्ते में पान कूटकर उन्हें देती, जिसे वह अपने पोपले मुँह में देर तक चुभलाया करतीं। बड़ी दादी के मुँह में एक भी दाँत नहीं था। इसलिए पान का कूटा जाना ज़रूरी था। और वह इसी हमाम-दस्ते में कूटा जाता। हमाम-दस्ता पीतल का था। उसके दो हिस्से थे—ओखली, जिसमें पान या मसाले रखकर कूटे जा सकते थे, जो कि गहरी और गोल थी, और उसके साथ कूटने वाला मूसल। मूसल का ऊपरी हिस्सा लम्बा और सुबुक-सा था, नीचे का भारी और मज़बूत। भारी हिस्से को ही कूटने के काम में लाया जाता। हमाम-दस्ते की चिकनी गोलाई

पर महीन-महीन धारियाँ घूमी हुई थीं। बरसों से इस्तेमाल में रहने की वजह से उस पर लकीरें और खरोंचें पड़ गई थीं। फिर भी उस पर एक मंद सी चमक रहती; वह अन्दर से रौशन लगता। अगर चम्मच से उसे हल्का-सा मारो तो देर तक टन्न की आवाज़ गूँजती चली जाती, जैसे कि वह अपनी ही धुन में मगन हो गया हो। टन्न का स्वर उसकी धारियों पर नाचता हुआ मालूम देता, और गोल-गोल चक्कर काटती हुई आवाज़ आख़िर शून्य में जाकर ग़ायब हो जाती। वह आवाज़ किसी दूसरे ज़माने से आती मालूम देती। हमाम-दस्ता था भी पुराने वक़्त का कि उसे 'हमाम-दस्ता' कहते हैं, यह भी जानने वाले कम रह गए हैं। मगर हमारे घर में वह हमाम-दस्ता ही कहलाता था। कभी-कभी घर के बरतनों पर उनके मालिकों का नाम खुदा हुआ होता है। हमाम-दस्ते पर किसी का नाम नहीं लिखा था।

निखिल मेरा भाई था। उम्र में ज़्यादा फ़र्क़ न होने की वजह से हम दोनों अकसर साथ ही रहा करते। हमारी शोख़ियों के चलते आए दिन घर में कोई न कोई हंगामा बरपा रहता। हम नई-नई शरारतें ईजाद करते—साथ मिलकर हम अपराजेय थे। मसखरापन ही रहा होगा कि हमाम-दस्ते पर हमारी नज़र पड़ी। प्यारी दाई उसमें बड़ी दादी के लिए पान कूटने के बाद हमाम-दस्ते को एहतियातन कहीं छुपा देती। हमाम-दस्ता बड़ी दादी की दिनचर्या का अहम हिस्सा था। वह हमारे किसी काम का नहीं था इसलिए उसके प्रति हमारे आकर्षण की कोई साफ़ वजह नहीं थी। जो चीज़ नहीं मिलती उसी की तरफ़ आकर्षित होना इनसानी कैफ़ियत है। तो एक दिन ऐसा आया कि मौक़ा पाकर हमने हमाम-दस्ते को बहुत सफ़ाई से ग़ायब कर दिया। घर में चीख़-पुकार मची, नौकरों की कहासुनी हुई, मगर हमारी ज़बान पर ताला लगा तो लगा ही रहा। अपने ही घर से हमाम-दस्ते को चुराने को याद करके आज मेरे मन में सौ सुइयाँ चुभीं। मैंने अगले ख़त में निखिल से हमाम-दस्ते को कबाड़ में पाने का ज़िक्र तो ज़रूर किया, मगर इतने पुराने वाक़िये पर अफ़सोस करना उतना ही बेमानी था जितना ख़ुद वह हमाम-दस्ता हो गया था। क्योंकि बड़ी दादी तो कब की गुज़र गई थीं और हमाम-दस्ते का कोई मसरफ़ नहीं बचा था। वह इतने सालों तक मेरे घर में रहा आया, यही ताज्जुब की बात है।

मगर वह हमाम-दस्ता छुपाने वाला क़िस्सा तो बहुत बाद में हुआ।

बड़ी दादी बरामदे में जहाँ लेटी रहतीं, गरम हवा के थपेड़ों के आगे पंखा तो बेमतलब था, फिर भी उनके हाथ में झलने वाला पंखा रहता। पंखे की बेंत पर हरी छींट का कपड़ा मढ़ा हुआ था, जो बड़ी दादी ने उन दिनों, जब वह ऐसे काम कर लेती थीं, अपने हाथ से उस पर सीया था। वह उसे झलतीं तो पंखा बाँस के खोखल से बनी हैंडल पर तेज़-तेज़ नाचने लगता और उनकी सूखी टहनी जैसी कलाई की हड्डियाँ और भी उभर आतीं।

निखिल और मैं बेचैन जीव थे। एक कमरे से दूसरे में बार-बार आने-जाने के रास्ते में बरामदा हर बार पड़ता, और उसमें मुस्तक़िल लेटी हुईं बड़ी दादी। यहाँ तक कि जब मैं छोटी थी तो मैं सोचती कि शायद वह हमारे मनोरंजन के लिए ही वहाँ लिटाई गई हैं। उनके चाँद जैसे प्राचीन चेहरे पर चेचक के दाग़ किसी अनलिखे इतिहास की तहरीर थे। हर समय उनके चेहरे पर मौसम बदलते रहते। बराबर पान चबाते हुए उनके होंठ छोटे से पक्के शहतूत जैसे थे। उनकी काग़ज़ी झुर्रियों के बीच पान के पीक की लाल नदी उनकी ठुड्डी से नीचे उतरने का रास्ता खोजती हुई सी दिखती। पंखे की हवा में उनके रुई जैसे नर्म सफ़ेद बाल हल्के-हल्के हिलते। उनके कान की कोमल ढली हुई लवों में लम्बे पतले छेद थे, जो उँगली से हल्का-सा खींचने पर नन्ही-सी खिड़की की तरह खुल जाते और उनके उस पार देखा जा सकता था।

कभी-कभी वह उठकर बैठती थीं। तब उनकी पीठ आधे चाँद के आकार की हो जाती। ऐसी घूमी हुई गोल पीठ वाले किसी और जन को हम नहीं जानते थे। बड़ी दादी दिलचस्प सम्भावनाओं का ख़ज़ाना थीं। उस वक़्त तक टी.वी. हमारे घर में नहीं आया था। अम्माँ बड़बड़ातीं, "न जाने क्या टोना किया है बुढ़िया ने, कि बच्चे उसके पास से हिलते नहीं!" जब वह हमें उनके बरामदे की तरफ़ जाता देखतीं तो झिड़क के भगातीं, कि जाओ अपना होमवर्क करो। उनके इस एतराज़ के पीछे शायद एक अनकहा डर छुपा था कि कहीं बड़ी दादी की बदक़िस्मती का काला साया हम पर न पड़ जाए। कि बड़ी दादी किन्हीं कारणों से अपने ससुराल से निकाल दी गई थीं, यह तो हम जानते थे। तभी से वह हमारे घर में शरणार्थी की तरह रह रही थीं। उनकी बदक़िस्मती यहीं तमाम नहीं हुई थी। वह घर के आँगन

की ऊबड़-खाबड़ ज़मीन पर गिर पड़ी थीं और ऐसे गिरीं कि कूल्हे की हड्डी टूट गई। किसी ने ध्यान नहीं दिया। वह हमारे घर में रह रही थीं, यही क्या कम था, कि डाक्टर-हकीम के पीछे कोई भागता। हड्डी अपने आप उलटी-सीधी जुड़ गई, तभी से बड़ी दादी चली नहीं थीं।

ऊब की लम्बी दोपहरों में हम उनके इर्द-गिर्द मँडराया करते। एक बार हमने उनके मुसलसल पान चबाते हुए जबड़ों को देखकर गिनना शुरू किया कि एक मिनट में उनका मुँह कितनी बार चलता है। दीवार घड़ी पर एक आँख टिकाए, दूसरी उनके चलते हुए मुँह पर, निखिल ने गिना—"एक-दो-तीन-चार-पाँच... दस-ग्यारह-बारह..." मैंने भी गिना और मेरी गिनती निखिल की गिनती से फ़रक़ निकली। फिर हम दोनों झगड़ने लगे कि किसकी गिनती सही है। शायद उसी वक़्त हमें यह विचित्र सा ख़याल आया कि बड़ी दादी की पान चबाने की हरकत से ही घर का सारा कारोबार सही-सलामत चलता रहता है। अगर उनका चबाना एक घंटे के लिए भी रुक जाए तो सब कुछ ठप हो जाएगा। घर के मामूली काम भी उस लय के साथ जुड़े हुए लगते। जब तक उनका मुँह चलता रहेगा, तब तक घर में रोटी, दाल वग़ैरह पकती रहेगी, चाय के बनने में कोई रुकावट नहीं आएगी। गेहूँ का दलिया कूटे जाने की आवाज़ उनके चलते हुए मुँह से ही चालित लगती, और कपड़े धुलने और सूखने का भी उनसे कोई-न-कोई ताल्लुक़ ज़रूर था। उनके पान चबाते होंठों की वजह से हमारे छोटे शहरीय मध्यवर्गीय परिवार की ज़िन्दगी चैन से बसर हो रही थी। शायद हम उनको प्यार भी करते रहे होंगे। उनके रुई से भी ज़्यादा नर्म बालों को प्यार भरे अचरज से छूना याद है। और चिड़िया के दिल जैसे हल्के धड़कते उनके सीने पर सिर रख,उन्हें दोनों बाँहों में समेटना भी।

घर के सामने वाली बैठक में पापा का दफ़्तर था। दोपहर से उसमें मुवक्किलों का ताँता बँधा रहता। सुबह वह कचहरी जाते। अम्माँ बावर्चीख़ाने और बरामदे के बीच डोलता एक साया थीं। उनके सिर में अकसर दर्द हो जाता। तब वे कहतीं कि 'चुड़ैल जान सोख लेगी तभी दम लेगी!' जब सोचतीं कि वह अकेले में हैं, तो बड़ी दादी के लिए ऐसे अलफ़ाज़ मुँह से निकालतीं जिनको सुनकर मुझे हैरत होती, और जो फ़ौरन मेरे गालियों के ख़ज़ाने में शामिल हो जाते। अम्माँ माथे पर

कपड़ा कसके बाँधकर आँगन से लगे लम्बे कमरे में आँखें मूँदकर लेट जातीं। गर्मी में अग़ल-बग़ल के घरों में भी सन्नाटा छा जाता। फिर वही लू की साँय-साँय और सूखे पत्तों का खड़खड़ाना। हमारे फाटक से दो-ढाई सौ गज की दूरी पर, जहाँ सड़क बन रही थी, घरघराने की मशीनी आवाज़।

हमारी ऊब की इन्तिहा नहीं थी। हम इधर-उधर से चक्कर काटकर बड़ी दादी के पास आ गए और ऊलजलूल सवाल करके उन्हें छेड़ना शुरू किया। एकाध बार तो उन्होंने अपनी चिटकी हुई आवाज़ में जवाब दे दिया। फिर वह चुप होकर लेट गईं। उनके चुप रहने से तो हमारी बात नहीं बनने वाली थी। हम चाहते थे कि वह झल्ला जाएँ और झल्लाकर कुछ कहें। आख़िर हमारी हरकतों से उकताकर वह बोलीं, "अच्छा, अब तुम लोग यहाँ से भाग जाओ नहीं तो..."

"नहीं तो?" निखिल ने फ़ौरन कहा, "नहीं तो आप क्या करेंगी, बड़ी दादी? हमें खदेड़ेंगी?"

चारों तरफ़ सन्नाटा छाया हुआ था। आम के पेड़ पर कोयल अपने पागल कंठ से गाए जा रही थी। कुछ देर उसकी नक़ल करके हमने उसे सताया, फिर यह खेल भी पुराना हो गया और हम बड़ी दादी के सिरहाने लौट आए। मैंने देखा कि उनकी खटिया का एक पाया बाक़ी तीनों पायों से छोटा था। यह उनके सिर की तरफ़ वाला पाया था। पलंग के छोटे पाए की तरफ़ जल्दी-जल्दी उठो-बैठो तो पलंग बरामदे की चिकनी फ़र्श पर खट-खट की आवाज़ करता।

निखिल अपने को तीसमारख़ाँ समझता था। उसने एक हाथ खटिया की निवाड़ पर रखा और कहा, "बड़ी दादी,आपकी खटिया एक हाथ से ऊपर उठाकर दिखाऊँ?"

"नहीं, नहीं, हरगिज़ मत उठाना!"

"बस एक बार, दादी!"

"मगर क्यों?"

"देखिएगा, मैं आपको गिरने नहीं दूँगा!"

इसके पहले कि वह कुछ और कहतीं, निखिल ने उनकी खटिया एक तरफ़ से ऊपर उठाई। कितनी हल्की थीं वह!

" अरे! अरे!" करते हुए वह पूरी करवट हो गईं और तकिए के नीचे रखी उनकी कंघी, रूमाल, पंखा वग़ैरह फिसलकर ज़मीन पर आ गए। आजिज़ आकर उन्होंने हमें कोसना शुरू किया..."देखना एक दिन आएगा जब तुम भी ऐसे ही सताए जाओगे! मैं ज़िन्दा रही तो ताली बजा-बजा कर हँसूँगी।"

क्या ऐसा दिन भी आएगा जब बड़ी दादी ज़िन्दा नहीं रहेंगी? वह तो पिछली, बल्कि शायद पिछली से भी पिछली शताब्दी से ज़िन्दा थीं, और क़ुदरत के किसी न बदल सके जाने वाले उसूल की तरह हमारे घर में मौजूद थीं। सौ बरस की तो ज़रूर रही होंगी। कोई कहता कि वह डेढ़ सौ या दो सौ साल की हैं तो भी बात हमें ग़ौरतलब नहीं लगती।

बड़ी दादी के तकिए के नीचे से कंघी इत्यादि फिसलकर ज़मीन पर आ गए थे। उनके पलंग के गद्दे के नीचे से एक डब्बा खिसककर खटाक से ज़मीन पर गिरा। चिपटा-सा डब्बा ज़्यादा बड़ा नहीं था। किसी ज़माने में वह टॉफ़ी का डब्बा था। उस पर 'जे.बी. मंघाराम एंड सन्स' लिखा था। उसका टिन कहीं-कहीं से पिचका हुआ और चिकना हो गया था। अपनी पिटी हुई उदासी लिये, वह आज मेरी आँखों के सामने फिर आ गया है। ज़मीन पर झटके से गिरने की वजह से वह खुल गया और उसके अन्दर की सारी चीज़ें भड़भड़ाती हुई ज़मीन पर बिखर गईं।

क्या था उसमें? 'मोहिनी सिंदूर' की एक ख़ाली डिबिया थी और 'शीतोपलादि चूर्ण' की लगभग भरी हुई शीशी, कुछ रंग-बिरंगे बटन, कत्थे से सना हुआ एक चिथड़ा। बाद में निखिल ने कहा कि वह छोटा-सा लाल बंडल उसने पहले देखा था और मैंने कहा कि नहीं मैंने देखा था। एक डोरी से बँधा छोटा-सा लाल बंडल। बल्कि लाल तो किसी ज़माने में रहा होगा। अब वह फीका और बदरंग हो चुका था। हम दोनों ही उसके ऊपर लपके और उसे खोलने की हड़बड़ी में हमने उसकी डोरी तोड़ डाली।

वे चिट्ठियाँ थीं। हमने चिट्ठियों को हताशा से देखा। इन सब बेकार के काग़ज़ों पर कौन समय बर्बाद करेगा? पता नहीं किसकी चिट्ठियाँ हैं। हम उन्हें डब्बे में वापिस रखने जा रहे थे कि उनके बीच रखे एक फ़ोटो पर ध्यान गया। हमने उसे चिट्ठियों की गड्डी से अलग किया।

फ़ोटो में दो लोग थे। एक ख़ूबसूरत औरत हँसते हुए एक नौजवान से सटी खड़ी थी। नौजवान उसके कन्धे पर हल्के से हाथ डाले था। ये लोग कौन थे? फ़ोटो पलटकर देखा तो वहाँ कुछ लिखा था।

प्रतिमा के लिए, तुम्हारा सुधाकर। फिर एक तारीख़—मार्च 1905।

मैं उन शब्दों को पढ़ने लगी। मेरी आवाज़ अपने आप ऊँची हो गई थी।

"प्रतिमा...के...लिए...तुम्हारा..."

इतना पढ़ना था कि ग़ज़ब हो गया। बड़ी दादी खटाक से उठ बैठीं, जैसे कि उनके बदन में बिजली का करंट दौड़ गया हो। उनकी आँखों में एक जज़्बा आया जिसे मैंने पहले सोचा कि वह ग़ुस्सा है, मगर जल्दी ही अन्दाज़ हुआ कि वह डरी हुई हैं। उनकी आँखों में ख़ौफ़ था। उन्होंने हाथ बढ़ाकर फ़ोटो मुझसे छीनने की कोशिश की, और एक भर्राई, थरथराती हुई आवाज़ उनके पिंजड़े जैसे सीने में से निकली, "अरे मुझे दे दे, पाजी! तूने मेरा डब्बा क्यों छुआ?"

मैंने फ़ोटो वाला हाथ सिर के ऊपर उठा लिया और फिर पढ़ने लगी, "प्रतिमा..."

"अरे चुप हो जाओ बिटिया, हाथ जोड़ती हूँ..." वह गिड़गिड़ाईं। आख़िर इस फ़ोटो में क्या था जिसकी वजह से वह आपे से बाहर हुई जा रही थीं? मैं फ़ोटो उनकी पहुँच से ऊपर उठाए रही।

निखिल, जो अब तक पूरा तमाशा चुपचाप देख रहा था, एकदम से बोला, "अरे! फ़ोटो में तो यही हैं!"

मैं थोड़ी देर के लिए सन्नाटे में आ गई। यह कैसे हो सकता है? मैंने बड़ी दादी को ग़ौर से देखा। उनके जाने-पहचाने चेहरे में मैं किसी और की परछाईं ढूँढ़ने की कोशिश करने लगी। उनकी मकड़ी के जाले जैसी झुर्रियों के बीच दो आँखें जलते-बुझते हुए लालटेन की तरह टिमटिमा रही थीं। मैला-सा पानी आँखों के कोनों पर रिस आया था। सचमुच ये वही हैं? फ़ोटो की वह हँसती हुई औरत, उसके अधखुले होंठ, काले बाल? हवा का झोंका आया और वह चेहरा इस शक्ल में बदल गया?

बड़ी दादी आख़िर थीं कौन? उनका कोई नाम भी था? प्रतिमा? प्रतिमा। मैंने उस नाम को इस चेहरे के साथ जोड़ना चाहा पर असफल रही। वह तो सिर्फ़ बड़ी दादी थीं। कोई और कैसे हो सकती हैं?

मैंने उनसे पूछा, "बड़ी दादी, आपका नाम प्रतिमा है?"

वह कुछ नहीं बोलीं। मैंने फिर कहा, "आपका नाम क्या है?"

फिर भी वह नहीं बोलीं। तब मैंने कहा, जैसे मुझे उनका कोई जुर्म कुबूल करवाना हो, "जल्दी अपना नाम बताइए, नहीं तो फ़ोटो मैं आपको नहीं दूँगी!"

निखिल बोला, "हाँ, बता दीजिए, तो फ़ोटो आपको दे देंगे!"

फिर भी वह चुप रहीं। कहीं अन्दर आग जल रही थी, सब कुछ जलाकर राख कर देने वाली आग, जिसकी चिंगारी आँखों में एक बार भड़की। फिर उन्होंने एक लम्बी ठंडी साँस अन्दर खींची और खटिया पर पसरकर आँखें बन्द कर लीं।

घर के अन्दर से हमाम-दस्ते में कुछ कूटे जाने की आवाज़ आ रही थी। आसमान पीला हो रहा था—आँधी के आसार।

हम फ़ोटो वहीं गिराकर बाहर की तरफ़ भागे।

मुजरिम फ़रार

मैं दौड़ता रहा और दौड़ता रहा और दोपहर के झकाझक सूरज की चकाचौंध, वह मिसमिस और हवा पर बासी पेट्रोल और मरे केकड़े और मेरी आँखों में महानगर के दृश्य सपने की तरह उठते गए और गिरते गए और ग़ायब होते गए। पवार मिल्स का सूना-सूना हाता—उस भुतही खँडहर इमारत की बड़ी-बड़ी ख़ाली खिड़कियाँ मुझे ऐसे घूर रही थीं जैसे किसी राक्षस की बिन पलक वीरान ओ कैसी वीरान आँखें—दम घोंटती धूल से लदी जंगली बेल का उन भसभसी दीवारों पर हमला और सड़कें और ट्रैफ़िक और भीड़ और धस्समधस्सा और पसीना और पत्थर और सीमेंट-कंक्रीट पर कराह की तरह फटता हुआ दिन।

मैं भागता रहा। एक पैर आगे दूसरा पीछे, दूसरा आगे पहला पीछे, दोनों कोहनियाँ आगे-पीछे आगे-पीछे, जैसे तेल पी हुई मशीन। गर्दन घुमाकर नहीं देखा। सब पीछे छूटते गए; मन्ना और रंगा और राजेश और परमू, सब यार-दोस्त जो उस अलमस्त चकबम वारदात में मेरे साथ अपराधी थे और वह ख़ून में लथपथ उसका नुचा हुआ बदन और फटकर चिथड़े उसके कपड़े और उसकी ऊँची महीन चीख़ें जब हमने उसे पवार मिल्स के पीछे की कठोर ज़मीन पर पटका, दबोचा और दहशत भरी उसकी मछली आँखें और वह शोर, वह उलझा हुआ शोर जो उनसे-उससे-मुझसे उठ रहा था।

"चोप्प साली!" तोप जैसी गूँज की टकराहट में रंगा ने उसे कस के घूँसा मारा और परमू ने फुटबॉल वाली टेढ़ी लात लगाई, जो उसकी जाँघ पर जाकर धप्प से लगी, तो उसे मज़ा आया और वह यहाँ-वहाँ लात लगाता चला गया फिर-फिर-

फिर-फिर से, किसी मशीन की तरह जिसका स्टॉप का बटन ख़राब हो गया हो, या फिर हो ही नहीं। और तब शोर एकदम से खल्लास। उसकी ख़ामोशी मोटी होकर फैल गई। कोई पत्ता नहीं डोला। आसमान आसमान था। ज़मीन ने क़लाबाज़ी नहीं खाई। फिर मन्ना ने उसकी टाँगें पकड़ के चीर दीं और बोला मुझसे, "चल बेटा, तू ही पहला चांस ले ले, तू भी क्या याद करेगा!" मैं शरमाया-इठलाया, "नहीं यार, तू पहले, तेरे बाद!" इधर हम पहले तू पहले तू करते रह गए, और बाजी मार गया वो लम्पट रंगा। लेकिन बाद में तीसरे नम्बर पर चांस तो आया अपन का भी, मेरा जवानजोश क्या किसी से कम था?

तो साथियो, मैंने उसके दोनों बाजुओं को मज़बूती से पकड़ा और अपने मर्दवज़न के साथ झुक गया उसके ऊपर, भूखा भेड़िया, चाहे कुछ कह लो मुझे, ग़लत तो नहीं। उसकी आँखें बन्द थीं, माथे से पसीना धार बनकर चु-चु चू रहा था। चेहरा खड़िया सफ़ेद। बिलकुल मरी बिल्ली। उसकी फड़फड़ाती साँस ऊपर-नीचे हो रही थी। और कोई हरकत नहीं। मेरी गरम लालची नज़र उसके चेहरे पर चिपकी थी, कि किस तरह से पी जाऊँ उसको पूरा का पूरा! कि एकदम से उसकी आँखें पट्ट से खुल गईं। मेरे अन्दर कुछ फटा, कोई बम कहीं, ज़ोरदार धमाका। फिर हम एक-दूसरे को बहुत ही देर तलक देखे। उसकी बर्फ़ीली नफ़रत से भरी आँखें जम गई थीं, घूर रही थीं अपन को जैसे कि आख़िर यह कौन-सा कहाँ का जन्तु है, इस मिट्टी का तो नहीं लगता, और उसमें बेहोशी का नाम नहीं था, वह पूरी तरह से जाग रही थी, सपना नहीं देख रही थी। मैं खिसियाया साथियो, कि वो आँखें मुझको देख भी रही थीं और नहीं भी देख रही थीं, मेरे चेहरे पर टिकी हुई थीं और उसी एक घड़ी में कहीं और भी थीं—एक ठंडी कई कोस दूरी, कि वह मेरे छूने, मेरे तोड़ने-मरोड़ने से बहुत दूर है, कि वह यहाँ है भी और नहीं भी है, कि मैं उसे जकड़े भी हुआ हूँ और हाथ में हवा भर है, ख़ाली हवा। मेरे तन-बदन में झुरझुरी दौड़ गई और भयानक नफ़रत के झकझोरे में मैंने नाख़ून उसके सीने में नुकीले पंजे की तरह गड़ा दिया, मांस की नरमी में एक्को हड्डी, कोई अड़चन नहीं मिली, फिर मैंने नज़र फेर ली और पूरी ताक़त से उस पर पिल पड़ा—मर! मर! मर! मर! वह चीख़ी-बिलखी या नहीं, मेरे कानों में बहुत शोर था, मैं सुना नहीं।

होश आया तो हाथ ख़ून से सने, आँख कहीं टिकती नहीं, वो पड़ी है दबी-कुचली छिपकली जैसी और अपन का काम तो तमाम। मरी या बची साली, कौन जाने, इत्ते बड़े शहर में कौन आता है पता लगाने। उसका काला पर्स एक किनारे पड़ा था और ऊँची एड़ी का स्लिपर दूसरे छोर पर मुझको ठेंगा दिखा रहा था। मैंने दूर उसे झाड़ी में लुकाया, पर्स से रुपये खसोटे और भागा, साथियों का काम राम जाने, राम ही उनका मालिक।

नस-नस टपटप टपकती और साँय-साँय साँसें और धड़-धड़ धड़कन और नथुनों में ख़ून के लोहे की लाल गंध और हाँ, वह डर भी, वह सदियों पुराना खदेड़े जाते गीदड़, जो मैं अब हो गया था, का आदिम डर जो फेफड़ों में भरता जा रहा था, इस हद तक कि अब वे फट पड़ेंगे और बुरी तरह से हाँफता, बेला, चमेली, गेंदा, गुलाब या कुछ के हार बेचती हुई लौंडिया को धकियाता, मैं आख़िर पहुँच गया वीटी या सीटी या क्या नाम है उसका। जहाँ अभी-अभी पुकारा जा रहा था कि मुम्बई महानगर से होती हुई वतन को जाने वाली तूफ़ान मेल पाँच घंटे के बिलम्ब से प्लेटफ़ार्म नम्बर बारह पर आने वाली है और टन से बजकर घंटी ने बोलती आवाज़ के साथ-साथ मुंडी हिलाई। जय हो भारत महान, जय हो मेरा सौभाग्य कि देश के कोने-कोने तक दौड़ते रेलवई के जंजाल में देखो गुडलक कि गाँव, यानी मेरे शहर को सीधे जानेवाली पहली गाड़ी आ गई, भगवान तेरी महिमा!

एकदम से ऊँचे खम्भों से भागते बिजली के तार पर बैठे गौरैया के झुंड में चाँव-चाँव मच गई, जो बड़ी घटनाओं के घटने की चेतावनी थी, वे फुर्र से उड़ीं, एक धूलभरा बादल। और मिर्चों की डम्पलाट बोरी पर सोया हुआ कुली उचक के उठा मानो मिर्चों ने उसे काट खाया हो, ताबड़तोड़ भागा और मिर्च की महक ने उसका पीछा किया, मगर उसने पीछे मुड़कर नहीं देखा और पगड़ी सीधी करता भागता रहा और स्टेनलेस स्टील के टिफ़िन से नाश्ता करती फ़ैमिली भी सावधान खड़ी हो गई, आधी पूरी मुँह में आधा आलू बाहर और पटरियों पर फुदकते चूहे न जाने किसकी पलक झपकते नौ दो ग्यारह हो गए और मक्खियों की भिनभिन और सड़ते मलबे की कोमल बदबू और प्लेटफ़ार्म पर रेगिस्तानी हवाएँ उड़ाती, चिंगारी भड़काती धड़धड़ाती रेल आ पहुँची।

एक छलाँग और मैं अन्दर था, हत्थे पर हाथ फिसला और मैं चकरिया के गिरा शौचालय के सामने पतले से गलियारे में, सात या दस या बारह पहले से वहाँ पसरे आदमी बदन के बने-बनाए गद्दे पर। मगर वाह रे मेरी क़िस्मत, कि कैसे रपट खा के गिरा, मगर एक्को हड्डी नहीं टूटी और मैं बचा रह गया, बबलू यानी मस्ताना यानी सरजू यानी सूरजप्रकाश, जो नाम मेरी बुढ़िया मुझे दी थी, जब मैं चिल्लाता, कोसता, ऐंठता उसकी कोख फाड़कर इस जलकुटनी दुनिया में एंट्री मारा और जब मेरा हरामी बाप नरक में सड़ रहा था। गिरगिट रंग बदलता है कि नहीं, और साँप केंचुल छोड़ के नया हो जाता है, तो साथियो मान लो कि आज से मैं काला कहलाया, यह नज़रकाट (बुरी नज़र वाले तेरा मुँह काला!) कि इस झमेले में पड़ने के बाद से ले के अब तक अपन की बेदाग़ सफ़ेद क़िस्मत नज़रिया न जाए और बुढ़िया माँ का मैं यह लाड़ला लौंडा, पुलिस की नाक से सुँघा जाऊँ, उसके जकड़पंज में कस जाऊँ और इसके पहले कि बोलूँ शाहरुख खान, खुल जाए दरवाज़ा बाल अपराध सुधार केन्द्र का, कि चल काला! प्यारे तू चल अन्दर अब, ऐसा ही करते हैं वे, मैं सुना हूँ, मुझ जैसों के साथ, अठारह बरस का जो अभी पूरा कहाँ हुआ। भगवान बचाए ओ काला तुझे इस सुधार से, वहाँ पेंटिंग करवाते हैं, फूलपत्ती और बैगन-गाजर बनवा-बनवा कर तेरा कचूमर निकाल देंगे और तू, मर्द का बच्चा, खाना खाने लगेगा उनका हाथ चाट-चाट के, पालतू कुत्ते की तरह। कुत्तों से मुझे ओफ़ कितनी नफ़रत है, ख़ासकर उन पालतू दुम हिलाने और चपड़-चपड़ चाटने वालों से।

मगर चमका सितारा! महानगर की घोंघाबसन्त पुलिस अभी सो ही रही थी जब मैं चुटकी भर में चल निकला (मुजरिम फ़रार!) और फोड़ेगी सिर वह बाद में, सैकड़ों बच्चे-सी मासूम पब्लिक की दियासलाई डब्बा दीवारों पर, और मैं छैलछबीला छैला, ऊँघता-जागता, समोसा-चाय उड़ाता, दूसरे मुसाफ़िरों से बोलता-बतियाता, क्योंकि क्या मेरे चेहरे पर मेरा काला करतूत लिखा है, और पहला होशियारी का काम तो शौचालय में जाके हाथ रगड़-रगड़ कर धोया, कि ओह यह ख़ून कितना चिपचिपा होता है! तो उतर आया वतन की अन्धी गलियों में जिनसे जान छुड़ाकर मैं भागा था दो बरसात पहले। ओ गंधैली हवा, ओ मटमैले बादल,

ओ धूल से लदे पेड़, ओ अब गिरे तब गिरे मकान, ओ बजबजाते नाले, ओ कमर टूटे बस्तीवाले, लगा लो मुझे गले से, कि देखो, तेरा जवान बेटा लौट आया।

बुढ़िया मुझे देखकर, उस मुहावरे में, जिसे ठीक-ठीक लिखना सिखाया था बचपन के नरियावाले स्कूल के उस कार्टून मास्टर ने, (नीचे लिखे मुहावरों से वाक्य बनाओ-1) ख़ुशी से फूली न समाई। उसकी इकलौती आँख चमक उठी सौ वॉट के बल्ब की तरह, दूसरी की लाइट तो मैं छोकरेपन में ही, जब वह ज़्यादा क्यों, कहाँ, कौन, कैसे कर रही थी, प्यार से घूँसा मारकर ऑफ़ कर दिया था और तभी से मुझे वह आदर-सत्कार देने लगी जो इस दुनिया में मेरा जन्मजात अधिकार है कि नहीं? मगर मैं कह रहा था कि अपन को देखकर उसकी सूखी बाँछें खिल गईं। आख़िर था तो मैं उसकी आँख का तारा, मैं ओ मैं ओ मैं ही घी का लड्डू, जरामुरा टेढ़ा भी, तो क्या हुआ?

फिर भी साथियो, सच पूछो तो मैं काफ़ी घबड़ाया हुआ थां। कैसा तप रहा था, बुख़ार रहा हो, ताज्जुब नहीं। मैं सीने से चिपटाया तो उसे, पर बोला, "देख बुढ़िया, इतनी खुस मत हो। एक तो तेरी साड़ी जो मैं तेरे लिए इतना लव से ख़रीदा था, बम्बई में छोड़ आया और दूसरी बात तुझे और भी कम अच्छी लगेगी।" और मैंने छमिया के बारे में पूरी दास्तान कह सुनाई, मैं उससे कुछ छिपाता नहीं। लगी रोने-चिल्लाने लता मंगेशकर गाने और बोली बड़े लोग की बोली में, "बेटा, यही दिन देखने के लिए अपना पेट काटकर तुझे खिलाया- पिलाया, पढ़ाया-लिखाया, इतना बड़ा किया, कि बड़ा होकर लायक बनेगा और अपनी अभागी माँ का नाम रौशन करेगा?"

धत्त तेरे की, बम्बई कभी नहीं गई ससुरी बुढ़िया, मगर डायलॉग बोलना कैसा जानती है! फिर उसकी निगाह (एक ही आँख, मगर चील माफ़िक़ सीधे निशाने पर पहुँचती है और गड़ी रहती है मुझ ही मुझ पर, मैं उसे देखता देखूँ तब भी, न देखूँ तब भी) पड़ी अपन की बिंदास नीली क़मीज़ पर, जिसका अब तक जीन्स में खुँसा हुआ कोना बाहर निकल आया था और जिस पर का छमिया ख़ून धब्बा हड़बड़ी में धोने का चांस अपन कहाँ पाया था। वो चौंक गई और डर, वही गीदड़ वाला, के मारे उसका पहले से पीला चेहरा हल्दी रंग का हो गया। बोली, "ये...ये...तेरी

क़मीज़ पर..." फिर वह सन्न-मन्न होकर बुझ गई, जैसे आग में किसी ने बालटी भर पानी झोंक दिया हो, बस उसकी वही आँख, कुरेदती हुई, मेरे कलेजे में छेद किए जाती थी। मेरी साँस रुकने लगी और ग़ुस्से की लहर अन्दर फिर उठी कि ओ काला! एक बढ़िया-सा झापड़ लगाकर उसका मुँह दूसरी तरफ़ मोड़ दे। लेकिन है तो माँ, लगाम लगाई अपन पर मैंने। आख़िर तो माँ है और रहेगी हमेशा...मैं जो भी करूँ, उसके जीवन का यही तो मेन काम है। उसकी बोली वापिस आई तो बोली, "अभी देरी नहीं हुई है भैया...किसी ने तुझे आते तो नहीं देखा? तू जा, यहाँ से खिसक ले, जा जहाँ सींग समाएँ, यहाँ तो वे सबसे पहले आएँगे। भगा दूँगी मैं, कि दो साल से मैंने उसे देखा नहीं, मगर तू जा, अब चला जा यहाँ से!"

चोट पहुँची मुझको। मैं, जिगर का टुकड़ा, दो साल बाद फिरा हूँ और मेरी यह आवभगत, यही अपन की लल्लोचप्पो? रुखाई से तब बोला मैं, "इतने दिन बाद आया मैं और एक गिलास पानी को भी नहीं पूछेगी, पत्थर दिलवाली बुढ़िया?"

सोचने को दे दिया मैंने उसको। उसकी आँख में भलभला के पानी भर आया और फटी साड़ी का पल्लू सिर पर सही-सही बिठलाती घूम गई वो, अपने ऊँट जैसे कूबड़ समेत, जिसके और ज़्यादा झुक जाने में मेरा कोई हाथ नहीं, और लहराती हुई ग़ायब हो गई अपनी दमघोंटू कोठरी के अन्दर। मैं बैठ गया वहीं, बाहर पेड़ के नीचे खुली हवा में बिछी उसकी खटिया पर, यहाँ किस बात का डर, और सोचता रहा कि आगे का मेरा प्रोग्राम क्या होना चाहिए। तब तलक में वो बाहर आ गई, हाथ में पानी का गिलास और गुड़ की भेली लिये हुए।

"यह क्या, एक कप चाय तक नहीं? फटाफट लाकर पिला दे अम्माँ, ओ मेरी बुढ़िया!" मैं बोला प्यार से, मगर प्यार के किनारे पर धमकी उग रही थी काले फूल की तरह, जिसे उससे ज़्यादा अच्छी तरह से कौन जानता है?

तो गई वो वापिस उलटे पैर, पैर उलटे चुड़ैल की तरह तो नहीं, मगर कोई कम चुड़ैल नहीं है वो, बचपन में चप्पल ही चप्पल क्या, जो चीज़ हाथ लग गई, उसी से कितना मारा है मुझे, मैं ही जानता हूँ। देखो न यह मेरे कन्धे पर निशान, इसी ने तो लाल चिमटे से जलाया था मुझको, किसी छोटे से कुसूर के लिए। ऐसा ही करती थी यह, जब-जब इसका माथा ख़राब होता था। जब पच्छिम से हवा

बहती थी और कोठरी में राख ही राख होती थी और न चूल्हा जलता था न उस पर दाल-भात रखने को होता था, जलता था तो उसका कलेजा, पर मैं क्या करता नन्ही-सी जान, कि उसका होनहार आदमी नरक में सड़ रहा था? मगर फिर! मगर फिर अपन का दिन भी आया और मैंने पलटकर उसे सबक सिखला दिया, जैसा कि मैं पहले बतला चुका हूँ।

आँखों में अंगारे। भेजे के अन्दर धधकता बम जो बस फटने ही वाला है। चाय पी तो जान में जान आई। आइडिया लगाने के काबिल फिर से हुआ, उसकी चाय में दम है, यह तो कहना पड़ेगा। तो मैं सोचने लग गया कि अब क्या किया जाए। यह तो बुढ़िया ठीक ही कहती थी, कि सबसे पहले वे यहीं आएँगे। रंगा, जो मेरे साथ ही यहाँ से बम्बई क़िस्मत टटोलने भागा था, ने अब तक तो मेरा सुराग दे दिया होगा, गीदड़ पैदा हुआ गीदड़ हमेशा रहेगा। और अक्ल से पैदल तो इतना कि सबसे पहले, मैं कह सकता हूँ, शर्त लगा लो मुझसे, कि वही धरा गया होगा। मगर काला जैसे चंट और चालाक लोमड़ी के बच्चे को पकड़ने वाला अभी पैदा नहीं हुआ! एक जगह है सुनसान बियाबान, इस कीड़ों से रेंगते शहर में भी, जहाँ मैं दिनोदिन ग़ायब रहता था कोई रंगीन करतूत करने के बाद, जब कोने-कोने मेरी पुकार मचती थी, आख़िर पुराना अड्डा आज नहीं तो कब काम आएगा, चलो वहीं चलता हूँ।

यह दो नदियों वाला शहर है। वैसे थीं तो तीन नदियाँ मैंने सुना है, मगर एक गुम गई कि डूब गई कि भसम हो गई कि क्या, रह गईं दो। जहाँ ये दो मिलती हैं, जिसे संगम बोला जाता है, वहीं पर कुम्भ मेला और माघ मेला और सब लगता है और करोड़ों पब्लिक नदी में डुबकी लगा-लगा कर अपना काला पाप उसमें घोलती है, सारे-के-सारे करमजले डूब के मर क्यों नहीं जाते उसी में। ख़ैर, उस तरफ़ तो मैं फटकता नहीं, वहाँ तो सब पापी काले पाप वाले जाते हैं। मैं तो बस कह रहा था कि शहर के दूसरी तरफ़ जहाँ संगम नहीं है, वहाँ नेवादा गाँव है और द्रौपदी घाट है और मन्दिर भी। और ग़ायब नदी जो कि दुम दबा के जाने कहाँ भाग गई है। उसी के किनारे मीलों दूर तक सूखा चटियल कछार है, जिसमें पिछले साल की ठिंगनी खेती के नुकीले डंठल हज़ारों चक्कू बने खड़े रहते हैं, इतना सूखा यह ऊसर कि बीड़ी जलाकर माचिस फेंक दो तो बाई गॉड, आग लग जाए, वहाँ आगे

चलते जाओ तो कोई नहीं मिलता, एक्को काना कौआ तक नहीं; वहाँ न तो सड़क है न लाइट और न ही दुकान, ऐसी जगह कौन मरने जाएगा भला बताओ, और जाकर मर गया तो वहीं पड़ा रह जाएगा और तमतमाता सूरज उसकी हड्डियाँ तपा के सफ़ेद कर देगा, मैंने कित्ती बार कुत्ते या सूअर या सियार का सिर वहाँ पाया है। मगर इतनी दूर जाने से अपन का क्या मतलब?

जहाँ बस्ती ख़तम होती है, कछार पड़ने से पहले, वहीं एक नाला बहता है। इसका पानी मटमैला हरा है। इसमें काई और कीचड़ और सड़ी हुई घास है और बस्ती से बहकर बदबूदार ज़हरीली चीज़ें आती हैं, एक बजबजाता दलदल जिसे सूँघ लो तो उलटी आ जाए। कोई एक-दो तो हैं नहीं, हज़ारों पब्लिक जिस सँकरे से कोने में रहेगी, वह कोना नरक नहीं बनेगा तो क्या गुलाब का बग़ीचा? मगर मैं कह रहा था इस नाले का दोनों पाट मलबे से बना है, पॉलीथिन पन्नी और दूध की झिल्ली और निरोध और आलू-प्याज़ के छिलके और पुराने फेंके हुए कपड़े और ख़स्ताहाल जूते और फटे बोरे और अंगड़-खंगड़, क्योंकि बस्तीवालों के कचरा फेंकने के लिए यही मनपसन्द जगह है। लेकिन आगे, नाले के उस पार कोई नहीं जाता। जहाँ एक नीची-सी जगह है, जंगल जलेबी और बेहया की घनी झाड़ी, वह बैंगनी फूलवाली के पीछे छिपी हुई, जो कचरा फेंकने वालों के लिए दूर पड़ती है, इसलिए नाले का पानी भी यहाँ थोड़ा साफ़ हो जाता है। यहाँ सच, मैंने बगुलों को भी देखा है, आकर चुपचाप पानी में खड़े हुए, ज़रूर यहाँ मछली है, और टिटिहरी ऊबड़-खाबड़ में अंडा देती है, ऐसा नहीं कि यह सब पिक्चर वाला सीन मुझे किसी से कम पसन्द है। तो यहीं, बस यहीं जम जाने का बढ़िया ठिकाना है। यहीं पर मैंने अपना डेरा डाला।

मेरा यह घर दूर से दिखता नहीं। झाड़-झंखाड़ की आड़ में जो है। ज़मीन पर है तो सही, मगर इसका कोई पता-वता नहीं है। ईंट-गारा सीमेंट-बालू इसमें कुछ नहीं। खिड़की भी नहीं है। खिड़की का मुझे क्या काम, क्या अन्दर ताकाझाँकी करवाना है? नाले के पाटवाले कचरे में से एक बड़ा सा पॉलीथिन पाया। कुछ छेदहे टीन-कनस्तर, बोतल। झाड़-झंखाड़ डंठल से काटकर मोटी थूनी। एक बदरंग, जो कभी नीली थी, चारखाने वाली फटी लुंगी। किस तरह यह सब जोड़-जाड़कर मैंने

अपने लिए घोंसला बनाया, अपने मुँह मियाँ मिट्ठू तो बनता हूँ, मगर शाबाश कहना पड़ेगा! अभी कुछ ही महीने पहले तक तो कोई मुझसे कहता कि मैं जंगली जानवर की तरह नाले के किनारे रहने लगूँगा, तो मैं उसके थोबड़े पर ऐसा घूँसा जमाता कि दाँत अन्दर हो जाते! मगर यहाँ तो मरता क्या नहीं करता वाला चक्कर है।

कई महीने गुज़र गए और मैं अभी यहीं पक रहा हूँ। रात के अँधेरे में कभी बुढ़िया के पास जाकर खोज-ख़बर लेता रहता हूँ कि वे निखट्टू पुलिस के आदमी कहीं आ तो नहीं पहुँचे। मगर लगता है अपने को चुस्त और चालाक कहने वाली पुलिस अभी खर्राटे ही मार रही है। तरस आता है उन पर, बेचारे तोंदियल! क्या पकड़ेंगे मुझको। मछली जाल से तो अब फिसल गई। मगर आजकल तरस इस बन्दे को अपने ऊपर भी आता है। कहाँ तो छाती चौड़ी करके, घने बालों में कंघी करता, बम्बई की सड़क पर सीटी बजाता टहला करता था, फुल बम्बइया स्टाइल में, जैसे कि मेरा हरामी बाप ही तो उसका मालिक हो। अड्डे पर साथियों से मिलकर लम्बी-चौड़ी हाँकता था, अकसर तो यूँ ही हवाबाज़ी, मगर क़िस्मत साथ दे जाती तो कभी कोई बढ़िया माल सचमुच हाथ लग जाता। और अब मेरे ये कूकुर दिन! जाऊँ तो जाऊँ कहाँ? इसी को अपना ठिकाना बना लिया है। थोड़ा समय निकल जाने दो, यहाँ से खिसक लूँगा।

अपन के ठिकाने का इतना ज़रूर है कि इसके बारे में किसी को पता नहीं तो चैन से साँस ले सकता हूँ, यहाँ पकड़ा-धकड़ी का वैसा डर नहीं। कभी बकरी चराता हुआ कोई छोकरा दिख जाता है। पकी जंगल जलेबी पर ढेला चलाने बच्चे भी यहाँ भटक आते हैं, मगर मेरी अंगारा आँखों का सामना करते ही दो मिनट में रफूचक्कर। एक दिन मैंने खेल-खेल में खदेड़कर एक को पकड़ा, कि चलो, थोड़ी मस्ती कर लूँ इसके साथ। मगर वह गीदड़ गला फाड़कर ऐसा चिल्लाया कि एक बढ़िया सा कंटाप मारकर मैंने उसे छोड़ दिया। फिर बहुत दिनों तक यहाँ कोई भी नहीं आया। ये सब मुझसे डरते हैं, और सही भी है कि डरें। एक बार तो बस्ती से एक छमिया चली आई थी, हाथ में पानी वास्ते टिन का डब्बा लिये हुए, पर मेरी फिसलैंदी नज़र को पहचानते ही सरपट भागी। पीछे मुड़-मुड़ के देखती जाती थी, कि कहीं मैं पीछा तो नहीं कर रहा। मगर आजकल अपन का दिमाग़ उलझा हुआ

है, कि समझ नहीं आता कि क्या करूँ क्या न करूँ। इस सुनसान बियाबान में पड़ा रहूँ या निकल आऊँ।

कैसी होशियारी से इतने महीने जिया हूँ मैं, पेट भरने को खाना कोई आसमान से तो टपकता नहीं। बेहया की दोशाखी डाल काटकर मैंने एक गुलेल बनाई है। और छोटे-बड़े ईंट के ठीकरों की तो यहाँ कमी नहीं। निशाना मैंने ऐसा ताड़ा है कि कोई फ़ाख़्ता, कोई हरियल, कोई कबूतर उससे चूकता नहीं। उस दिन मैं दूर निकल गया, नाले के किनारे-किनारे चलता हुआ। एक मोटा सा हरियल बैठा था पीपल की डंगाल पर, हरे पत्तों के बीच छिपा हुआ। पर मेरी चक्कू नज़र से कोई कहाँ बच के जाएगा। लगाया निशाना तो गुलेल से छूटते ही ठीकरा हवा में सीधी लकीर बनाता हुआ गया, जैसे मैंने उसके अन्दर मंतर फूँक दिया हो। सीधे जाकर लगा हरियल के नरम-गरम, काँपते-फड़फड़ाते बदन पर। वह लद्द से गिरा। (आसमान से टपका खाना!) मैं दौड़कर गया और मेरी आँखों के सामने उसने कठोर ज़मीन पर अपने को पटक-पटक के दम तोड़ा। मगर सुन लो कान खोल के, ओ मोटे पेटवालो, यहाँ मुँह टेढ़ा करने, नाक-भौं सिकोड़ने से कुछ नहीं होने का। यह शिकारी दुनिया है समझे, शिकार करो या शिकार बनो; अपन से दया-वया की बात तो करना मत। आख़िर मैं भी तो बेरहमी की मार खा-खा कर पहलवान हुआ हूँ। उस रात मैंने उसे भूनकर खाया, उँगली चाट-चाट कर। बहुत दिनों बाद खाने में इतना मज़ा आया। मगर कितनी जल्दी खाना ख़तम हो गया, एक निवाले भर का ही तो था वह, बस उँगलियों पर उसके गरम गोश्त का मजा बचा रह गया था। मैंने एक-एक उँगली चाट-चाट कर एकदम साफ़ कर दी, कि भगवान ने जैसी बनाई थी फिर से वैसी हो गई।

जहाँ कछार ख़तम होकर रोड शुरू होती है, नुक्कड़ पर छोटी-सी दुकान है। यहाँ दादा की गेहूँ-चना पीसने वाली चक्की है। जब लाइट रहती है और चक्की चलती है तो उसमें से चुक-चुक किर-किर की आवाज़ आती है। ख़ैर, यहाँ राशन, पानी, आटा, तेल, रजनीगंधा, चारमीनार, पनामा सिगरेट सब मिल जाता है। कभी वहाँ का चक्कर मार आता हूँ। दो-चार बोल दादा से बोल लेता हूँ। मगर उससे बड़ा खूसट दुनिया में मिलना मुश्किल है, मुँह से बोल के ही नहीं देता, बोलने के

लिए भी पैसा लेता होगा, ससुरा बुढ़वा। उसकी घनी भौंहें और वह त्योरी जो हमेशा चढ़ी रहती है। कम-से-कम मेरी दाढ़ी बढ़ जाने की वजह से, मैं सोचता हूँ, अब यहाँ मुझे कोई पहचानेगा नहीं। लेकिन पिछली बार वहाँ गया तो वह बोला, "तू तो बम्बई चला गया था न? नौकरी नहीं मिली? कब लौटा?" और भौंहों के नीचे से उसकी चील-चोर नज़र अपन के ऊपर मैं पकड़ा। मैं कुछ बुदबुदाकर वहाँ से कट लिया। अब भी खेल नहीं बिगड़ा। बम्बई गया था तो क्या उसके बाप से रुपये उधार लेकर? और उसे क्या पता मैंने वहाँ क्या गुल खिलाया है लेकिन कहीं मेरा फोटू-वोटू तो अख़बार में नहीं देख लिया, कि यही मुजरिम है जो भागा हुआ है? राशन-पानी के लिए तो अब कोई और रास्ता निकालना पड़ेगा। होशियार के लिए इशारा काफ़ी, मुझे सावधान रहना चाहिए। धीमे-धीमे अपना पैसा खल्लास हुआ जा रहा है। कुछ रुपये बुढ़िया से ऐंठे थे, उसी से दादा के यहाँ से दाल, चावल, चीनी, चाय ले लिया था, मगर यह जनम भर तो चलने का नहीं। और अब तो दादा की दुकान भी नहीं जा सकता, बुढ़वा कहीं जासूसी पर न उतर आए।

एक दिन जब अपनी खोली में अकेले बैठे-बैठे एकदम पक गया, तो मैं निकला नाले की तरफ़। उसके किनारे ऊँचे मलबे से बने पाट के ऊपर चढ़ गया। वह बराबर धूप और बारिश और फिर धूप के पड़ते रहने से ठोस हो गया है। रद्दी से बना हुआ एक पहाड़ जैसा। शाम का आसमान लाल टेसू हो रहा था। हवा एकदम ठहरी हुई थी कि साँस खींचकर इन्तज़ार करती हो कि अब कुछ नया होगा, कि कोई कोंपल, कोई कली फूटेगी कहीं, पर मेरी आँख का पीला रंग देखो साथियो, कि मुझको आसमान में ख़ून ही ख़ून नज़र आता था! कछार की तरफ़ दूर-दूर तक धूल और धूसर के अलावा कुछ नहीं दिखता था। अपन के ऊपर उस वक़्त ऐसा सूनापन छाया कि मैं क्या बताऊँ, जैसे कि मैं दुनिया का पहला बन्दा भी हूँ और आख़िरी बन्दा भी। दिमाग़ साँय-साँय करने लगा। बिलकुल मूड ऑफ़ हो गया। मैं दूसरी तरफ़ मुँह करके खड़ा हो गया। दूर पर शहर था। एक-दो बत्ती जल गई थी। तब लगा कि ढेरों जनों की खिसखिस खुसफुस मेरे कान में भरती जा रही है, जैसे कान में झुंड-के-झुंड मच्छर या फिर पतिंगे या कुछ घुस गए हों। और वो सब मिलकर कराह रहे थे, रो रहे थे, ऊँची महीन आवाज़ में लम्बी शिकायत कर

रहे थे; मैंने मुड़िया को ज़ोर-ज़ोर से झटका दिया मगर वह रोना नहीं बन्द हुआ। फिर उसने मेरे भेजे के अन्दर बसेरा ही कर लिया और मैं घबड़ा गया कि काला, अब तू इससे कैसे जान छुड़ाएगा? जब देखो तब वह रोना-बिलखना शुरू। उससे छुटकारा पाने के लिए मैं सिर को इतनी ज़ोर से झटका दिया कि सच, एक दिन तो चक्कर खाकर गिर ही जाता। जैसे कुत्ते की दुम, वैसे अपन का सिर, हिलने के अलावा कोई काम ही नहीं। अच्छा है कोई देखने वाला नहीं है। नहीं तो मुझे पागलख़ाने का रास्ता दिखा देता।

मगर साथियो, यह दास्तान अभी ख़तम कहाँ हुई। एक दिन नाले पार निकला हुआ था। आजकल खाने की कोई भी चीज़ के लिए ताक में रहता हूँ, भूख के मारे हालत ख़राब रहती है। आँखों तले अँधेरा छाने लगता है। उस दिन चलते-चलते क्या देखता हूँ कि कचरे के ढेर पर एक कद्दू पड़ा हुआ है। एक समूचा कद्दू। किस बेवकूफ़ ने पूरा कद्दू फेंक दिया, मैंने सोचा। मैंने झपटकर उसे उठा लिया कि चलो, एकाध बार का खाना इससे चला ले जाऊँगा। मैं उसे अपनी खोली में ले आया, मगर चक्कू-छुरी तो अपन के पास है नहीं। एक नुकीला-सा पत्थर लेकर कद्दू में भोंका तो वह एक लम्बी अफ़सोस भरी साँस लेकर फट पड़ा। अफ़सोस भरी साँस! यह क्या बकवास बोल गया मैं? कद्दू को भला कैसा अफ़सोस? शरम आती है अपन को। थू-थू मुझ पर कि आजकल इतना कमज़ोर हो गया हूँ कि छोटी-छोटी बात पर रोना-रोना-सा हो जाता हूँ, चुल्लू भर पानी में डूब मरना चाहिए मुझे। मगर मैं कह रहा था। कद्दू अन्दर से एकदम पका हुआ था। उसका रंग गहरा पीला था और कहीं-कहीं सूख के लाल हो गया था, बाइ गॉड एकदम ख़ून जैसा, मैं चौंका। घबड़ाहट में मैं मुँह फेरकर जल्दी-जल्दी उसे वहीं खा गया।

चार-छह दिन के बाद मैंने पाया कि उस जगह जहाँ मैं कद्दू खाया था, वहाँ एक पौधा निकल आया है। मिट्टी फोड़के वह निकला था और मैं चालाक सोचा कि यह बढ़ जाएगा तो इसमें कद्दू फलेगा और अपन के खाने के वास्ते यहीं इन्तज़ाम हो जाएगा। मैं एक ज़ंग खाए कनस्तर में नाले का पानी भर-भर कर उसमें डालने लगा और पानी की तरी पाके वह पौधा तेज़ी से बढ़ने लगा, बेल बनकर फैलने लगा। मैं उसे अपने खोखे की छत पर चढ़ा दिया और देखते-देखते उसने पूरी छत

को ढक लिया, छोटी-सी तो छत थी। फिर किनारों से उतरकर उसने ज़मीन पर हाथ-पैर मारना शुरू किया। किचकिचाकर फैला था वह, जैसे कोई अफ़वाह, और जिस दिन पानी बरस रहा था, उस दिन तो बाइ गॉड, उसे पतली-पतली उँगलियाँ ऊपर फेंकते हुए मैंने अपनी आँखों से देखा और मन में एक डर-सा उठा कि मैं ज़्यादा देर उसके बग़ल में बैठ गया, तो कहीं मेरे ऊपर भी चढ़कर, दम घोंटकर वो अपन का क़िस्सा ही खल्लास न कर दे! ऐसा सोचते ही साँस रुकने लगी मेरी, झूठ नहीं कहता मैं। इतना तक भी ठीक था। जो हुआ वो सही। मगर कल जो नाले से पानी भर के लाया और लतर पर डाल रहा था, तो मैंने देखा कि पानी तो लाल रंग का है। नाक सिकोड़कर सूँघा तो उसमें से ख़ून की पुरानी महक मेरी नाक में घुसी। मैं बुरी तरह से घबड़ा गया और डब्बे में आँख फाड़-फाड़ कर देर तक घूरा, तो पाया कि टिन के कनस्तर का ज़ंग पानी में घुल-मिल गया था। इस ज़ंग खाए टिन की महक तो एकदम ख़ून जैसी होती है, मैंने पहली बार जाना। फिर जल्दी-जल्दी तीन चारमीनार एक के बाद एक फूँक डाली मैंने।

क्या-क्या सब सोचकर रात को आँख ही नहीं लगती अपन की। सोचता रहता हूँ, सोच-सोच-सोच, बस जगा हुआ हूँ और जगा हुआ हूँ और दिमाग़ काम करना बन्द ही नहीं करता, न जाने किस घड़ी रात चली गई, तब भी।

अँधेरे में से आँखें उग आती हैं, हज़ारों बिन पलक आँखें जो न बन्द होती हैं, न घूरना बन्द करती हैं और मेरी छटपटाहट और वह छिपा हुआ कीड़ा, जो लगातार च्यूइट-च्यूइट-च्यूइट बोलता चला जाता है, बिना एक सेकंड के लिए भी रुके हुए। एक रात अपनी खोली के बाहर बैठा चारमीनार फूँक रहा था, कि सच मुझे बुढ़िया, अपनी बुढ़िया दिखाई पड़ी। वहीं अँधेरे में, झाड़ी के पास गठरी बनी बैठी थी और हवा में उसकी फटी साड़ी का कोना लहरा रहा था और रात की ख़मोशी में मुझको उसकी लम्बी-सी आह सुनाई पड़ी, जो अपन के ऊपर समुंदर की लहर की तरह आकर टूटी। बुढ़िया? यहाँ पर? मैं ग़ुस्से से तमतमाया; क़दम बढ़ाता हुआ पहुँचा उसके पास, कि यहाँ क्यों आई है, क्या करने को आई है, यहाँ लड्डू-पेड़ा बँट रहे हैं क्या? फिर देखा तो वहाँ कोई भी नहीं, बेहया की झाड़ी के अलावा वहाँ कुछ नहीं।

मैं खोली में वापिस आके लेट गया और देर रात में झपकी भी आ गई। मगर नींद काँच की तरह टूटी हुई थी और आँख में ख़राब-ख़राब सपने की किरच भुँकी थी, जैसे कि मैं बेहया की झाड़ी काटता जाता हूँ और काटता जाता हूँ और वह एक की जगह पाँच-पाँच, छह-छह उगती जाती है और बेहया के जंगल में मैं बुरी तरह खो गया हूँ। फिर कुल्हाड़ी मेरे हाथ से छूटकर एक बगुला बन गई, एकदम बर्फ़-सा सफ़ेद बगुला, और वो हज़ारों टुकड़ों में टूटकर हज़ारों बगुले बन गए और वो हज़ारों बगुले ख़मोशी से मेरे ऊपर हमला करने लगे, बिना आवाज़ किए, वे मेरी आँख निकाल ले गए और फिर मेरा कलेजा, और जब दिल निकालने लगे, तो मैं ख़ून से नहा गया और मेरी आँख दहशत के मारे खुल गई। पसीने में तर पाया अपन को और वहाँ कोई नहीं, कुछ नहीं था साथियो, और बाहर च्यूइट-च्यूइट वाला कीड़ा बोल रहा था और मेरा दिल तेज़-तेज़ धड़क रहा था कि कूदकर छाती से बाहर आ जाएगा।

जब सवेरा होने को हुआ तो मैंने सोचा कि चलो बुढ़िया के पास हो आता हूँ, सच मेरा जी बुरी तरह से घबड़ा रहा था। वहाँ पहुँचा तो देखा बुढ़िया जगी हुई थी और अभी-अभी चूल्हे पर चाय चढ़ाई थी और मुझे देखकर वह मन्द-मन्द मुस्कुराई साथियो, जैसे कि कटोरा भर मलाई अकेले चट कर गई हो, अजब था उसका वह मुखौटा। मैंने पूछा, "क्या हुआ ओ बुढ़िया, क्या तेरी लॉटरी खुल गई?" वह फिर मुस्कुराई और अपनी सहीवाली आँख मिचमिचाकर मुझको वह टेढ़ा-टेढ़ा देखी। मुझे ऐसी कुलबुलाहट कि सँभाले नहीं सँभल रही और वह थी कि मुस्की मारे जाती है और कहती कुछ भी नहीं। "बताती क्यों नहीं काहे को इतनी ख़ुश है तू, नहीं तो क्या मैं ही तुझको बतलाऊँ?" मैंने फिर आवाज़ तनिक ऊँची करके पूछा तो आख़िर बोली, "वो रंगा आया था।"

"रंगा आया था?"

"हाँ हाँ रंगा! क्या मैं उसे पहचानती नहीं? पूछ रहा था तुझको।"

"तो क्या तूने उसे बता दिया कि मैं आया था?"

"इसमें नहीं बताने को क्या था!"

"बता दिया तूने!" मेरे अन्दर गुस्सा गोला बनकर गोल-गोल नाचना शुरू कर दिया।

"अरे तू आगे की तो सुन...मैंने सब बता दिया उसे...कि मुझे पूरा क़िस्सा मालूम है, मुझसे कुछ छिपाने की ज़रूरत नहीं। एक अच्छा सा उपदेश भी दे दिया उसे, कि ऐसा करना कितनी ग़लत बात है, कि आख़िर वह मासूम भी तो किसी की बेटी-बहन थी...।"

"चुप बुढ़िया! बड़ी आई है उपदेस देने वाली...तू ज़बान सँभालकर चुप्पेचाप नहीं बैठ सकती?" और मैं उठा कि उसे उसी भाषा में समझा दूँ, जो वो समझती है, पर उसने मुझे हाथ के इशारे से रोका।

"तू यह नहीं पूछेगा कि वह अभी तक पकड़ा कैसे नहीं गया? वह तो सीना चौड़ा करके घूमता फिर रहा है साँड़ की तरह।"

"मैं पूछूँगा तभी बताएगी तू? और बाक़ी सब यार-दोस्त का क्या हुआ?"

"वे तो लापता हैं। मगर रंगा कह रहा था कि असली अपराधी पकड़ा गया...।"

"असली अपराधी? कौन असली अपराधी?"

"कह रहा था कि एक सलीम कैंचीवाला वहीं रहता था पास में, महाबदमाश है वो...पहले भी कई बार थाने जा चुका है...पुलिस उसी को पकड़ ले गई है, उन्हें पूरा शक है यह शर्मनाक हरकत उसी की है...।"

"मगर वह तो हम सब जानते हैं कि..."

"अरे हाँ, तो चढ़ जा छत पर और ढिंढोरा पीट दे दुनिया भर में। अब तुझे इस सबसे क्या? तू तो सारे झमेले से बाहर हो गया, कि नहीं? यह सब पकड़-धकड़ खेल-तमाशा तो दुनिया में हुआ ही करता है! तू जा, खटिया पर जाकर बैठ, मैं तेरे लिए चाय लेकर आती हूँ," वो पुचकार के बोली मुझको।

ज्वालामुखी फूटा कोई। उसका जलता हुआ लावा मेरे तन-बदन पर फिसलने लगा। मैं तिलमिलाया, छटपटाया और तभी किसी ने धारवाला चक्कू लेकर लम्बा सा चीरा चर्र से लगा दिया अपन के अन्दर और एक खाई, काली गहरी खाई मुझको दिखाई पड़ी। उसके अन्दर काला घुप्प अँधेरा था और काले घुप्प अँधेरे के अनजान में वह च्यूइट-च्यूइट करने वाला कीड़ा बोलने लगा और मुझे चक्कर-सा आ गया कि मैं खाई के अन्दर अब गिरा कि तब गिरा और उसी वक़्त अपन के भेजे के अन्दर से वो मच्छर या पतिंगे या जो भी वहाँ फँसे थे, ने लम्बी शिकायत

करना, कराहना, बिलखना शुरू किया। मैंने सिर को ज़ोर-ज़ोर से झटका दिया तो दुनिया घूमना बन्द हो गई। ज़मीन ने क़लाबाज़ी नहीं खाई। मैं बुढ़िया की खटिया पर जाकर नहीं बैठा। बस चल पड़ा वहाँ से, कि अब कहाँ जाना है, क्या करना है इस दुनिया में जो इत्ती बड़ी हो गई है? फिर मैं दौड़ने लग गया, धीरे-धीरे, फिर तेज़-तेज़ और साँय-साँय साँसें और धड़-धड़ धड़कन कि मैं तेज़ और तेज़ भागता जाऊँ, कि कितनी तेज़ भागूँ कि सब कोई को, सब कुछ को, अपन की खाल को, मांस को पीछे छोड़कर आगे चल निकलूँ...। ऐसे कि मुजरिम फ़रार हो जाए।

संस्मरण

अम्मी

गर्मी की चिलचिलाती धूप में धूल-धूसरित 'ट्रैकर' घुरघुराता हुआ हरे फाटक के अन्दर घुसा और घर तक जाती हुई घुमावदार सड़क पर चलकर ठीक बरामदे के सामने रुका। गाड़ी के पायदान पर पैर टिकाती हुई, चेहरे से काला नक़ाब हटाए, सिर पर सफ़ेद बालों का नकाब ओढ़े, अम्मी उतरीं।

फाटक पर इन्तज़ार करते हुए हम बच्चे 'ट्रैकर' के पीछे-पीछे भागते हुए आए। 'अम्मी आ गईं! अम्मी आ गईं!' का नारा बुलन्द हुआ, इन्तज़ार की घड़ियाँ ख़तम हुईं। वह अभी बैठने भी नहीं पाई थीं कि न जाने क्यों हम में से कोई बोल उठा, "अम्मी आप कब जाएँगी?" ओहो। यह क्या कह दिया? कहने का मतलब तो यह था कि वह कब तक रहेंगी, बल्कि वह हमेशा ही हमारे साथ क्यों नहीं रह सकतीं? हम बच्चे अम्मी पर फ़िदा थे। हमेशा की हाज़िरजवाब, भला वह इस मौक़े को हाथ से कैसे जाने दे सकती थीं? चश्मे के पीछे उनकी आँखें चमक उठीं।

"मैं इसी वक़्त चली जाती हूँ, बेटा!"

और एक बनावटी नाराज़गी चेहरे पर लाकर वह अपना बुर्क़ा, जिसे उन्होंने अभी-अभी उतारा था, फिर से उठाने लगीं। वह इसी तरह की छेड़खानी अकसर किया करतीं, फिर भी हम हर बार उनके चकमे में आ जाते।

"नहीं-नहीं!" हम चिल्लाए। "अम्मी हमारा तो यह मतलब था कि..."

वह फ़ौरन हँसने लगीं। फिर ठहाकों और असल बात समझाने के कोहराम में उनका 'जाना' टल गया।

हम लोग अपनी नानी को अम्मी कहते थे।

अम्मी नमाज़-रोज़े की पाबन्द शिया मुसलिम थीं, जिन्होंने पचहत्तर साल की उम्र में रामायण और महाभारत पढ़ने के लिए नागरी सीखी, जो बीड़ी पीती थीं, घर से बाहर जाने के लिए बुर्क़ा पहनती थीं, और जब बारह साल की उम्र में वह हमारे नाना मिर्ज़ा मोहम्मद महमूद को ब्याह कर नवाब-की-ड्योढ़ी बनारस के हमारे पुश्तैनी घर में आईं, तब वह घुड़सवारी करती थीं और पतंगबाज़ भी थीं। उनकी ज़बान एक नफ़ीस उर्दू और मौक़ा पड़ने पर मुँहतोड़ गालियों के दो विलोमों के बीच सफ़र किया करती। बल्कि उनकी पूरी शख़्सियत ही आपस में विरोधी ख़ासियतों का मेल थी। आजकल के सही डिब्बे पर चिह्न लगाने के युग में मुझे क़तई समझ में नहीं आता कि वह किस डिब्बे में समा सकती थीं। मैंने उनके घुड़सवारी और पतंगबाज़ी के दिन नहीं देखे मगर अक्सर वह अपनी बीड़ी सुलगाने के लिए हम बच्चों से कहतीं और हममें इस काम को अंजाम देने के लिए भगदड़-सी मच जाती। बच्चों से बीड़ी सुलगवाने के नामुनासिब होने पर कोई टोकता कि इस तरह से बच्चों को भी बुरी आदत पड़ जाएगी, तो वह कहतीं, "अरे दो फूँक में तो ख़तम हो जाती है" और बात भी दो फूँक में ख़तम हो जाती।

साल में हम दो-तीन बार माँ के साथ बनारस जाते थे। वहाँ नवाब-की-ड्योढ़ी के कई सौ साल पुराने घर की सरग़ना अम्मी थीं। अम्मी ही वह धुरी थीं जिसके चारों तरफ़ सारा घर चक्कर काटता था। बँटवारे के बाद हमारे मामू के पाकिस्तान जाने पर उन्होंने इसी घर को 'कस्टोडियन' की गिरफ़्त से अकेले दम पर छुड़वाया था। बँटवारे के वक़्त पाकिस्तान जाने से उन्होंने साफ़ इनकार कर दिया। घर बड़ा था और उसके मुख़्तलिफ़ हिस्सों में कुछ दूरदराज़ के रिश्तेदार, एक अदद किराएदार, नौकर-चाकर और अम्मी के पाले हुए कई बच्चे, 'लेपालक' जो अब बड़े हो गए थे, रहा करते। हमारी एक ख़ाला जिन्होंने शादी नहीं की, वहाँ मुस्तक़िल रहती थीं और इलाहाबाद से हम लोग और हमारी बड़ी वाली ख़ाला का ख़ानदान बराबर नवाब-की-ड्योढ़ी आता-जाता रहता। अम्मी का नाम मुनव्वरी बेगम था, हालाँकि इस नाम से उन्हें अब कोई नहीं जानता था। पुकारनेवाले के हिसाब से वह 'अम्मा', 'अम्मी' या 'सरकार' हो जातीं।

ज़्यादातर हम इलाहाबाद के रामबाग़ स्टेशन से छोटी लाइन की गाड़ी पकड़ते

जो किसी पुराने आलसी की तरह हड्डियाँ चटकाती, ख़रामा-ख़रामा चलती, हमारे ऊपर धुआँ और कोयला उगलती हुई आगे बढ़ती। वह रास्ते में पड़ते हर सोये हुए स्टेशन पर रुकती और जहाँ नहीं रुकना था वहाँ भी कोई न कोई चेन खींचकर उसे रोक देता। खड़खड़ाते हुए दूध के कैन लिये ग्वाले ट्रेन पर चढ़ते और साइकिल समेत यूनिवर्सिटी के छात्र, जैसे कि उन्हें यक़ीन न हो कि अपने आप से ट्रेन मंज़िल पर पहुँच सकेगी और उन्हें अपनी साइकिल भी तैयार रखनी चाहिए।

वह साठ का दशक था, देश और दुनिया में महत्त्वपूर्ण घटनाएँ घट रही थीं। 1962 में भारत और चीन के बीच युद्ध हुआ और भारत हार गया, उसके दो साल बाद नेहरू की मृत्यु हो गई, अमरीका और वियतनाम का युद्ध ख़तम होने को ही नहीं आता था, मार्टिन लूथर किंग की हत्या हो गई, मगर हम इलाहाबाद और बनारस के बीच उसी तरह एक ही धीमी रफ़्तार पर डोलते रहे जैसे कि ट्रेन उस धीमी रफ़्तार में फँस गई हो, और दुनिया कहीं-से-कहीं पहुँच जाए पर उस रफ़्तार में कभी तेज़ी नहीं आएगी। हंडिया, जंगीगंज, कछवा रोड, औराई, माधोसिंह, राजा तालाब, मंडुआडीह—इन स्टेशनों के नाम में कुछ था जो गीली मिट्टी और समोसे की याद दिलाता था।

लखौरी ईंटों का बना नवाब-की-ड्योढ़ी का घर लोहटिया के गुंजान इलाक़े में था जहाँ, जैसा कि उसके नाम से ज़ाहिर है, लोहे का सामान बनता और बिकता था। लोहटिया, यानी लोहे की मंडी। इतनी बड़ी-बड़ी कड़ाही और देगची जिसमें पूरा आदमी समा जाए। जैसे किसी राक्षस की दावत के लिए ये बर्तन बनाए जा रहे हों। कफ़गीर और लम्बी हैंडल वाले कलछुल से लेकर पिंजड़े और खुरपी और छेनी और जंजीर और कमानी और सूजा और खरल और कुल्हाड़ी, फावड़े का फल और कील और अल्मारी और पलंग और बाग़बानी के लिए पानी देने वाला फव्वारा—लोहे की पूरी क़ायनात थी वहाँ। लोहटिया तक पहुँचने की सड़क काली और चमकीली थी, जैसे कि वह भी लोहे की बनी हो। सड़क दो सरकारी अस्पताल और कबीर चौरा को पार करती हुई टाउन हॉल तक जाती थी, मगर उससे बहुत पहले बाएँ घूमकर गली में घुसने पर नवाब-की-ड्योढ़ी की ऊँची दीवार और दीवार

के ऊपर सिर उठाए अकेला सेमल का दरख़्त दिखने लगता। गली में लोहारों के ठोंकने-पीटने की कान फोड़ने वाली आवाज़ फाटक के अन्दर घुसते ही जैसे किसी जादू के तहत ख़तम हो जाती, और सामने झूमते हुए सफ़ेद हाथी की याद दिलाती घर की इमारत दिखाई देती जिसके लगभग सभी निवासी जा चुके थे, फिर भी वह लड़खड़ाते पैरों पर खड़ी थी, जैसे कि उस मिट्टी में मिल जाने को मुंतज़िर जिससे वह उठाई गई थी। हम सीधे पत्थर वाले बरामदे में पहुँच जाते जिसके दरों पर चमेली की घनी मोटे साँप जैसे तने वाली लतर छाई हुई थी।

बरामदे में सफ़ेद चादर और गावतकिये वाले तख़्त पर, पानदान बग़ल में रखे, अम्मी उकड़ूँ बैठी हुई नज़र आतीं। गावतकिया होने के बावजूद वह कभी गावतकिये पर टेक नहीं लगातीं। किनारेदार सफेद साड़ी, पूरी आस्तीन का गरम शलूका और गहरे नीले रंग की शॉल लपेटे जाड़े की धूप में वह बैठी रहतीं। जब वहाँ से धूप खिसक जाती तो वह आँगन की धूप में चली जातीं। लकड़ी के नक्काशीदार फ्रेम में एक पर्दा मढ़ा हुआ था जो उनके साथ-साथ ले जाया जाता और जब धूप ज़्यादा तेज़ लगने लगती तो वह उस पर्दे की आड़ में बैठ जातीं। नाश्ते और खाने के बाद वह चुपचाप बैठकर बीड़ी पीती थीं। बीड़ी के धुएँ से ज़्यादा ख़ामोशी का धुआँ उनके इर्द-गिर्द होता। लगता कि बीड़ी पीते वक़्त एक ख़ास क़िस्म का सुकून उन पर तारी होता।

1901 में वह सात साल की थीं, ऐसा वह कहती थीं, यानी कि वह 1894 में पैदा हुई होगीं। उनके ईरानी पूर्वजों का ज़िक्र होता मगर यह भी कहा जाता कि वह भिकना पहाड़ी, पटना से आई थीं। अम्मी की माँ, हमारी परनानी जिन्हें हम मुन्नी अम्मा कहते थे, अभी तक नवाब-की-ड्योड़ी में हयात थीं। हमारे परनाना नवाब असग़र क़ुली मेरे होश सँभालने के पहले ही दुनिया से जा चुके थे, मगर उनके बारे में बेशुमार कहानियाँ नवाब-की-ड्योढ़ी की हवा पर ठहरी हुई थीं। किस तरह से वह दालान में बिछे तख़्त पर अफ़ीम खाकर सोते रहते और चिड़ियाँ उनके रुपहले सफ़ेद, छल्लेदार बालों को घोंसला बनाने की नीयत से टटोलतीं, कि ज़्यादातर वक़्त वह बग़ीचे में अपनी पर्शियन बिल्ली और पहाड़ी मैना के साथ रहते। उनके पास एक बदमिज़ाज पुराना तोता भी था जो मूड में आ जाता तो बिलकुल साफ़

तलफ़्फ़ुज़ में गाली बकता। कभी-कभी हमारे परनाना अपने बिखरे हुए बालों में बीच की माँग काढ़कर, अचकन और अलीगढ़ी पाजामा पहन अफ़ीम ख़रीदने बाज़ार जाया करते। पता नहीं यह सच सच था या नहीं। उनकी गत ही ऐसी थी कि उनकी यादों के आसपास कहानियाँ मँडराने लगतीं, जैसे चिराग़ की तरफ़ पतिंगे बेसाख़्ता उड़ते हुए चले आते हैं।

अपने पिता की ही तरह अम्मी को भी जानवरों का शौक़ था। एक ज़माने में घर में घोड़ा, गाय, भैंस, बन्दरिया, कुत्ता, बिल्ली, बकरी, तोता, लाल मुनिया, मैना, मुर्ग़े-मुर्ग़ियाँ थे। कभी-कभार जब अम्मी का किसी दूसरे शहर जाने का इत्तेफ़ाक़ होता तो वह वहाँ का चिड़ियाघर देखने के लिए इसरार करतीं। तो फिर कलकत्ता के चिड़ियाघर भी वह गईं। बन्दरों वाले कटघरे की लोहे की छड़ों के पास चेहरा लगाकर वह बन्दरों को ग़ौर से देख रही थीं। बन्दर तो शैतान होते ही हैं, उनमें से एक ने हाथ बढ़ाकर अम्मी का चश्मा उतार लिया और उसे अपनी नाक पर पहनकर अम्मी को ग़ौर से देखने लगा। पल भर में देखने वाले और देखे जाने वाले ने एक-दूसरे से जगह बदल ली।

चमेली वाले दरों से कुछ दूर पर मुर्ग़ियों का दरबा था जिसमें अम्मी की लेगहार्न, मोनार्का और देसी मिलाकर छह-सात मुर्ग़ियाँ थीं और एक मुर्ग़ा। जब भी घर में कोई आता या जाता तो मुर्ग़ियाँ इतनी ज़ोर से कुड़कुड़ातीं कि दरवाज़ा खटखटाने या घंटी बजाने की ज़रूरत नहीं पड़ती। नवाब-की-ड्योढ़ी के साथ जुड़े हुए क़िस्सों में वह भी क़िस्सा था जब अम्मी ने चील पर झपट्टा मारा था। चील मुर्ग़ी के छोटे चूज़ों पर झपटी थी और पलक झपकते अम्मी चील पर झपटी थीं। तैश में आकर उन्होंने चील के पंख काट दिए थे और जब तक उसके नए पंख नहीं निकल आए, चील मुर्ग़ी के बच्चों के साथ आँगन में टहला करती। उनके मुर्ग़े की गर्दन पर काले के साथ मिले हुए गहरे हरे ज़मुर्रद जैसे रंग के पर थे और जब वह धूप में टहलता तो लगता कि उनकी चमक सूरज की किरणों से नहीं, उसके अन्दर कहीं से आ रही है। रोज़ खाने के वक़्त दाल में रोटी मसलकर वह मुर्ग़े-मुर्ग़ियों को 'आ आ' करके पुकारतीं और उनको खाते हुए देखा करतीं। उनके मुर्ग़े को अकेला पाकर एक रिश्तेदार ने उसे खाने की नीयत से काट डाला। पूरे घर में मौत का सन्नाटा छा

गया, मुर्ग़े को अम्मी ने खाने नहीं दिया और मातम के माहौल में केले के झुरमुट में उसकी क़ब्र खुदी।

केले के झुरमुट के बग़ल में, हाते की ऊँची दीवार के पास एक कुआँ था जिसकी काई से हरी फिसलैंदी गहराइयों में से एक भाप-सी उठती थी, जैसे ख़ुदकुशी और पुराने दर्द की। न जाने किसी ने उसमें कूदकर जान दी थी या नहीं मगर अन्दर झाँको तो पानी बहुत नीचे काली रोशनाई की तरह चमकता हुआ दिखाई देता और उसमें छलाँग लगाने नेवता सा देता। उसमें हम कंकड़ फेंककर अन्दाज़ा लगाने की कोशिश करते कि पानी कितने गहरे पर है। कंकड़ गिरता चला जाता और लगता कि वह पानी तक कभी पहुँचेगा ही नहीं, अनन्तकाल तक बस गिरता ही रहेगा। कुएँ के अन्दर कुछ पुकारो तो आवाज़ गहरी और गोल होकर वापिस गूँजती और हम बार-बार उसके अन्दर आवाज़ देते।

केले के झुरमुट में जिन्नात भी रहते थे। अम्मी जिन्नातों की कहानियाँ सुनाया करतीं और बचपन में तो उनके उस केले के झुरमुट में मौजूद होने का उनको पूरा यक़ीन था। सफ़ेद कुर्ता-पायजामा पहनकर वे जिन्नात झुरमुट से निकलते और कुएँ में ग़ायब हो जाते। मोहर्रम के दौरान एक बार किताब पढ़ते-पढ़ते अम्मी की आँखों में आँसू भर गए और उन्हें साफ़ नहीं दिख रहा था कि कहाँ से पढ़ना है, तभी एक जिन्न ने पीछे से आकर उँगली सही जगह पर रखकर इशारा किया। क्या यह कहानी उन्होंने हमारे दिलबहलाव के लिए गढ़ी थी? क्योंकि उन्हें जिन्नात, भूत-प्रेत वग़ैरह पर यक़ीन नहीं था। वह अक्सर कहतीं कि जिन्नात जैसी कोई चीज़ नहीं होती है, कभी लगे कि जिन्न दिख रहा है तो उससे बिलकुल डरना मत, उसके पास जाकर अपनी आँखों से देखना। एक बार हमें कमरे के अँधेरे में सफ़ेद लम्बा-सा कुर्ता पहने कोई दिखा। उनके कहे के मुताबिक़ जब आगे बढ़कर देखा तो वाक़ई वह कोई जिन्न नहीं, कील पर टँगा सफ़ेद कुर्ता था। वहम और असलियत का फ़र्क़ पता चला।

किताबी चेहरे और छरहरे शरीर वाली अम्मी मुहर्रम के दौरान घर में जमा साठ-सत्तर लोगों के लिये पक रही हाँड़ी बिना किसी की मदद लिये अकेले चूल्हे से उतार लेतीं। वह बीड़ी पीतीं और एक से एक उम्दा खाने पकातीं। उनके हाथ की

बनी हवाहवाई चपातियाँ अगर फट जाएँ तो वे उनमें पैबन्द लगातीं। कशीदाकारी और कढ़ाई वह बिना किसी नमूने को देखे करतीं, रज़ाई सीने और उस पर कलाबत्तू के काम में वह माहिर थीं। उनको देखकर कोई भी नहीं कह सकता था कि हिन्दुस्तानी औरत सताई या दबाई हुई है।

भोर में वह अपनी वज़नदार आवाज़ में क़ुरान की आयतें ज़ोर-ज़ोर से पढ़तीं तो लगता कि आँगन के पत्थरों से टकराकर आवाज़ दरों पर फैली पुरानी मधुमालती की लतर पर टँग गई है, कभी आसमान से बरसती हुई मालूम देती। इसी वज़नदार आवाज़ में मुहर्रम के दौरान वह नौहे, सोज़ और मरसिये पढ़तीं जो शास्त्रीय संगीत के सुरों पर आधारित होते और जिनकी मुरकियों और उतार-चढ़ाव पर महारत हासिल करना आसान नहीं था।

उनमें धर्म और धर्मनिरपेक्षता की दो मुख़्तलिफ़ धाराओं का संगम था। जिस रवानी से वह नौहे और सोज़ पढ़ा करतीं, उसी तरह से अफ़ीमची, बहेलिये, चिड़वा-चिड़िया, तोता-मैना, अल्ले-बल्ले-फ़त्ते, अलिफ़-लैला और शहज़ादे-शहज़ादियों के क़िस्से उनकी ज़बान पर रहते, जैसे कि हवा में उड़ते क़िस्से उन्होंने लोक लिये हों। मौक़ा पाते ही वह अमीर ख़ुसरो की भाषा के खिलवाड़ से लैस पहेलियाँ बुझातीं, मसलन—

सारी गुदड़ी जल गई, जला न एक्को धागा
घर के लोग पकड़ गए, घर खिड़की होकर भागा

(उत्तर—मछली और महुआरे का जाल)

या

सावन भादों ख़ूब बहे आसिन कातिक थोरी
ऐ सखी मैं तोसे कहूँ बूझ पहेली मोरी

(उत्तर—मोरी या पानी की नाली)

या

या अल्लाह मैं बन्दा तेरा
बीच बाज़ार में डेरा मेरा,
इतना पानी बरसा तेरा
एक पर न भीगा मेरा

(उत्तर—गूलर के अन्दर रहने वाला पतिंगा)

उनकी आख़िरी बीमारी के दौरान वह रामकृष्ण मिशन के अस्पताल में भर्ती की गई थीं। डाक्टर घोष, जो उन्हें देख रहे थे, नाटे क़द और छोटे-से मुँह वाले गंजे आदमी थे। रोज़ सुबह नौ बजे वह राउंड पर आया करते। वह हँसते तो थे ही नहीं, बल्कि उनके चेहरे पर हमेशा मुर्दनी छाई रहती। उन्होंने आला लगाकर अम्मी का मुआयना किया, आँखों के अन्दर झाँका और गम्भीर सा मुँह बनाए, बिना कुछ भी कहे चले गए। उनके जाते ही अम्मी ने फ़रमाया कि डाक्टर साहब की शकल बिलकुल चिनिया बादाम की तरह है। वह मूँगफली को चिनिया बादाम कहती थीं। अगले दिन डाक्टर फिर अपने राउंड पर आया। अम्मी की नाक में खाने की नली खुँसी थी, हाथ में ग्लूकोज़ और दवा चढ़ाने के लिए दूसरी नली लगी थी, वह उठकर बैठ नहीं सकती थीं, और साबूत खाना उन्हें दिया नहीं जा सकता था। फिर भी, डॉक्टर को देखकर उनकी आँखों में एकबारगी चमक आई। मासूमियत से उन्होंने डाक्टर घोष से पूछा—

"डाक्टर साहब, क्या मैं चिनिया बादाम खा सकती हूँ?"

डाक्टर ने उनका चेहरा ताज्जुब से देखा। उनकी यह हालत और चिनिया बादाम की फ़रमाइश!

"नहीं-नहीं," वह बोले, "चिनिया बादाम तो बिलकुल नहीं खा सकता। चिनिया बादाम खाएगा तो मर जाएगा।"

अम्मी ने डाक्टर का कहना माना और चिनिया बादाम बिलकुल नहीं खाया। मगर चिनिया बादाम बिना खाए हुए भी वह 10 फ़रवरी, 1985 को मर गईं।